KB157329

고도원 정신

절벽에도 길은 있다

# 고도원 정신

고도원, 윤인숙 지음

해냄

# 인생의 길을 돌아보다

2023년, 나도 어느덧 칠십 고개를 넘어섰다. 나이는 들었으나 만년청년의 마음으로 산다. 지금이 내 인생의 최전성기라 생각하고 하루하루를 정말 알차게 맛있게 보내려고 노력하고 있다. 그러면서 숫자 '일곱'이 들어간 지난 인생을 되돌아본다. 일곱 살, 열일곱 살, 스물일곱 살, 서른일곱 살, 마흔일곱 살, 쉰일곱 살, 예순일곱 살.

일곱 살 때는 굶었던 기억만 난다. 늘 배가 고팠다. 초등학교 1학년 때 권금순 담임 선생님을 만나 그분의 도시락 심부름을 하면서 영양을 보충했다. 그때 먹었던 고추장이 참 맛있었다.

열일곱 살 무렵은 반항기였다. 시골 교회 목사이셨던 아버지에게 드러내놓고 대들었다. 그런 나를 아버지는 대를 이을 목회자로 키우기 위해 호된 독서 훈련을 시켰다. 그 훈련이 사춘기였던 나에게는 억압이자 고통으로 여겨졌다.

스물일곱 살 즈음은 긴급조치 9호로 대학에서 제적을 당한 '쫓난 청년'이었다. 모든 길이 막히고 실낱같은 희망도 깡그리 사라진 절망의 시간이었다. 어디서도 이력서를 받아주지 않았다. 서울 광화문 거리를 울분과 좌절과 비탄으로 걸었다. 앞이 보이지 않았다.

서른일곱 살에는 그야말로 펄펄 날았다. 꿈꾸던 신문 기자가 되었고 손이 빠른 민완 기자로 '특종 기자'라는 별명도 얻었다. 내가 원하면 누구든 만날 수 있었다. 사회 최상류 사람들과 최고 지도자들을 만나서 먹고 마시고 골프를 쳤다. 할 일은 파도처럼 밀려들었지만 힘들지 않았다. 피로하기는커녕 더 에너지 넘치고 활기찼다. 하루하루가 즐거웠다. 무궁무진하게 솟아나는 호기심을 채우는 재미가 쏠쏠했다.

마흔일곱 살에는 팔자가 바뀌었다. 청와대에 들어가 대통령 연설문을 쓰는 책임자가 되었다. '대통령의 정신'이라 할 수 있는 대통령의 언어를 쓰고 다듬는 자리였다. 스물일곱, 절망의 시대에 만나 결혼한 아내와 박 터지게 싸우다가 죽기 전에 대통령 연설문 하나 쓰고 죽겠다고 헛말처럼 했던 것이 20년 만에 현실이 된 것이다. 평생을 꿈꾸던 일을 이룬, 인생의 최정점에 오른 시기였다. 그러나 육체는 한계에 다다라 결국 온몸이 한순간에 무너지는 경험을 했다. 강제 멈춤을 당한 것이다. 그때 '고도원의 아침편지'를 시작했고 명상을 접했다.

쉰일곱 살에는 팔자가 또 바뀌었다. 이전까지 전혀 연고가 없던 충주에 내려가 명상센터 '깊은산속옹달샘'을 만들어 명상과 치유의 세계에 뛰어들었다. 말 그대로 맨땅에 헤딩이었다. 무언가 구체적인 계획을 가지고 시작한 것이 아니라 다소 황당한 꿈으로 일구어낸 것이다. 모든 걸 하나하나 몸으로 부딪치며 해냈다. 부딪히고 깨지고 견디고 기다리면서 보낸 세월이 오늘로 이어지고 있다.

예순일곱 살에는 20년 완공을 목표로 시작한 깊은산속옹달샘이 불과 10년 만에 지어졌다. 더없이 행복했다. 그러나 행복한 피로감이 쓰나미처럼 몰려왔다. 그때 떠난 것이 스페인의 '산티아고 순례길 치유여행'이었다. 늘 가슴에 품고 있던 내 인생의 버킷리스트였다. 그 산티아고의 황톳길 위에서 일곱 살의 나를 만나 대성통곡을 했다. 그리고 자위행위를 하다 아버지에게 들켜 얼음장처럼 얼어붙었던 열일곱의 나를 만났다. 용서할 수 없었던 마음의 상처, 그 상처가 웅어리 되어 50년 넘게 품고 있었던 아버지에 대한 원한을 풀고, 마침내 아버지와 화해했다.

지금은 하늘나라에 계실 아버지에게 용서를 구했고, 그제야 오랜 세월 나를 칭칭 동여맸던 원한과 분노와 상처의 동아줄을 끊어낼 수 있었다. 비로소 맨몸으로 서도 두렵지 않은 편안함과 자유로움을 느꼈다.

2023년 새해, 나는 다시 태어난 청년의 기백으로 새로운 꿈을 꾼다. 이 책을 준비하는 동안 코로나가 장장 3년에 걸쳐 우리 사회를 뒤흔들었으나 역설적이게도 그 시기가 나와 옹달샘에 준 선물도 있다. 미래 세상을 공부하게 한 것이다. 그동안 나는 블록체인, NFT, 메타버스, 코인 이코노미 등을 공부했고, 노는데 돈 벌고(P2E) 읽는데 돈 되는(R2E) 세상을 배웠다. 이렇게 배운 것을 아침편지와 옹달샘에 접목하려는 시도를 하고 있다. 코로나라는 강제 멈춤의 시기가 없었다면 돌아보지 않았을 길이다.

그 과정에서 마음산업 생태계가 붕괴되는 것도 지켜봤다. 이 난리를 뚫고 살아남은 깊은산속옹달샘을 보면 일본의 합격사과 얘기가 떠오른다. 열도를 휩쓸고 지나간 태풍에도 떨어지지 않은 사과로 대박이 난 사과 농장의 이야기다.

거센 강물을 거슬러 간신히 뭍에 도착하고 나니 보이는 것마다 새롭다. 내 인생에 수없이 불었던 태풍들도 떠오른다. 내 삶에 불어왔던 풍랑을 헤쳐오며 겪고 깨달은 것들을 이 책에 담았다.

'고도원 정신', 책 제목이 거창하게 들릴지 모르겠다. 결코 거창한 이야기가 아니다. '정신'은 우리가 깨닫지 못하고 지나간 소소함에 담겨 있다. 소소한 일상 속에서도 '초희망(Beyond hope)'을 발견하고 새로운 미래를 꿈꾸는 독자들에게 도움이 되면 좋겠다. 절망의 끝에도 길은 있다. 누군가가 용기를 내어 만들면 길이 된다. 그 첫 길을 내는 주인공이 이 책의 독자들이면 더욱 좋겠다.

2023년 2월
깊은산속옹달샘에서
고도원

# '고도원 정신'을 만나다

지금으로부터 딱 10년 전인 2013년 가을, 저는 직장에서 발행하는 잡지의 편집장을 맡고 있었습니다. 가을호 주제가 힐링이어서 힐링 공간을 만든 사람을 만나는 인터뷰 기사를 기획했습니다. 그리고 적당한 사람을 검색하다가 고도원 님을 발견했습니다.

그런 인연으로 '깊은산속옹달샘'을 처음 방문했습니다. 고도원 님과 3시간가량 대화를 나누었는데, 말미에 고도원 님이 옹달샘 이야기를 다 하려면 2박 3일도 모자란다고 말씀하셨습니다. 듣는 저도 흥미로웠지만 말씀하신 고도원 님도 참 좋은 시간이었다며 내용이 정리되면 보내달라고 하셨습니다. 돌아와 녹음을 풀다 보니 고도원 님 말씀은 그냥 받아 적기만 해도 한 권의 책이 되겠다 싶었습니다. 언젠가 그런 기회를 만들어보고 싶었습니다.

2014년 여름, 나이 오십에 자유로운 삶을 위해 회사를 그만두고 남쪽 지방의 산골 마을로 귀촌을 했습니다. 그다음 해인 2015년부터 저 자신을 치유하기 위해 배운 비폭력대화를 주변 사람들과 나누기 시작했습니다. 나누는 일은 재미도 있고 의미도 있었지만 퍼내기만 하다 보니 약간 진이 빠진 듯했습니다.

2017년 겨울, 어디 가서 돌봄을 좀 받고 싶다는 생각이 들었습니다. 그때 스르륵 옹달샘이 떠올랐습니다. 바로 2박 3일짜리 '잠깐멈춤' 프로그램을 신청했습니다.

깊은산속옹달샘에 도착해 제일 먼저 웰컴센터에 들렀습니다. 마침 고도원 님 책이 여러 권 전시되어 있었습니다. 깊은산속옹달샘에 대한 책이 있는지 문득 궁금해져서 찾아보았습니다. 아직 그런 책은 없었습니다.

프로그램 마지막 날 오전, 마음나누기 시간에 고도원 님이 들어오셨습니다. 깜짝 놀랐습니다. 조직의 대표는 밖으로 다니느라 또는 안에 있을 때는 쉬느라 만나기 어렵다는 게 저의 선입견이었습니다. 그런데 직접 프로그램에 들어오신 것입니다.

하고 싶은 말이 있는 사람은 편하게 하라기에 제가 손을 들고 말했습니다. 깊은산속옹달샘에 대한 책이 아직 없는 것 같은데, 필요하다면 책을 쓰는 데 도움이 되고 싶다고요. 그야말로 맨땅에 깊은산속옹달샘을 만들면서 고도원 님이 품었던 생각, 그 생각 속에 담긴 고도원 님의 정신이 궁금하다고 했습니다. 고도원 님이 좋은 생각이라면서 반겨주셨습니다.

'인터뷰 시간을 어떻게 만들 것인가.' 그때부터 시간 되는 대로 다양한 명상 프로그램에 참여했습니다. 또 제가 나누고 있는 비폭력대화를 옹달샘의 아름다운 공간에서 나눠보고 싶다고 제안하여 강의 기회도 얻게 되었습니다. 그렇게 해서 왕복 600킬로미터 거리의 옹달샘을 한 달에 두세 번 찾게 되었습니다. 그러던 어느 날 옹달샘으로 가는 차 안에서 생각이 하나 떠올랐습니다. '조금 있으면 산티아고 순례길 치유여행을 떠나신다는데 나도 산티아고를 가? 걸으면서 인터뷰하면 딱이겠네.' 옹달샘에 도착해서 고도원 님께 제안하니 대찬성이셨습니다.

그렇게 해서 가게 된 산티아고 순례길 치유여행. 순례길을 걸으면서, 이동하는 버스 안에서, 카페와 식당에서, 배 위에서, 공항에서 시간이 날 때마다 녹음 마이크를 꽂고 대화를 나누었습니다. 장장 30시간. 한 사람과 밀착해서 그렇게 긴 시간 대화를 나눈 것은 제 인생에서 처음이었습니다.

당초 책의 목표는 아름다운 명상 공간이 만들어진 과정에 대한 탐구였습니다. 그러나 오랜 시간 대화를 마치고 나니 책의 목표는 고도원이라는 한 사람이 걸어온 삶의 여정과 그에 담긴 정신으로 수정되었습니다. 그렇게 해서 고도원 님의 삶과 정신을 인생 시기별로 정리했습니다.

깊은산속옹달샘은 단순한 명상 공간이 아니라 꿈을 가진 한 인간이 메마르고 작렬하는 사막을 건너면서 스스로 만든 오아시스였습니다. 옹달샘이 아름다운 것은 그저 공간이 아름다워서가 아니라 한 인간이 걸어온 고통, 그 고통을 넘어서면서 생겨난 꿈이 실현된 공간이기 때문이었습니다. 이 책 역시 한 인간과 그의 정신이 아름다운 공간으로 피어난 이야기입니다.

고도원 님과 보폭을 맞춰 걸으며 귀를 기울인 시간은 큰 스승에게 개인교습을 받은 듯, 크나큰 배움과 깨달음의 시간이었습니다. 고난에 굴하지 않는 정신, 고통의 뜻을 해석하는 태도, 꿈을 이루어가는 방법을 배웠습니다.

이 책이 세상에 나오도록 도울 수 있었던 기회, 고도원 님과 오랜 대화를 나눌 수 있었던 시간은 인생 후반전을 열어가는 길 위에서 천사가 제게 준 고귀한 선물이었습니다.

2023년 2월
윤인숙

**차례**

## 1장 불굴 부딪히더라도 버티고 나아가다

## 4장
**리더십**  함께 걷고 같이 이루다

## 5장
**치유**  고요히 길고 깊은 숨을 쉬다

# 6장
## 이타심 　더 먼 곳을 바라보다

1장
불굴

부딪히더라도 버티고 나아가다

**연세대학교 신문 《연세춘추》 기자 시절**
대학신문 기자 생활은 내 운명을 다른 곳으로 이끌었다

/

## 1. 산티아고 황톳길에서 엉엉 울다

스페인의 산티아고 순례길. 그것은 내 버킷리스트의 하나였다. 죽기 전에 한 번은 꼭 다녀오고 싶은, 꿈에 그리던 길이었다. 파울로 코엘료의 첫 작품 『순례자』의 영향도 있었다. 글을 쓰는 사람으로서 그가 걸었던 길을 나도 걷고 싶었다. 언론계 후배인 서명숙 제주올레 이사장이 산티아고 순례길을 걸으면서 제주 올레를 꿈꾸었다는 이야기도 결심을 도왔다.

나에게는 산티아고가 어떤 길로 다가올지 궁금했다. 그곳에 가면 어떤 단어, 어떤 생각이 내 안에서 튕겨져 나올까. 어떤 영감, 어떤 그림이 펼쳐질까. 어쩌면 내 인생의 마지막 변곡점이 될 수도 있겠고, 마법이나 기적이 일어날 수도 있을 것 같았다. 커다란 기대감과 설렘이 밀려왔다. 무엇보다 산티아고 순례길이 '깊은산속옹달샘'을 이끌며 행복한 피로감에 젖어 있던 나에게 비움과 채움의 시간이 되어주기를 간절히 바랐다.


## 자신감이 화근이었다

'더 늦기 전에 떠나자.' 2014년 가을 처음으로 산티아고 순례길을 걸었다. 그 뒤 해마다 찾기 시작해서 2019년에 다섯 번째 걸었다. 2020년, 2021년은 코로나 때문에 못 갔다. 그러다가 2022년 가을, 3년 만에 다시 찾아 걸었다. 첫해에는 무릎 통증 때문에 제대로 걷지 못했다. 다음 해에는 발에 물집이 잡혀서 걷기가 힘들었다. 2시간에 한 번은 쉬어야 발에 물집이 덜 잡히고 무리가 되지 않는다는 걸 알게 됐다. 세 번째 해부터 비로소 방법도 터득하고 요령이 생겨서 편안하게 걸을 수 있었다.

어려서부터 걷는 데는 이골이 난 터라 첫해 순례길 걷기에 나설 때 걷는 것처럼 쉬운 일은 없다고 생각했다. 지금처럼 길도, 교통도 좋지 않았던 시절에 먼 거리를 걷는 것은 하나의 숙명이었다. 초등학교 3학년 때부터 5학년 때까지 만 3년 동안 50리 길을 매일 걸어 다녔다. 편도 10킬로미터, 왕복 20킬로미터였다. 10킬로미터는 어른 걸음으로도 2시간 30분, 아이 걸음으로는 3시간 넘게 걸리는 거리였다. 그 길을 왕복으로 6시간, 자그마치 3년 동안 꼬박 걸었다. 버스는 있었지만 당시 버스 값이 없어서 주구장창 걸어 다녔다. 그래서 얻게 된 것이 튼튼한 다리였다.

'깊은산속옹달샘'을 만들고 숲길을 걸으면서 다리는 더 튼튼해졌다고 믿었다. 숲에서 자연인으로 산 지 10년을 훌쩍 넘겼으니 걷기보다 더 쉬운 일은 없다고 생각한 것도 무리는 아니었다. 그러나 산티아고 순례길에서 그것은 큰 착각이었다.

첫날부터 겁 없이 빠른 속도로 걷던 중에 갑자기 무릎에 엄청난 통증이 와 그 자리에 주저앉고 말았다. 갑자기 오금에 주먹만 한 쇳덩이가 달려 있는 것처럼 느껴졌다. 무릎을 펼 수도 오므릴 수도 없었다. 한 번도 경험해 보지 못한 어마어마한 통증이었다.

자신감이 화근이었다. 아주 높은 오르막길을 날듯이 걸었고 가파른 내리막길은 더 빨리 내달렸다. 온통 자갈밭인 내리막길마저 날듯이 걸어 내려왔으니 몸에 무리가 간 것은 당연한 결과였다.

다음 날 아침 일어날 수가 없었다. 겨우 몸을 추슬러 걷기에 나섰지만 통증이 심해져서 조금씩 뒤처졌다. 결국 맨 앞에 걷던 내가 꽁무니에서 걷게 되었고, 곧 후미와도 간격이 벌어졌다. 도중에 병원에 들르고 약을 사 먹으면서 겨우 견뎠다.


### 어린 시절의 황톳길

닷새째 되는 날이었다. 느릿느릿 겨우겨우 걷다가 눈이 번쩍 뜨이는 길을 만났다. 황톳길이었다. 끝없이 이어진 그 길에서 어린 시절의 황톳길이 떠올랐다. 신작로라고 불렀던 그 황톳길에 버스가 달리면 붉은 빛깔의 흙먼지가 자욱했다. 그 끝없는 황톳길을 걸어야 하는 통학로는 어린 나에게는 지독한 고생길이었다. 배고픔과 추위, 더위와 외로움이 뒤엉킨 길이었다.

여름에 특히 힘들었다. 내리쬐는 뙤약볕에 몸이 달아올라도 잠시 쉬어갈 그늘조차 없어 숨이 막혔다. 겨울에는 눈바람과 칼바람을 피할 곳이 없었다. 엷은 옷 속으로 추위가 파고들어 온몸을 달팽이처럼 웅크린 채 걸었다. 바람이 몹시 불던 날엔 앞으로 걸어나갈 수조차 없어 뒷걸음치며 울었다.

꽁꽁 언 몸으로 겨우겨우 집에 가면 어머니가 걱정스러운 눈으로 바라보았다. 어린 마음에도 어머니가 힘들어할까 봐 아무렇지 않은 척했다. 그래도 배고픔과 추위와 통증을 단번에 녹여주는 게 있었다. 어머니의 따뜻한 밥상이었다. 된장에 조물조물 무쳐서 팔팔 끓인 우거지 국과 따끈하게 담아낸 보리밥.

황톳길에서 어린 시절의 기억들이 어제의 일인 양 생생하게 살아나면서 목울대가 뜨거워졌다. 너무도 힘들었지만 참고 막아두었던 아픔이 둑이 무너지듯 터져 나왔다.


### 고구마 이삭 줍던 어머니, 어머니

아직도 가슴에 지워지지 않는 영상이 하나 있다. 고구마 이삭을 줍는 어머니의 모습이다. 고구마를 거둘 시기가 되면 어머니는 호미와 큰 포대를 하나 들고, 추수를 끝낸 고구마 밭으로 가신다. 그래도 명색이 목사의 사모님이니까 큰 타월로 얼굴을 가리고 가지만, 사람들은 누군지 다 알았다.

막 추수를 끝낸, 학교 운동장보다 넓은 고구마 밭의 맨 모서리에 어머니가 작은 허리를 동그랗게 말고 쭈그려 앉아 맨땅을 파기 시작한다. 그러면 듬성듬성 깨진 고구마가 나왔다. 주인이 걷어가지 않은 고구마들이다. 주인이 야무진 밭은 아무리 파도 고구마가 나오지 않았다.

한나절 고생하며 캐온 고구마를 어머니는 깍두기보다 조금 크게 썰어 새까만 보리밥에 넣고 삶았다. 서너 그릇 나올 보리밥이 열 그릇 넘게 나왔다. 3남 4녀, 우리 칠 남매와 어머니 아버지, 아홉 식구가 배불리 한 끼를 때울 수 있었다. 우리는 그것을 고구마 밥이라고 불렀는데, 정말이지 그 밥을 신물 나게 먹었다. 어른이 되어선 한동안 고구마를 먹지 않았을 뿐 아니라 고구마 색깔도 싫어할 정도였다.

어린 날의 상처가 되살아나고 고구마 이삭 줍는 어머니의 영상이 겹치니 주체할 수 없었다. 오랜 세월 아무에게도 말하지 못하고 가슴 깊이 묻어두었던 추위와 배고픔과 외로움의 기억들이 나의 자만으로 생긴 무릎의 통증을 타고 목울대를 넘어서 마치 활화산처럼 터져 올라왔다. 나는 길에 고꾸라지듯 주저앉아 아이처럼 엉엉 울고 말았다. 다 잊었다고 생각했는데 아니었다. 잊힌 줄 알았던 당시의 고통이 어머니의 얼굴과 겹쳐 선명하게 되살아났다.

사람은 저마다의 순례길을 걸어간다. 인생을 길이라고 비유하지 않는가. 고난의 순간, 행복의 순간 모두 삶의 길 위에 있다. 걷다

보면 묻어두었던 아픔과 상처들을 만난다. 바쁜 일상에서 접어두고 묻어두었던 일들, 그렇게 묻어두고 살아도 아무 지장이 없다고 생각했던 일들.

우리는 바쁜 일상에서 부지런히 걷고 습관적으로 걷는다. 그러나 일상의 울타리를 벗어나 걷고 또 걷다 보면 저 깊은 무의식 속에 잠겨 있던 일들이 툭툭 올라온다. 산티아고 순례길에서는 그 감정이 극대화된다. 길 위에서 자기의 과거와 만나고, 그 과거 속에 숨어 있던 고통을 만나고, 그러다 상처가 터져나와 펑펑 울게도 된다.

꼭 산티아고 길이 아니어도 괜찮다. 그 어떤 길이든 걷기에 온 마음을 싣고 오래도록 걸어보라. 과거와 현재 그리고 미래의 답을 그 길 위에서 찾게 될 것이다. 걷는다는 것은 너무나도 평범한 일이나 과거와 현재 그리고 미래의 답은 길 위에 있다.

/

## 2. 소년의 통학길

산티아고 순례길에서 나를 주저앉힌 상처의 기억, 어린 시절 통학길 이야기를 조금 더 해보겠다. 내가 전라북도 이리(지금의 '익산')초등학교 3학년 때 우리 집은 이사를 했다. 아버지가 익산과 군산 사이에 자리 잡은 남전교회에서 시무하게 되면서 옮긴 것이다. 전학은 아버지도 나도 원치 않아 3년을 걸어다녔다. 남전에서 이리초등학교까지 왕복 6시간을 검정 고무신을 신고 걸었다. 새벽에 일어나 학교에 갔다가 어두울 녘에야 집에 돌아왔다. 그나마 여름에는 해가 기니까 해 지기 전에 올 수 있었지만 겨울에는 깜깜해져서야 집에 도착했다.

집에서 학교로, 다시 학교에서 집으로 가는 길에 여러 길들을 만난다. 강둑길, 논길, 마을길, 숲길이 펼쳐진다. 그 길들은 봄, 여름,

가을, 겨울 계절마다 다 달랐다. 무더운 여름에는 그늘이 있는 숲길이 제일 좋았다. 드넓은 논길은 땡볕으로부터 숨을 그늘이 없어 고통이었다. 강둑길은 언제나 바람이 세게 불었다. 특히 겨울엔 칼바람에 살이 에이고 몸이 날아갈 것 같았다.


## 길을 막는 아이들, 부서지더라도 한 걸음 더 나아가며

가장 힘든 길은 중간중간의 마을길이었다. 익산 시내에서 남전 리까지 가려면 오산리를 비롯한 몇몇 시골 마을을 거쳐야 한다. 그때마다 마을 아이들이 괴롭혔다. 속수무책으로 당할 수밖에 없었다. 마을 입구에 들어설 때부터 심장이 콩닥콩닥 뛰었다. 공포의 거리였다. 거의 매일 맞고 얻어터져서 집에 돌아왔다. 그렇다고 해서 집에 돌아와 부모님에게 내색할 수도 없었다.

그렇게 한두 해를 걸으니 점점 담력도 커지고 체력도 좋아졌다. '이렇게 피해 다닐 게 아니라 한번 붙어야겠다'는 결기도 생겼다. 다리 힘은 좋으니까 팔 힘을 길러야겠다는 생각으로 철봉, 아령, 팔굽혀펴기를 죽어라 했다. 학교에서 턱걸이를 가장 많이 하는 아이가 되었다. 체구는 작았지만 팔씨름은 거의 당할 사람이 없을 정도가 되었다.

어느 날부터 동네 아이들이 싸움을 걸면 도망치거나 물러서지 않고 맞장을 떴다. 정면 대결을 피하지 않은 것이다. 떼로 달려드는 아이들에게 "너희들 중에 한 놈만 대표로 나와라. 일대일로 붙자!"

라고 했다. 그러면 그 동네에서 제일 몸집이 크고 싸움 잘하는 애가 나왔다. 체구로는 당연히 내가 밀렸지만 결국에는 내가 이겼다.

이기는 방법은 하나였다. 이길 때까지 싸우는 것이었다. 당시 아이들의 싸움에서는 코피가 나면 지는 것이 정석이었다. 그런데 나는 코피가 나도 코피를 풀어가면서 붙고 또 붙었다. 그날 승부가 안 나면 내일 다시 붙자고 해서 다음 날 또 붙고 그다음 날 또 붙었다. 상대방이 무릎 꿇고 항복할 때까지 싸웠다. 그 뒤로는 싸울 일이 없어졌다. 싸움을 거는 아이가 사라진 것이다.

돌아보면 먼 길을 걸었던 초등학교 시절의 3년이 내 인생의 크나큰 선물이 되어주었다. 담력과 체력과 결기가 생겨났고, 내가 굴복해서는 절대 어려움을 건너갈 수 없다는 신념을 심어준 것이다. 그 덕택에 어떤 고생길이든 피하지 않고 돌아가지도 않았다. 다른 가능성이 있으면 돌아가도 되지만, 그 길밖에 없으면 정면 돌파를 선택할 수밖에 없다. 부딪히고 부서지더라도 앞으로 나아갈 수밖에 없으니 정신도 단단해졌다.

불굴의 정신으로 몸과 마음이 강해지면 인생에 어떠한 고비와 변수가 찾아오더라도 헤쳐나갈 수 있게 된다. 어린 시절은 강한 멘탈을 키울 수 있는 혹독한 단련의 시간이었다.

그 어떤 길이든
걷기에 온 마음을 싣고
오래도록 걸어보라.
과거와 현재 그리고 미래의 답을
그 길 위에서 찾게 될 것이다.

/

## 3. 목사의 아들로 산다는 것

나는 칠 남매 중 딱 가운데이다. 위로는 형과 누나 둘, 아래로는 남동생 하나에 여동생 둘, 그 사이에 내가 있었다. 아버지는 우리 중 나를 목회자로 키우려 했고, 나는 아버지로부터 특별 맞춤 교육을 받았다. 어려서부터 성경 이야기를 귀가 닳도록 들으며 자랐다.

아버지는 목사이자 이야기꾼이셨다. 아버지는 가정예배를 중요하게 생각해서 새벽마다 우리를 깨워 예배를 드렸다. 돌아가며 성경을 읽게 하고 천지창조, 아담과 하와, 선악과, 아브라함, 모세, 다윗, 솔로몬, 삼손과 델릴라 같은 성경 이야기를 무수히 들려주었다. 눈을 비비며 들었던 아버지의 맛깔스러운 성경 이야기가 아직도 내 머릿속에 고스란히 저장되어 있다.

아버지는 설교 강단에 오르기 전에 항상 식구들 앞에서 예행연습을 했다. 그때마다 어머니는 직설적으로 지적하고 신랄하게 비판했다. "그 대목은 어느 장로, 어느 집사 들으라고 하는 소리 같은데요?" 그러면 아버지도 지지 않고 반박했다. "아니 저런, 그건 당신 생각이오!"

설교 내용을 놓고 아버지, 어머니가 다투는 모습을 많이 봤다. 돌이켜보면 그 모습을 옆에서 지켜보며 자란 것이 내 언어를 다듬는, 글쓰기에 좋은 훈련의 과정이 된 것 같다.


## 평생 기본기가 된 말하기 훈련

나는 어린 시절부터 '동화 구연 잘하는 아이'로 소문났다. 아버지가 들려준 성경 이야기, 교회 주일학교에서 선생님께서 들려주신 동화를 그대로 읊어대는 아이였다. 주일학교는 내가 글을 익히기 전에 말을 배우는 통로였다.

글도 깨우치지 못한 꼬마가 선생님의 이야기를 듣고 집에 와서 그대로 옮기면, 사람들이 굉장히 재미있어했다. "도원아, 오늘 들은 동화 한번 이야기해 봐라." 아버지 어머니는 집에 온 손님들 앞에서도 이야기를 하게 했다. 들어주는 사람이 있고 칭찬받는 게 좋았던 나는 신나서 동화를 구연했다.

교회에서는 동화대회가 많이 열렸다. 교회는 물론이고 지역 학교에서도 동화대회가 열렸다. 나는 거의 모든 동화대회에 나갔다. 아버지가 원고를 써 암기하게 하고 연습을 시켰다. 말하는 기술을 훈련 받기 시작한 것이다. 동화 구연 훈련뿐 아니라 아버지에게 배운 웅변술이 나의 언어에 지대한 영향을 끼쳤다.

예전에는 웅변대회가 매우 많았다. 학교 웅변대회에도 많이 나가서 고등학교 때까지 웅변으로 이름을 날렸다. 아버지는 목소리, 자세, 시선, 표정의 중요성을 일깨워주었다. 첫 마디에 사람을 끌어당기는 방법과 쇼맨십도 알려주었다. 웅변대회장의 청중들은 연사가 무대 옆 준비실에 있다가 연단으로 바로 나올 거라고 생각한다. 그런데 나는 청중석 맨 뒷줄에 앉아 있다가 호명을 하면 관객석 가운데로 턱턱 걸어가서 계단을 한 번에 두두둑 올라갔다.

연단에 올라가선 바로 입을 열지 않고 3~4초 정도 청중을 말없이 둘러보았다. 이때 시선에서 밀리지 않아야 한다. 그 시선만으로 사람들의 마음을 압도해야 한다. 그러고 나서 비로소 입을 연다. "저의 형님은 어제 또 가출했습니다." 내 웅변의 첫 마디였다. 실제로도 우리 형은 가출을 많이 했다. 그날 웅변의 제목은 '가출자'였다. 웅변은 제목이 강렬하고 좋아야 사람들의 이목을 끌 수 있기 때문에 제목에도 상당히 신경을 썼다.

생생한 일상을 소재로 첫마디를 던지고 청중을 둘러보면 내게 당겨오는 기운이 느껴진다. 숨소리조차 들리지 않는 고요함 속에서 모든 청중의 시선이 내 입술과 내 웅변에 집중하는 것을 온몸으로 느낄 수 있었다.

나는 언제나 원고 없이 웅변을 했다. 그러려면 철저한 암기는 기본이고 연습을 많이 해야 했다.

"말을 꾸미지 마라. 쉬운 말이어야 한다. 거짓은 절대 금물, 미사여구를 쓰지 마라. 솔직해야 한다. 말하는 사람의 자세는 언제나 반듯해야 한다. 표정은 늘 밝게 해라. 연단에 오르기 전 언짢은 일이 있었다 해도 마치 아무런 일도 없었던 사람처럼 밝은 표정을 지어야 한다. 목소리는 잘 들려야 한다. 통통 튀는 소리를 내어라."

아버지가 수없이 반복해서 가르친 말이었다.

목소리 좋아지는 법, 화살처럼 꽂히는 소리를 내는 법도 아버지에게 배웠다. "목소리의 핵심은 잘 전달되는 것이다. 어물어물하지 않으려면 혀에 힘이 있어야 한다. 같은 높이의 소리인데 딱 꽂히는 목소리가 있고 흩어지는 목소리가 있다. 그 때문에 멀리서 이야기를 해도 누구 소리는 잘 들리고 누구 소리는 잘 들리지 않는다. 그것은 혀에 힘이 있느냐 없느냐의 차이이다."

덧붙여, 목소리에는 음악처럼 리듬이 있어야 한다는 것이 아버지의 지론이었다. 그래서 힘 있는 목소리로 높낮이를 조절하고 리듬감 있게 정확히 발음하는 방법을 가르쳐주었다. 입안에 자갈을 네다섯 개 넣고 책을 읽거나 젓가락을 끼고 말하는 연습을 하게 했다. 그 덕분인지 지금도 목소리가 잘 들린다는 이야기를 가끔 듣는다.

'사람 앞에 서는' 사람에겐 여유 있는 태도와 유머로 사람을 편하게 해주는 자질도 필요하지만 대중의 마음을 사로잡는 카리스마도 중요하다. 나는 아버지가 가르쳐준 웅변술에서 사람을 이끄는 힘을 배울 수 있었다.

## 최고의 유산, 독서력

아버지는 당시 많은 장서를 가진 독서가였다. 어린 내가 보기에도 아버지는 늘 책 속에 파묻혀 지냈다. 항상 책을 읽었다. 당시 지성인의 필독서가 《사상계》였는데, 아버지는 창간호부터 폐간호까지 서재 한가운데 꽂아놓고 애지중지했다. 집 안 모든 벽에는 나무 판자 사이에 벽돌을 쌓아 올려 책장을 만들었고, 그 책장에는 책들이 가득했다. 아버지는 목사가 책을 보지 않는 것과 서재의 빈곤은 곧 목회의 빈곤을 의미한다고 여겼다.

중학교 2학년 때였다. 아버지는 함석헌 선생의 『뜻으로 본 한국역사』와 아놀드 토인비의 『역사의 연구』 상·중·하, 이렇게 4권을 건네주면서 책 읽고 밑줄 긋는 훈련을 시켰다. 그리고 독서카드를 쓰게 했다. 독서카드 앞장 윗줄에는 책 이름, 저자, 그 책을 읽은 날의 날씨나 사건 등을 쓰고 그 밑에 인상 깊게 읽은 구절을 적게 했다. 뒷장에는 나의 생각을 압축해서 적게 했다.

아버지는 독서카드 훈련을 시키면서 "사람은 부드러운 음식만 먹으면 이가 상한다. 단단한 음식을 먹어야 이가 튼튼해진다. 정신도 그와 같다. 어려운 책을 읽을 줄 알아야 한다"라고 강조했다.

독서카드는 아버지의 무궁무진한 설교 재료였다. 설교를 준비하기 전에 독서카드를 두 번, 세 번 반복해 읽으면서 영감을 얻었던 것이다. 나도 그랬다. 아버지가 가르쳐준 대로 독서카드에 적어놓은 글귀가 체화되어 내 언어의 윤활유 역할을 했다. 나의 무의식 속에 녹아들듯 젖어든 것이다.

독서카드 쓰는 훈련은 책을 내 것으로 만드는 방법이었다. 그러나 당시에는 도무지 무슨 뜻인지 모른 채, 그저 책을 읽고 밑줄 긋고 독서카드를 써야 했으니 고통스럽고 고달프기도 했다. 하지만 이 훈련이야말로 아버지가 나에게 물려준 최고의 유산이 되었다. 책에 밑줄을 그은 내용이 나도 모르는 새 정신에 각인이 되었고, 독서카드가 하나둘 늘어나면서 내 인생의 자양분도 풍부해져 갔다.


### 마당 쓸고 종 치며 얻은 교훈

아버지는 시골 교회를 개척하는 일을 당신의 소명으로 삼았다. 그래서 시골에서 더 시골로, 작은 곳에서 더 작은 곳으로 이사를 했다. 목사 사례비를 제대로 받을 수 없을 만큼 가난한 마을이었기 때문에 집안 살림은 더욱 궁핍해졌다.

'목사 아들'이라는 이름을 가지고 교회 울타리 안에 갇혀 살면 여러 힘든 일이 겹친다. 잘하면 잘해서 욕먹고 못하면 못해서 욕을 먹는다.

특히 작은 시골 교회에서는 목사 자녀들이 다역을 해야 한다. 목사 딸은 피아노를 치고 목사 아들은 청소를 해야 했다. 겨울에는 난로를 피우고 유리창도 닦아야 했다.

당시에는 시골교회의 종소리가 동네 시계였다. 그 종을 치는 일도 내 몫이었다. 종치기도 리듬을 타야 한다. 종 치는 요령이 없으면 소리가 잘 안 나고 나더라도 엇박자가 난다. 몸이 작았던 나는 종에 딸려가기도 했다. 그러거나 저러거나 이 모든 게 목사 아들이 할 일이었다.

가장 힘들었던 일 중 하나가 비질이었다. 새벽에 아버지가 나를 깨워 빗자루를 주면서 교회 마당부터 교회 입구와 동네 어귀까지 쓸게 했다. 제일 싫을 때가 눈 오는 날이었고, 그다음은 낙엽이 많이 지는 가을이었다.

아침마다 동네 골목을 쓰는 일은 몸도 고달팠지만 마음의 고통도 컸다. 사람들이 나를 더 힘들게 했다. 처음에는 동네 사람들이 칭찬해 준다. 그런데 며칠 지나면 그 일이 당연해지면서 참견하고 훈수까지 둔다. 칭찬의 말은 줄어들고 지적질이 많아진다. "여긴 안 쓸어? 이것도 쓴 거야?" 일어나기도 힘든 새벽에 나름 죽을 둥 살 둥 비질을 하는 건데 말이다. 심지어 혼내고 지나가는 사람도 생긴다. 어린 나에게는 그런 말 한마디 한마디가 송곳처럼 가슴팍을 찔렀다.

이때 나는 아무리 좋은 뜻으로 시작한 일도 꾸준히 계속하는 것이 얼마나 어려운 일인가를 실감하게 되었다. '어떤 일을 끝까지 유지하는 마음도 결국은 나와의 싸움이구나.' 마당 쓸고 종을 치며 얻은 교훈이었다. 자기와의 싸움에 이긴 사람이어야 다른 힘든 일도 견디어낼 수 있다.

자기와의 싸움에서 항상 이기는 것은 아니었다. 칭찬을 받거나 비난을 받거나 이래저래 도드라질수록 점점 처신하기가 어려워졌다. 조금이라도 잘못하거나 잡음이 나면 아버지에게도 호된 야단을 맞았다. 모든 것이 다 내 잘못으로 귀착되었다. "네가 조심해야지. 네가 잘해야지. 네가 참아야지."

그러나 참을 수만 있나. 사춘기가 되니 세상이 온통 삐딱하게 보였다. 참았던 화와 울분이 반항으로 터져 나왔다. 교회도, 목사 아들이란 것도 다 싫었다.

멋있고 훌륭하다고 생각했던 아버지도 싫어졌다. 그전까지 아버지는 오랜 존경의 대상이었다. 아버지는 새벽마다 라디오를 들으면서 영어 공부를 했다. 어쩌다 아버지의 노트를 펼쳐보면 영어 단어가 깨알같이 가득했다. 아주 드물게 미국 선교사가 나타나면 대수롭지 않은 듯 영어로 대화했다. 나는 한마디도 알아들을 수 없었지만 그런 아버지가 정말 멋있고 자랑스러웠다. 아버지는 설교 준비도 그냥 하는 법이 없었다. 반드시 노트에 정리해 기록으로 남겼고 어머니에게 의견을 구했다. 그렇게 해서 주일에 아버지가 설교를 하면 잘 이해하지는 못해도 '아버지가 훌륭한 말씀을 하시는 구나' 하는 존경심이 생겼다.

그러나 그 존경심 뒤편에 숨어 있는 아버지의 또다른 면이 나를 괴롭혔다. 아버지를 생각하면 존경심과 나를 억압하는 아버지에 대한 반항심, 이 두 마음이 늘 중첩되었다.

## 4. 행복과 불행 모두 글의 재료다

한수산 작가가 이런 말을 한 적이 있다. "재수 없는 사람, 풀리지 않는 사람이 쓰는 게 글이다." 넘어지고 깨지고 아파봐야 좋은 글이 나온다는 뜻이었다. 돌이켜보니 내 인생도 재수가 많이 없었다.

아버지가 교회 시무지를 옮기면서 전라북도 황등에서 이리로, 이리에서 남전으로, 남전에서 전주로, 서신동으로, 만성리로 이사를 다녀야 했다. 나는 새 동네 아이들과 어울리는 게 참으로 어려웠다. 당시에도 이사 온 아이를 따돌리고 해코지하는 경우가 많아서 새 동네에 가면 가장 무서웠던 게 나보다 나이 많은 형들이었다.

새 동네로 이사 간 어느 날이었다. 하루는 비가 오는데 어떤 형이 미소 띤 얼굴로 우산을 들고 다가와서 내 손을 잡아줬다. 나는 그 순간 '이 동네는 괜찮겠다. 이 형만 잘 따라다니면 되겠어' 하고 안심했다. 그런데 그 형을 따라 걷다가 웅덩이에 푹 빠지고 말았다. 똥과 오물을 가득 담아 지푸라기로 살짝 덮어둔 똥구덩이였다. 착해 보였던 그 형이 미소 띤 얼굴로 나를 똥통으로 유인한 것이었다. 내가 똥통에 빠지자 이미 그곳에 모여 있던 동네 아이들 수십 명이 깔깔 웃어댔다. 그 웃음소리가 악마들이 내는 천둥소리처럼 들렸다. 똥통에서 기어 나오며 느낀 모욕감과 수치심……. 정말 죽고 싶었다. 내 인생 최초의 살의를 느꼈다.

### 트라우마가 만든 독서 습관

나를 똥통에 빠뜨린 그 '형님'을 40여 년이 지난 어느 날 우연히 만나게 되었다. 어느 강연장이었다.

"혹시 저를 똥통에 빠뜨린 그 어른 아니시오?"

"죄송합니다. 죄송합니다."

"죄송할 것 없습니다. 선생님이 계셔서 제가 오늘 이 자리에 오게 된 겁니다."

똥통에 빠진 그날 이후 나는 심각한 대인기피증에 걸렸다. 아주 내성적인 소년이 되었다. 비 오는 날엔 밖에 나가질 못했고 누가 우산을 들고 오면 도망갔다. 끔찍한 트라우마가 생긴 것이었다. 어머니가 방안통수라고 나무랐다. "이 녀석아, 사내가 밖에 나가서 놀아야지." 어머니의 야단에도 밖으로 나갈 수가 없었다. 그 고독하고 외로운 시간에 나는 책을 읽었다. 한 사람의 독서가가 똥통에서 나왔다.

## 인생 첫 백일장 대회에 나가다

밖에 나가지 못해 생긴 독서 습관은 내 글쓰기에 다시없는 자양분이 되었다. 그리고 가난한 생활환경은 더없는 글감이 되었다.

초등학교 5학년 때 담임 선생님이 나에게 백일장 대회에 나가보라고 권유했다. 당시 이리는 인구 15만 명쯤 되는 중소도시였는데, 시내 모든 초등학교가 참여하는 대회였다. 그날 백일장의 주제는 '비'였다.

그즈음 한 달 동안 장맛비가 쏟아졌다. 가난한 집에 장맛비가 쏟아지면 어떤 일이 생길까? 천장에서 비가 뚝뚝 떨어진다. 그러면 어머니가 바빠진다. 작은 그릇, 큰 그릇, 작은 통, 큰 통에 물을 받아낸다. 쉴 새 없이 걸레질을 한다.

어머니가 한 달 동안 장맛비에 고생하시는 모습을 아들인 내가 본 대로 적은 것이 내 인생의 첫 번째 글이었다. 그런데 그것을 슬프게 적지 않고 코믹하게 적었다. 마치 어머니가 실로폰 놀이를 하듯 '퐁당, 퐁당, 퐁당' 비 오는 밤마다 유쾌한 놀이를 하는 것처럼 유머러스하게 써냈다.

지금도 어머니에게 감사한 것은 실제로도 밝은 표정을 보여주셨다는 점이다. 그래서 그런 상황을 슬프게 적지 않고 코믹하게 적을 수 있었다. 그때 만일 어머니가 울상이 되어 빗물을 받았다면 아마 내 글은 '장원'이 안 됐을 것이다. 슬픈 이야기를 코믹하게 써 내려가다가 맨 마지막 문장을 이렇게 적었다.

"한 달 동안 쏟아지는 궂은 비, 우리 집 천장에서 떨어지는 물방울은 우리 어머니의 눈물이었다."

이 문장이 아마도 심사하는 선생님들의 마음을 툭 쳐서 나를 장원으로 뽑아주지 않았나 생각한다. '우리 어머니의 눈물이었다'라는 끝 구절이 심사위원들의 마음을 움직였고, 나를 글쟁이로 만들었다. 그날 이후 나는 학교에서 '글을 잘 쓰는 학생'이 되었다. 학교교지, 신문 등의 편집장은 물론 모든 문예 활동의 주요 일원이 되었고 글과 관련된 학교의 모든 활동에 주도적으로 참여하게 됐다.

결국 나를 글쟁이로 만든 것은 고난의 경험이었다. 글의 재료는 행복한 시간보다 불행한 시간, 고난의 시간에 만들어지는 경우가더 많다. '재수 없는' 시간, 일생에서 가장 재수 없는 저점의 시간에만들어진다. 사람을 믿었다가 한순간에 똥통에 빠진 그 재수 없는시간이 나를 독서가로 만들었고, 고되고 힘들었던 가난이 나를 글쟁이로 만들었다.

# /

## 5. 글쟁이의 시작

나는 자라는 내내 어머니로부터 똑같은 이야기를 수없이 들었다. 다름 아닌 어머니가 나를 잉태했을 때 태중의 아이를 아들로 주시면 하나님의 종으로 키우겠다는 서원기도를 하고 낳았다는 이야기였다. 그때마다 나는 왜 내 허락도 받지 않고 내 운명을 결정하느냐며 화를 냈다.

어머니의 기도 제목은 내가 훌륭한 목사가 되는 것이었다. 어머니는 유명한 부흥 목사들이 시골에 올 때마다 나를 데리고 가서 "너도 저 목사님처럼 훌륭한 목사가 돼라"라고 말했다. 그런 어머니의 열성에도 당장 어린 내 마음에는 그 말이 그다지 와닿지 않았다.

그러던 어느 날 "부름 받아 나선 이 몸 어디든지 가오리다. 괴로우나 슬프나 주만 따라가오리다"라는 가사의 찬송가를 부르다 가습이 뜨거워지기 시작했다. 오로지 나를 위한 노래, 나를 부르는 찬송 소리로 들렸다. 나는 오열했다. 어머니의 서원기도를 받아들이기로 했다. 아버지의 길을 따라가기로 결심했다.

담임 선생님에게 신학을 공부하겠다고 이야기하니 많이 놀라셨지만, 당시 아버지가 꽤 신망 있는 목사여서 목사 아들이 드디어 자기 길을 찾았다고 축하해 주는 분도 있었다.


## "너를 다른 방식으로 쓰시기 위해"

연세대학교 신학과에 입학했다. 시골에서 사립대학교를 보낸다는 것은 아주 어려운 일이었다. 당시 입학금이 6만 원이었는데 가난한 우리 집에서는 정말 큰돈이었다. 부모님에게 입학금만 대주면 나머지는 알아서 하겠다고 했다.

방법은 하나뿐이었다. 공부를 열심히 해서 전액 장학금을 받는 것이었다. 그랬기에 대학 1학년 때부터 다른 데는 신경도 쓰지 않고 열심히 공부해서 우등 장학생이 되었다. 덕분에 학비 걱정을 덜었다.

그렇게 공부에만 매진하다 2학년 때 대학신문 《연세춘추》의 기자가 되었다. 대학신문 기자 생활이 무척이나 재미있었다. 마치 물 만난 고기처럼 대학 캠퍼스를 누비고 다녔다.

3학년 2학기 때는 편집국장이 되었다. 원래 편집국장은 한 학기씩만 하는 것이었는데 나는 4학년 1학기 때 한 번 더 맡게 되었다.

매우 드문 일이었다. 그것은 내 인생에 행운일 수도 불행일 수도 있는 '변곡점'이 되었다.

그때 만약 편집국장을 연임하지 않고 졸업했다면 그대로 나는 목사나 교수가 되어 지금과는 전혀 다른 길을 걸었을 것이다. 그러나 운명은 다른 길로 향했다.

내가 《연세춘추》에 들어간 1972년에 유신헌법이 공표되었다. 그 무섭고 엄중한 시대에 의분 넘치는 대학신문 기자가 되었던 것이다. 나는 편집국장이 되자마자 〈십계명〉이라는 기명 칼럼을 만들어 쓰기 시작했다. 그러다가 보들레르의 「악의 꽃」을 언급한 게 문제가 됐다.

> 그 시골처녀를 가리켜 어떤 이는 밤의 꽃이라고도 불렀고 「악의 꽃」이라고도 불렀다.
>
> – 1974년 5월 6일 《연세춘추》 중

그 일이 빌미가 되어 몇 차례 필화 사건을 겪다가 긴급조치 9호로 제적을 당했다. 그러고는 바로 군대에 강제 입영을 하게 되었다. 제적당해 졸업장을 받을 수 없게 되자 목사란 이룰 수 없는 꿈이 되었다. 가파른 시대 상황에 부딪혀 내 삶이 토막 나는 순간이었다.

군대에 가기 전 가장 두려운 일이 어머니를 보는 것이었다. 나를 우주의 중심으로 여겼던 어머니가 땅이 꺼지도록 실망하는 모습을 보는 것은 죽기보다 싫었다. 그래도 군에 가기 전 꼭 뵈어야 했기에 버스를 타고 굽이굽이 시골 집으로 향했다. 아들이 온다는 소식에 동네 입구까지 나와 기다리는 어머니를 보며 무릎을 꿇었다. 그때 어머니는 실망하는 표정을 짓기는커녕 눈물 한 방울 흘리지 않고 내 등을 쓸어주며 말했다.

"우리 아들 장하다. 하나님이 너를 다른 방식으로 쓰시기 위해 이렇게 하신 것이다."

그 말은 내 평생 가슴에 품은 축복의 말이 되었다. '다른 방식으로 쓰시기 위해'라는 말의 뜻이 무엇인지는 '고도원의 아침편지'를 시작하고 나서야 비로소 깨닫게 되었다.

모든 것이 막힌 절망의 끝자락에서
다시 새로운 길을 찾아가는 것이 삶이다.
끝점이 곧 시작점인 것이다.

/

## 6. 고난의 길을 함께 걸어온 사람

《연세춘추》에서는 매년 크리스마스마다 축제를 열었다. 이 축제 때는 각자 파트너나 연인과 함께 참가해야 했다. 편집국장이 된 나로서는 반드시 파트너와 함께 가야 하는 행사였다. 그러나 축제가 내일모레인데도 나에게는 파트너가 없었다. '못생긴 남자'였기 때문이다. 그래서 기독학생회 부회장이던 후배에게 파트너 좀 소개해 달라고 부탁을 했다. 이 친구가 급히 소개해 준 자기 사촌 언니가 지금의 아내이다.

**첫 만남**

아내를 만나러 연세대학교 앞 독수리 다방으로 나갔던 날의 기억이 지금도 생생하다. 다방에 먼저 와 앉아 있던 아내는 내가 들어서는 모습을 보고는 곧바로 눈꼬리를 내렸다. 그러더니 다시는 나를 쳐다보지 않았다. 오늘 되게 재수 없다는 표정이었다. 이런저런 말을 붙여봐도 대꾸가 없었다. 도무지 날 쳐다보지를 않았다. 우리는 언짢은 상태로 헤어져 나왔다.

나중에야 알았지만 아내는 그날 몹시 화가 났던 모양이다. 만남을 주선해 준 후배에게 전화해서 "나를 어떻게 보고 그렇게 못생긴 남자를 소개한 거야!"라고 소리를 질러댔다고 한다. 그런데 그 후배가 "언니, 그러지 마. 그래도 연대에서는 난다 긴다 하는 학생이야. 축제에 한번 가보기나 해"라고 했고, 그렇게 해서 우리는 축제 날 다시 만나게 되었다.

늦은 오후에 시작된 축제는 밤늦게야 끝났다. 자정이 넘도록 우리는 노래하고 춤추었다. '논지당'이라는 실내 공간에서 진행된 축제를 마치고 밖으로 나오니 별천지가 펼쳐져 있었다. 온 세상이 하앴다. 30년 만에 내린 폭설이었다. "우와!" 하고 모두 함성을 질렀다. 온몸이 푹푹 빠지는 눈길을 헤치고 학교 밖으로 걸어 나왔다. 눈길에 넘어지고, 넘어지면 서로 일으켜 세우면서 우리의 러브스토리가 시작되었다.

그다음 날부터 보름 동안 매일 데이트를 했다. '15일간의 에브리데이 데이트'였다. 그동안 가고 싶었던 곳에 죄다 갔다. 인천 송도 바닷가로 가는 버스 뒷자리에 앉아서 영화처럼 첫 키스도 했다.

그렇게 딱 보름이 되었을 때 아내가 갑자기 결별을 선언했다. 집

안의 반대 때문이었다. 나는 기독교 집안에 시골 출신이고 가난했
는데, 아내는 불교 집안에 서울 토박이인 데다 아버지가 자수성가
해 이른바 동대문 밖 최고 부잣집이었다. 그렇게 아내와 헤어졌다.

1975년 5월, 긴급조치 9호로 제적을 당하고 수배자가 되어 도
망을 다니게 되었다. 경찰을 비롯한 정부 기관에서 나와 연관이 있
는 사람들을 샅샅이 찾아 조사하고 다녔다. 가족은 물론 고향 사람
들과 중고등학교 친구들, 나와 교류했던 사람들이 나 때문에 고초
를 많이 당했다. 경찰은 멀리 제주도 형님 집까지 조사를 했고 그
때는 헤어진 상태였던 아내에게도 찾아갔다.

결국 붙잡혀 구치소 생활을 하던 어느 날 아내가 면회를 왔다.
내가 좋아하는 빙그레 바나나 우유 몇 개를 들고 왔다. 천사를 보
는 것 같았다. 그때 결심했다. '저 여인과 인생을 함께하리라.'


## 일곱 번의 이별, 일곱 번의 재회

구치소에서 나온 후 아내와의 사랑은 더욱 깊어갔다. 하지만 처
가 쪽의 반대가 만만찮았다. 사주팔자와 궁합이 맞지 않는다는 이
유였다. 여기저기 용하다는 점쟁이들의 점괘는 약속이나 한 듯 고
약했다. 나와 아내는 상극 중에 상극, 이른바 '원진'이라는 것이었
다. 처가에서는 심지어 "너희가 만일 결혼하면 급살 맞는다"라는
말도 했다. 하지만 나는 포기할 수 없었다. 내가 말했다. "내가 믿는
하나님 빽이 너희 집이 좋아하는 점쟁이들 빽보다 세다." 고맙게도

아내는 나를 믿어줬다.

그즈음에 강제 입영 통지문이 날아들어 군대에 가야 할 상황이 왔다. 시골 어머니를 만나고 돌아온 나는 남은 한 달 동안 아내를 데리고 내가 아는 모든 어른들에게 인사를 하러 다녔다. 나를 아끼던 박대선 총장, 심치선 여학생 처장, 신학과의 이상희, 김찬국 교수 등 여러 교수님 댁을 순례하듯 찾아다니며 나와 결혼할 여자라고 선언을 했다.

3년 동안의 군대 생활은 그야말로 지옥이었다. 조금 과장하면 거의 매일 밤 집단 폭행을 당했다. 제적 학생 출신 병사에 대한 일종의 제도적 폭력이었다.

유일한 희망은 아내의 면회였다. 면회를 올 때면 가방 안에 《타임》이나 《뉴스위크》를 사가지고 오기도 하고, 용돈을 아꼈다가 내게 주고 가기도 했다. 아내의 면회를 학수고대했지만 면회 때마다 우리는 몹시 다퉜다. 아내가 면회 올 때마다 아무리 생각해도 결혼이 어려울 것 같다는 말을 입버릇처럼 했기 때문이다.

아내가 이별 통지를 하고 돌아가면 나는 장문의 편지를 보내곤 했다. 아내는 그 편지를 받고 '오늘이 마지막 면회'라며 와서는 또 이별 통보를 하고 돌아갔다. 그럼 나는 또 편지를 써서 보냈다. 그렇게 이별하고 재회하는 일이 3년 내내 반복되었다.

우리는 타협안을 찾았다. 모든 것을 제대하고 결정하자는 것이었다. 제대할 때쯤이면 시국이 변해서 복학도 되고, 그러면 결혼의 희망이 보이지 않겠냐고 생각했다. 군대 생활 3년 동안 관심은 오로지 시국이 풀리느냐, 그래서 복학이 되느냐였다.

어렵사리 제대를 했지만 복학은 되지 않았다. 우리의 결혼은 더 멀어져 갔다. 군복 입은 남자만 봐도 눈물이 나왔다는 아내의 말이 나를 울렸다. 집안에서 워낙 심하게 반대하고, 본인이 생각해도 이 남자와 결혼하면 밥이나 먹고 살 수 있을지 암담하니 눈물밖에 나오지 않았던 것이다.

막상 제대를 했지만 여전히 막막했고, 우리는 만날 때마다 다퉜다. 아내 집안의 반대는 최고조에 이르렀다. 우리가 데이트하는 곳에 갑자기 오빠가 나타나 아내를 끌고 간 적도 있었다.

결국 "안 되겠다. 각자 갈 길로 가자"라며 제대 한 달 만에 마지막 결별을 했다. 하필 겨울이었다. 아내와 헤어진 그해 겨울은 너무나 추웠다. 날씨도 추웠지만 내 청춘이 더 스산하고 아팠다. 아내와 헤어지고 나니 갈 데가 없었다. 밖으로 나갈 용기도 힘도 없었다.

식욕도 잃었다. 밖에 나가지도 않고 담배만 피워댔다. 나는 골초가 되어갔다. 하루에 두 갑, 세 갑 담배에 취해서 내 몸과 마음은 비몽사몽 피폐해져만 갔다. 그러던 어느 날 아내가 물어물어 내가 있던 작은 방에 나타났다. "광주리장사라도 해서 먹고살면 되잖아. 우리 결혼하자"라고 내게 말했다. 지금 떠올려보면 그 순간은 내 인생에 가장 환한 빛이 들어온 순간이었다. 절망에 빠져 있던 내게 다시 일어설 힘이 생긴 것이다. 어떤 상황에 있든 사랑하는 사람과 함께라면 인생은 살아볼 만한 일이 될 거라 믿었다.

아내의 그 말이 떨어지자마자 우리는 곧바로 결혼 준비를 했다. 둘이 손잡고 연세대 박대선 총장님을 찾아가 결혼할 거라고 말씀 드리고 연세대에 있는 루스채플이라는 대학 교회를 무료로 빌렸다. 내 신앙의 멘토로 여겼던 이계준 목사님에게 주례를 부탁드리고 몇몇 교수들을 모신 가운데 초스피드로 결혼식을 올렸다.


## 그녀는 운명이다

아내는 광주리장사라도 해서 나와 살겠다는 결심을 어떻게 했을까. 가족과 결별하더라도 이 남자랑 살겠다는 결심을 어떻게 했을까. 아마도 아내는 내가 외로운 사람이고 아무런 기댈 곳이 없으니까 자기가 벽이 되어주면 괜찮은 사람이 될 수 있을 거라는 생각을 했던 것 같다.

내가 대학 4년 동안 내내 같은 옷을 입고 다녀도 개성 있는 패션인 줄 알았다던 아내. 이따금 우리는 "일곱 번의 이별과 일곱 번의 재회를 했다"라는 말을 하곤 한다. 또 우스갯소리로 "일곱 번의 이별 키스와 일곱 번의 재회 키스를 했다"라는 말도 한다. 오늘이 마지막이라면서 뜨거운 키스를 하고 헤어지면 다시 그리워져서 또 만나고, 만나면 더 뜨거운 재회의 키스를 하고. 이걸 일곱 번 반복했다고 하면 듣는 사람들이 웃는다.

서로 사랑했다. 정말 깊이 사랑했다. 아내가 몇 번 이야기했다. 당시는 힘들었지만 이 남자는 뭔가를 할 사람이고 계속 이렇게는 살지 않을 사람이라는 확신을 가졌다고. 그런 확신을 가진 아내가 함께 걸어주어서 힘이 되었다.

한 남자와 한 여자가 만나 사랑하고 결혼을 한다는 것은 보통 일이 아니다. 기적과도 같은 것이고 전 우주적인 것이다. 내 경우, 인생의 막다른 골목 그 끝자락에서 아내를 얻었다. 구치소에서 인생이 끝장난 것 같았을 때 아내가 나타났고, 주변에 있던 사람들이 다 떠났을 때 오직 아내 한 사람이 남았다. 나의 결혼은 장밋빛도 아니고 탈출구도 아니었다. 운명이었다.

/

## 7. 높은 산봉우리는 깊은 계곡을 품고 있다

《연세춘추》편집국장,《뿌리깊은나무》기자,《중앙일보》기자, 청와대 연설 담당 비서관, 아침편지문화재단 이사장, K-디아스포라 세계연대 공동대표. 이런 이력만 들으면 내가 승승장구한 사람처럼 보일지 모른다. 출셋길, 꽃길만 걸어온 사람으로 생각할지 모른다. 한 사람의 삶을 산봉우리만으로 요약하다 보면 꽃봉오리처럼 보기 쉽다. 그러나 산봉우리가 있다는 것은 그 밑에 계곡이 있다는 뜻이다. 계곡이 없는 산봉우리는 없다. 산봉우리가 높을수록 계곡은 더욱 깊다.

팔팔하던 청춘의 시절, 나에게도 10년간 절망의 깊은 계곡이 있었다. 앞서 말한 1975년의 긴급조치 9호는 내 청춘에 일종의 '마침표'였다. 당시 제적된 사람은 그 어떤 대학에도 재입학할 수 없었다. 대학 졸업장이 없이 이력서를 받아주는 회사는 거의 없었다.

우여곡절 끝에 아내와 결혼하고 산동네였던 아현동 꼭대기에 월세방을 구했다. 신혼여행 갈 돈이 없어서 결혼식을 마치고 그 월세방으로 들어가 일주일 동안 숨어 지냈다.


### 웨딩드레스 가게 '행복의 문'

결혼을 하니 당장 호구지책이 필요했다. 포장마차부터 시작했다. 그러나 하루 만에 접었다. 그곳은 무서운 세계였고 아무나 할 수 있는 일이 아니었다. '땅 짚고 헤엄치는' 장사라 해서 문방구를 차리려다 사기도 당했다. 가난한 신혼부부의 단꿈은 산산조각이 났다.

서로 위로하고 격려해도 될까 말까 한 우리 부부는 그날부터 박 터지게 싸웠다. 2박 3일 식음을 전폐하다시피 하며 싸운 적도 있었다. 먹고살기도 힘들고 마음도 피폐해져 가다 보니 어느 날은 "한강이 좋을까, 고층 빌딩이 좋을까"라는 말까지 하며 최악의 결심을 하기도 했다.

겨우겨우 마음을 추스르고 집을 나오면 갈 곳이 없었다. 유일하게 가끔 찾는 곳이 아내의 죽마고우가 운영하던 명동 웨딩드레스 가게였다. 그곳에 가서 차도 마시고 세상 이야기도 나누었다.

그 친구의 권유와 도움을 받아 빚을 내서 이화여대 입구 아현동 고개에 '행복의 문'이라는 웨딩드레스 가게를 열었다. 제법 장사가 잘되었다. 그러나 평생 하고 싶은 일은 아니어서 늘 고민이었다. 하루는 나를 아끼는 선배 한 분이 "네 장래가 걱정된다. 사회에 나와야지"라고 말했다. 그 선배가 나를 세상에 내보내려고 소개해 준 곳이 오퍼상이었다.

## "이 양변기를 중동에 수출하시겠어요?"

당시는 수출제일주의 시대로 무역상이 한창 붐이었다. 작은 사무실에 직원 몇 명 두고 좋은 아이템을 골라 중동 지역 등에 수출하면서 대박을 꿈꾸는 젊은 사업가들이 많았다. 그들이 가장 쉽게 시작하는 것이 오퍼상이었다. 내가 취직한 곳도 사장 한 사람, 여직원 한 사람뿐인 전형적인 오퍼상이었다. 나로서는 천신만고 끝에 얻은 버젓한 직장이었다. 아침에 양복을 차려입고 출근은 했지만 첫날부터 가시방석이었다. 'LC(Letter of Credit)'의 L 자도 모르던 사람이 수출 업무를 담당한다는 것 자체가 난센스였다. 정말이지 죽을 맛이었다.

그래도 어렵게 얻은 자리이니 어떻게든 일을 해야 했다. 첫 업무는 수출 아이템을 찾아오는 것이었다. 오퍼상 사무실이 을지로에 있었는데 수출 아이템을 찾으러 밖으로 나오면 어디로 가야 할지 막막하기 짝이 없었다. 숨이 막힐 지경이었다. 그래도 월급 받는 만큼 일을 해야 했다. 그럴싸한 양변기를 파는 가게에 가서 "이 양변기를 중동에 수출할 생각이 있으신가요?"라고 물어보면, 상인들이 정말 뜬금없다는 눈초리로 바라보았다. 온갖 눈총을 받으며 뒷걸음쳐 나와야 했다. 사막에서 바늘을 찾으러 다니는 심정으로 종일 돌아다녔지만 성과가 없었다.

결국 빈손으로 돌아가면 사장에게 보고할 것도 없었다. 한 달쯤 되자 사장이 나를 부르더니 이 일 할 체질이 아닌 것 같다며 해고했다. 짐작했던 일이지만 가슴에 통증이 몰려왔다.


## 벼랑 끝에서 아내에게 말한 꿈

문제는 그다음이었다. 아내에게 이 일을 어떻게 말하겠는가. 양복 입고 출근한다고 좋아하던 아내에게 한 달 만에 쫓겨났다고 차마 말할 수가 없어서 한동안 숨겼다. 매일 아침 양복을 차려입고 출근하는 척하면서 사글셋방을 나왔다. 그렇게 집을 나서면 갈 곳이 없었다. 하루 종일 길거리를 방황했다. 그때 가장 많이 찾아간 곳이 남산도서관이었다. 그곳에서 책을 읽고 또 읽고 또 읽었다.

책 읽는 시간 속에서 조금씩 숨통이 트이는 듯했다. 어느 순간 나도 글을 쓰고 싶다는 욕구가 버섯구름처럼 솟구쳐 올라왔다. 두툼한 노트를 사서 글을 쓰기 시작했다. 절망의 노래였다. 아니, 깊은 절망의 우물에서 퍼올리는 희망의 노래였다. 글 쓰는 걸 피 빨아 먹는 일이라고 할 정도로 남들은 힘들다는데 나는 글 쓰는 게 좋았다. 글 쓰는 일이 밥벌이가 되지 않는다고 해도 상관없었다. 그저 글을 쓰며 일할 수 있는 곳, 하다못해 활자의 ㅎ 자라도 들어간 곳이라면 어디든 좋을 것 같았다. 인쇄공도 좋고 출판사 직원이면 더 바랄 게 없었다. 그러나 길이 없었다.

'글 쓰는 직업을 찾을 수 있을까, 내가?'

한 달 만에 오퍼상에서 쫓겨나고, 두 달 동안 출근하는 척하면서 길거리와 도서관을 전전하다 보니 내 안에 절망감이 커져갔다. 그 피로감이 엉뚱하게 다시 부부싸움으로 이어졌다. 집에 들어오면 부부싸움을 밥 먹듯 하게 되었다.

지치고 아프고 피곤하기는 아내도 마찬가지였다. 당시 집은 북향에 가파른 산동네에 있었다. 겨울에 몹시 추웠고 집 밖을 나서면 연탄재를 뿌려가면서 미끄러운 골목길을 오르락내리락해야 했다. 웨딩드레스 가게를 도맡아 운영하던 아내가 미끄러운 골목길을 오가다 넘어지면서 두 번이나 유산을 했다. 몸은 몸대로 힘들었고 신경은 극도로 예민해져 있었다. 우리는 작은 일에도 격렬하게 반응했다. 서로 힘든 상태이다 보니 부부싸움이 점점 거칠어져 극단적 언어까지 사용하게 되었다.

"그래, 오늘 그냥 끝내자." 이혼하자는 말이 아니었다. 아예 인생을 끝장내자는 말이었다. 서로 격려하고 응원해도 될까 말까 한 판인데 매일 밤 다투니 사는 게 무슨 의미가 있나 싶었다. 또다시 "한강으로 가자. 아니다. 고층 빌딩으로 가자"라는 이야기를 반복했다. 매일매일이 부부싸움의 끝판을 보는 날처럼 절망적으로 느껴졌다.

그렇게 싸우다가 결국 오퍼상을 그만두었다고 실토했다. 토끼

눈이 된 아내가 그동안 뭐 했느냐고 물었다. "그냥 왔다 갔다 하면
서 도서관에서 시간을 보냈어"라고 대답했다. 순간 아내의 표정이
바뀌었다. "오퍼상 같은 일은 당신 체질에 안 맞을 거야. 두 달 동
안 출근하는 시늉하느라 애썼어." 그 말을 들으니 마음이 조금 풀
리는 듯했다.

내가 아내에게 말했다. "우리 싸우지 말자. 다시는 내 입으로 한
강 가자는 말 하지 않을게. 나는 좋은 글쟁이가 되고 싶어. 기자도
되고 싶고 작가도 되고 싶어. 지금 겪는 이 고통을 글 쓰는 재료로
삼을 거야." 그리고 한마디를 더 보탰다.

"꿈이 하나 있어. 죽기 전에 대통령 연설문 하나 쓰는 거야."

기자가 되고 싶은 마음은 《연세춘추》 기자가 되면서부터였다.
그러나 당시는 기자가 되는 게 하늘의 별 따기였다. 언론고시 경쟁
률이 300:1, 어떤 언론사는 무려 1,000:1의 경쟁률이기도 했다. 전
공도 정치학과, 경제학과, 신문방송학과 정도가 되어야 도전할 수
있었다. 나는 신학과를 다니다가 제적당했으니 기자는 꿈도 꿀 수
없는 처지였다.

그런데도 아내는 내 말을 듣고 눈이 똥그래졌다. "당신은 할 수
있을 거야. 당신 글 잘 쓰잖아. 내가 당신 연애편지에 뿅 갔는걸."
실현 불가능한 꿈을 이야기했을 때 할 수 있다고 믿어주고 응원해
준 아내의 말은 내 평생 마음에 간직하는 희망의 대서사시가 되었
다. 사람이 아닌 천사의 말이었다.

다음 날 아침부터 나는 글 쓰는 직장을 찾기 위해 《연세춘추》 선

배들을 찾아다녔다. 돌아보면 그 뒤 내 삶은 단 한 사람, 아내 앞에서 했던 말이 현실이 되어가는 과정이었다. 대통령 연설문 하나 쓰고 죽겠다는 말은 그냥 나온 말이 아니었다. 나의 오랜 꿈을 입 밖으로 내뱉은 것이었다.

중학교 2학년 때였다. 아버지가 다섯 사람의 위인전을 건네주면서 독서카드를 쓰게 했다. 링컨, 간디, 칭기즈칸, 이순신, 서재필 위인전이었다. 이때 읽었던 이 다섯 위인의 삶이 내 인생 전반에 걸쳐 큰 영향을 미쳤다. 그 가운데 특히 나를 매료시킨 것이 있었다. 링컨의 게티즈버그 연설이었다. 불과 2분짜리인 이 게티즈버그 연설이 링컨으로 하여금 남북전쟁을 승리로 이끌고 미국 역사를 바꾸게 하는 전환점이 되었다.

세계적인 인물들은 자신의 생각을 사람들에게 전달하는 언어 능력이 출중하다. 그 언어 능력이 집약된 것이 연설이다. 게티즈버그 연설은 단순한 연설을 넘어 '무의식의 서사시' '불멸의 서사시'라고도 불린다. 링컨의 게티즈버그 연설 같은 글을 나도 쓰고 싶었다. 한 나라의 대통령의 생각을 글로 토해내 불멸의 연설문을 꼭 한 번 써보고 싶었다. 그야말로 꿈같은 꿈이었다.

20년의 세월이 흘렀다. 그 꿈같은 꿈이 현실이 되었다. 김대중 대통령이 나를 청와대 대통령 연설 담당 비서관으로 불러준 것이다. 꿈이 현실로 이루어졌다. 그때 울컥했다. 그리고 깨달았다. 꿈은 이루어진다는 것을. 그러나 전제가 있다. 꿈을 갖되, 그 꿈을 누군가에게 말하는 것이다.

"꿈을 적어봐라. 그리고 누군가에게 그 꿈을 말해라."

꿈을 글로 적는 것이 먼저다. 이것은 건축가가 설계도의 밑그림을 그리는 것과 같다. 자기의 과거 경험과 꿈꾸는 미래 사이에 상상력과 통찰력을 발휘해서 설계도를 먼저 그리는 것이다. 나에게는 그것이 글이었다. 꿈을 적은 글은 무서운 힘이 있다. 언젠가 현실이 되기 때문이다.

그것은 기도의 원리와도 같다. 기도하면서 신이 들어주실까, 안 들어주실까 의심하면 기도가 아니다. 내 기도가 이뤄질 거라는 확신을 하면 기도가 되고, 의심하면 기도가 아닌 게 된다. 꿈도 이뤄질 거라는 확신을 가지고 말하고 적어놔야 효력이 생긴다.

"꿈을 적어놔라.
그리고 누군가에게 그 꿈을 말해라."
꿈을 적은 글은 무서운 힘이 있다.
언젠가 현실이 되기 때문이다.

/

## 8. 글쟁이의 날개를 다시 펼치다

《연세춘추》에는 기라성 같은 선배들이 많았고 그들은 언론계에
도 많이 포진해 있었다. 그 선배들을 찾아다니며 무명 출판사나 인
쇄소라도 좋으니 글 쓰는 자리에 소개해 달라고 부탁했다. 제적생
을 받아주는 곳이면 어디든 좋다고 말했다.

지금은 고인이 된 김수남 선배도 만났다. 그는 당시《동아일보》
사진기자로 있었는데 우리나라의 굿 사진과 전통 사진, 세계 종교
나 토속 신앙 사진을 주로 찍었다.

《뿌리깊은나무》가 창간된 지 얼마 되지 않았을 때인데, 그곳 김
형윤 편집장이 김수남 선배와 사진 일로 자주 만났다. 당시《뿌리
깊은나무》는 남다른 편집 방향을 갖고 있었다. 순 한글 잡지이면서
사진도 매우 중요하게 여겼다. 사진값을 제대로 높이 쳐줄 뿐만 아

니라 좋은 사진 한 장을 얻기 위해 노력을 많이 하는 잡지였다.

김수남 선배의 소개로 김형윤 편집장을 만나러 갔다. 김수남 선배가 "글을 잘 쓰는 《연세춘추》 후배인데 제적생이 되어 고생하다 이제 다시 글을 쓰고 싶어 한다"라고 다리를 놓아주었다.

김형윤 편집장이 내 얘기를 듣고 곧 공채가 있으니 지원하라며 어깨를 두드려주었다. 내 어깨에 달라붙었던 날갯죽지가 펼쳐지는 순간이었다.

공채 시험은 두 가지로 진행되었다. 하나는 어떤 주제를 놓고 2시간 안에 취재해서 기사를 한 꼭지 쓰는 것이었고, 또 하나는 《타임》 기사를 영어사전을 보면서 번역하는 것이었다. 나에게는 둘 다 어려운 시험은 아니었다. 길거리로 나가 취재하고 기사 쓰는 것은 많이 해온 일이었고, 번역은 사전 놓고 하는 것이니 어려울 게 없었다.

시험을 마치고 나니 김형윤 편집장이 나를 다시 불렀다. "심사 마지막까지 가게 되면 사장 면접인데 혹시 대학 졸업했냐고 물으면 졸업했다고 대답해"라고 일러주었다. "제적생이라는 사실은 나만 알고 있을 테니까"라고 덧붙였다. 실제 사장 면접에 들어가니 대학 졸업했느냐는 말은 묻지도 않았다. 활짝 펼쳐진 날갯죽지로 하늘을 훨훨 나는 기분이었다.

## 글 쓰는 것도 행복한데 돈까지 주네

《뿌리깊은나무》 기자로 채용되고 첫 출근 날, 인사과 직원이 나를 찾더니 미비한 서류를 제출하라고 요구했다. 다른 서류들은 문제가 없었지만 대학 졸업증명서는 당연히 낼 수가 없었다. 내가 서류를 계속해서 못 내자 인사과에서 이따금 나를 불렀다. 다른 서류는 다 제출하면서 대학 졸업증명서는 왜 안 갖다주느냐는 물음에 바빠서 학교에 못 들렀다며 곧 떼다 주겠다고 둘러댔다. 그렇게 6개월을 버티다가 결국 제적생이라는 사실이 밝혀지고 말았다.

이제는 고인이 된 한창기 사장이 나를 부른다기에 이제 끝이구나 싶었다. 그런데 그분은 다른 말 없이 "열심히 해"라는 한마디와 함께 흰 봉투를 건네주었다. 나와서 열어보고 깜짝 놀랐다. 월급의 두 배 정도 되는 돈이 들어 있었다. 쫓겨나겠거니 했는데 오히려 격려를 받게 되어 너무 놀랍고 감사했다.

월급 날마다 느껴지는 고마움은 더 컸다. '글 쓰는 것만 해도 행복한데 돈까지 주네' 하는 마음으로 열심히 일했다. 《뿌리깊은나무》는 우리나라 최초의 순 한글 잡지였기에 이곳에서 기자로 일하면서 좋은 글과 좋은 문장에 대해 많이 공부하고 배울 수 있었다.

잡지가 나오면 기자들끼리 늘 하던 글공부 시간에 한창기 사장도 참여했다. 이미 간행된 잡지를 놓고 한창기 사장은 "고도원 기자 읽어봐요" 하고는 연신 질문을 했다.

"이걸 더 좋은 우리말로 줄일 수 없어?"

"그것은 일본식 말이야. 우리 문법에 맞는 말로 하려면?"

"더 아름다운 표현은 없어?"

"더 옹골진 말 없어?"

한창기 사장은 이처럼 우리말, 좋은 말을 찾으려고 늘 애썼다. 편집기자, 취재기자들이 사장과 더불어 펜으로 새카맣게 칠하면서 일주일 동안 글공부를 했다.

《뿌리깊은나무》에서의 기자 생활 5년은 나에게 금싸라기 같은 시간이었다. 한창기 사장은 우리말의 토씨 하나를 가지고도 천장을 뚫고 나갈 만큼 호통을 치기도 했다. 느닷없이 버럭 소리를 지르고 난리가 난 것처럼 고함을 지르는 바람에 같이 일하는 기자들이 힘들어하기도 했다. 하지만 나에게는 그분의 말 한마디, 행동 하나하나가 경이로웠다. 그분만의 언어 감각을 스펀지로 빨아들이듯 철저히 배우려고 노력했다. 그분의 우리 문화에 대한 사랑, 좋은 잡지를 만들기 위해 전 재산을 태운 그 꿈까지도 닮고 싶었다.

한창기라는 훌륭한 멘토를 만난 것이 내 인생에 다시없는 행운이었다. 이분과의 만남을 통해서 젊은 시절 내 인생의 기초가 닦였다. 초등학생에게도 술술 읽히는, 쉬운 글 쓰는 법을 손끝으로 익힐 수 있었다.

/

## 9. 신문 기자가 되다

1980년 신군부에 의해《뿌리깊은나무》잡지가 강제 폐간되었다. 엄청난 충격이었다.

그때 한창기 사장은 자식처럼 친동생처럼 아끼던 기자들을 흐트러뜨리지 않고 다시 재기하겠다는 뜻을 세웠다.《뿌리깊은나무》복간 준비를 하는 동안 '한국의 인문지리지'를 내겠다는 계획이었다.『한국의 발견』이라는, 우리나라 최초의 인문지리지는 그렇게 탄생했다. 인문지리지란 자연 그대로의 땅덩어리 위에 인간이 이루어온 역사와 문화를 종합적으로 기술한 책이다.『한국의 발견』은 '대동여지도를 만든 고산자 김정호에게 바친다'라는 취지로 만들었다. 우리 사회에 신선한 충격을 안겨주었고, 훗날 좋은 평가를 받는 책이 되었다. 서울, 경기, 제주 등 지역별로 나누어 총 11권을 펴

냈는데 나는 '서울' 편을 맡아 열심히 취재하고 글을 썼다.

내가 《중앙일보》에 들어가게 된 인연이 이 책의 발행과 관련이 있다. '서울' 편에 들어갈 경제 이야기는 당시 《중앙일보》 최우석 경제부장을 필자로 선정했다. 우리나라에서 경제 기사를 가장 쉽게 쓰는 기자로 정평이 난 분이었다. 그런 분의 눈에 나 같은 잡지사 기자가 보이기나 할까 싶은 두려운 마음으로 원고 청탁을 하러 갔다.

다행히 최우석 부장은 《뿌리깊은나무》의 애독자였다. 우리 잡지를 매우 좋아해서 강제 폐간된 것을 굉장히 가슴 아파했고 놀랍게도 '고도원 기자'의 글을 기억하고 있었다. "글을 쉽고 맛깔스럽게 잘 쓴다"라고 격려해 주었다. 청탁한 원고를 받으러 간 날, 때마침 점심때가 되어 밥을 사준다고 해서 중앙일보 근처 식당에 갔다.

그분과 식사하며 내가 가슴속에 오래 품고 있던 말을 지나가듯이 했다. "저 같은 사람도 신문 기자로 일할 수 있을까요?" 그분이 옅은 미소로 나를 바라보더니 "물론입니다. 할 수 있습니다"라고 말했다. 글을 잘 쓰면 누구나 기자가 될 수 있다는 게 그의 지론이었다.

그는 이렇게도 말했다. "좋은 경제부 기자는 경제 전문가나 경제학과 나온 사람이 아닙니다. 경제에 대해 아무것도 모르는 사람이 오히려 가장 훌륭한 경제부 기자가 될 수 있습니다." 경제에 대해 전혀 모르기 때문에 더 큰 궁금증과 호기심을 갖고 열심히 취재하고 읽기 쉬운 글로 잘 표현할 수 있다는 말이었다.

## "경찰 기자부터 하겠습니다"

그러고 나서 얼마쯤 지난 어느 날 전화 한 통을 받았다. 《연세춘추》 후배로 당시 최우석 경제부장 밑에서 경제부 기자로 일하던 김수길이었다. "형, 편집 부국장 한 분이 형하고 밥 한번 먹자네. 옷 잘 입고 오쇼"라고 말했다. 김수길은 훗날 《중앙일보》 편집국장과 주필을 거쳐 JTBC 사장을 지냈다.

그렇게 만나게 된 사람이 당시 《중앙일보》 인사 담당 부국장이었다. 어떤 일인지도 모르고 중앙일보 근처로 밥을 먹으러 갔는데, 알고 보니 면접 자리였다. 최우석 경제부장이 나를 추천해 그동안 내가 쓴 글을 간부들이 죽 보았다고 했다.

《연세춘추》에 실은 글, 《샘터》 등 당시 잡지에 발표한 글, 《뿌리깊은나무》에 쓴 글들이었다. 《뿌리깊은나무》에 쓴 기사는 대부분 사회 르포였다. 첫 글이 '생리대 쓰레기'였고, '긴급조치 9호 제적생 786명의 지난 여섯 해' 같은 글은 제적생 한 명 한 명을 모조리 만나서 쓴 장문의 르포였다.

내 글들을 검토해 본 《중앙일보》 간부들은 "사상이 불온한 친구는 아니다. 글발이 좋다"라는 결론을 냈다고 한다. 최우석 부장은 "이런 글발 좋은 친구를 《중앙일보》에서 실험적으로 키워보자. 신문기사의 빛깔이 달라질 수도 있는 거 아니냐"라며 다른 부에서 안 받으면 경제부에서 쓰겠다 했다고 한다. 그렇게 해서 인사 담당 부국장과의 만남이 성사된 것이었다.

그날 점심 이후 나는 매일 깔끔한 양복에 넥타이를 매고 다녔다.

언제 전화가 올지 모르니 만반의 준비를 하고 있자는 마음이었다. 혹시라도 이 기회를 놓칠까 봐 노심초사했다. 늘 전화통 근처에 있었다. 자다가도 꿈결에 전화벨 소리가 울려 깜짝 놀라 깨어나기도 했다. 그러나 3개월이 지나도 아무런 소식이 없었다. '일일여삼추(一日如三秋)', 하루가 3년 같다는 말이 실감났다. 어떻게 될지 모르는 일이니 아내를 포함한 그 누구에게도 말하지 못한 채 숨죽인 듯 기다렸다. 3개월의 시간이 또 흘러갔다. 그 6개월이 내게는 천년처럼 길었다.

드디어 《중앙일보》 사장실에서 나를 찾는다는 전화가 왔다. 하늘을 나는 속도로 달려갔다. 이미 나의 채용은 결정된 상태였다. 더욱 반가운 것은 《뿌리깊은나무》 5년 경력을 그대로 인정받은 것이었다.

드디어 《중앙일보》 15기 대우로 꿈에 그리던 신문 기자가 되었다. 1979년 10·26 사태 이후 복학 처리되어 1980년에 대학 졸업장을 받았기 때문에 이번에는 입사에 필요한 서류를 갖추는 데 걸리는 것이 없었다.

1983년 5월 3일, 첫 출근을 했다. 심상기 편집국장이 나를 불렀다. 그는 나중에 《서울문화사》, 《일요신문》, 《시사저널》 등을 만들면서 언론·출판계의 거목이 된 분이다. 그분이 뜻밖의 제안을 해왔다. 《중앙일보》에서 큰 결심을 하고 나를 채용했지만 위험 부담이 있다며 우선 문화부로 발령을 내겠다고 했다. 그곳에서 조용히 6개월만 잘 넘기면, 그다음에 원하는 부서로 보내주겠다는 것이었다. 전두환 정권 시대라 안기부(국가안전기획부) 요원들이 신문사에 파견 나와 있던 시절이었다. 나의 제적 학생 경력이 행여라도 문제가 되면 잘릴 수도 있는 상황이었다.

그 말을 듣고 내가 당돌하게 말했다. "경찰 기자를 먼저 하고 싶습니다. 안기부에서 안 되겠다고 하면 6개월 뒤에 쫓겨나나 지금 쫓겨나나 그게 그거 아닙니까? 허락해 주신다면 경찰 기자부터 열심히 하겠습니다." 심상기 편집국장이 놀란 표정으로 눈을 동그랗게 뜨더니 고개를 끄덕였다.


## 손이 빠른 기자

나는 사회부로 발령받아 경찰 출입기자가 되었다. 당시 사회부 부장은 '호랑이'라는 별명이 붙은 금창태 부장이었다. 이제는 고인이 된 그는 "사건은 만드는 것이지 일어나는 것이 아니다. 아무리 큰 사건도 기자가 취재를 하지 않아서 보도를 안 하면 없는 사건이고, 아무리 작은 사건도 기자가 불도그처럼 달라붙어 취재해서 보도하면 특종이 된다"라는 철학을 갖고 있었다. 기자들을 쥐어짜듯 닦달해서 회의 시간이 '기름 짜는 시간'으로 불릴 정도였다.

그런 그가 나를 총애했다. 손이 빠르다는 이유에서였다. 짧은 시간에 핵심을 잘 잡아 잽싸게 써낸다고 좋게 봐주었다. 그가 세상을 뜨기 몇 년 전 옹달샘에 오셨다. 기쁜 마음으로 옹달샘 안내도 하고 둘러보면서 옛날이야기도 듣게 되었다. "내가《중앙일보》에서 한 번도 혼내지 않은 사람이 있었는데 그가 고도원이다"라고 말했다. 그분 밑에서 3년 반 동안 있다가 정치부로 옮겨 갔다.

문화부로 가고 싶었던 나로서는 정치부 발령이 뜻밖으로 느껴졌다. 김영희 당시 편집국장을 찾아가 물었다. "왜 저를 정치부로 보내셨습니까?" "손이 빨라서 보냈다"라는 답이 돌아왔다. 모든 기자가 그렇지만 어느 부서보다 손이 빨라야 하는 곳이 정치부다. 윤전기를 세워놓고 2~3분 안에 톱기사를 바꾸고, 여기에 다급하게 해설을 붙여야 한다. 손이 따라주지 않으면 기자로 살아남기가 어렵다.


## 절망의 끝에서 길은 다시 시작되고

《뿌리깊은나무》가 강제 폐간되지 않았다면 아마도 나는 지금까지 《뿌리깊은나무》에서 열심히 일하고 있었을 것이다. 틀림없다. 끝까지 자리를 지켰을 것이다. 그랬기에 내가 너무도 사랑했고 혼을 담아 일했던 《뿌리깊은나무》의 폐간 소식은 말 그대로 절망 그 자체였다. 그때 나는 기자로서의 삶은 끝이라 생각했다. 그러나 끝이라고 생각했던 그곳에서 내 인생은 다시 새롭게 펼쳐졌다.

옹달샘에서 진행하는 산티아고 순례길 여행은 산티아고 대성당에서 약 90킬로미터를 더 가야 하는 '피스테라(Fisterra)'에서의 명상으로 끝이 난다. '피스테라'는 우리말로 '땅끝'이라는 뜻이다. 끝없는 대서양 수평선이 내다보이는 절벽의 바위 위에 앉아 여행을 마무리하는 것이다. 14세기 이전까지 이곳은 유럽 사람들에게 지구의 끝이었다. 더 이상 나아갈 길이 없는 절망의 절벽이었다. 그러나 어떤 사람에게는 망망대해 너머 새로운 세상으로 나아가는 희망의 시작이었다. 콜럼버스의 신대륙 발견은 유럽의 땅끝마을, 절망의 절벽 위에서 시작되었다.

모든 것이 막힌 절망의 끝자락에서 다시 새로운 길을 찾아가는 것이 삶이다. 끝점이 곧 시작점인 것이다. 삶은 늘 고난과 시련을 던지지만 그 순간 내가 무엇을 보고 어떻게 행동하느냐에 따라 새로운 길로 접어드는 디딤돌이 되기도 한다. 삽십 대, 나는 꿈에 그리던 신문 기자가 되었다. 그리고 꿈에도 그려보지 않았던 '정치부 기자'가 되었다. 그 자리는 또다른 운명으로 나를 이끌었다.

삶은 늘 고난과 시련을 던지지만
그 순간 내가 무엇을 보고
어떻게 행동하느냐에 따라
새로운 길로 접어드는
디딤돌이 되기도 한다.

/

## 10. 김대중, 운명적인 만남

정치부에 옮겨 운명적으로 만난 분이 바로 고(故) 김대중 대통령이다. 정치부 기자들은 청와대, 정당, 국회 등 출입처를 바꿔 가면서 취재를 한다. 당시 평화민주당 총재가 김대중 전 대통령이었는데 내가 평화민주당 취재를 맡게 되었다. '동교동 출입기자'라고도 불렸다. 매일 아침 5~6시에 동교동에 가서 김대중 총재와 같이 아침밥을 먹으며 이런저런 대화를 나누고 취재를 하는 것이 동교동 출입기자 일과의 시작이었다.

김대중 총재와 아침식사를 같이하는 기자는 나 말고도 또 한 사람이 있었다. 당시《중앙일보》와 더불어 같은 석간신문이었던《동아일보》의 이낙연 기자였다. 우리는 매일 아침 동교동에서 김대중 총재와 아침밥을 같이 먹으며 취재 경쟁을 벌였다.

## 사인을 받았던 중학생이 기자로 만나다

동교동 출입기자가 되자마자 나에게 부여된 첫 번째 임무는 김대중 총재 인터뷰였다. 당시 《중앙일보》는 김대중 총재에게 그다지 우호적이지 않았기 때문에 매우 어려운 미션 중에 하나였다. 내가 인터뷰를 요청했더니 그분의 첫 대답이 "《중앙일보》가 나 볼 일이 있어요?"였다. 그러고는 더는 이야기를 들으려고 하지 않았다. 포기할 순 없었다. 나는 당돌하게 말했다. "총재님께서는 《중앙일보》에 볼일이 없으신지는 모르겠지만 저는 볼일이 있습니다." 그러면서 내 나름의 오래된 이야기를 속사포처럼 쏟아냈다.

때는 1964년, 내가 전주북중학교 2학년이던 때의 일이다. '김대중'이라는 이름 석 자가 널리 회자되던 즈음이었다. 학교 울타리 너머에 있는 공설운동장에서 정치 집회가 열렸다. 큰 집회가 열리면 나와 친구들은 무슨 일인지도 모르면서 우르르 몰려가 구경했다.

그날도 친구들과 몰려갔다. 당시 내로라하는 유명 정치인들이 많이 왔다. 유세가 끝난 뒤 우리들이 사인을 받기 시작했다. 한 아이가 받기 시작하니까 너도나도 줄을 섰고 나도 섰다. 그러나 이내 밀려났다. 내가 섰던 줄의 정치인 보좌관이 시간이 없다며 우리들의 몸을 밀쳐냈다. 밀려나서 보니 유독 한 사람의 줄만이 길게 이어져 있었다. 나도 그 긴 줄의 끄트머리에 섰다. 해가 뉘엿뉘엿 질 때쯤에 이르러서야 사인을 받았다. 그 정치인은 내 노트에 정자로 '金大中'이라고 써주었다.

다른 정치인들은 귀찮아하면서 대충 하다 모두 돌아가는데 오로지 그분만이 혼자 남아서 꼬맹이들이 내민 노트를 무릎 위에 올려놓고 자신의 이름을 한자 정자로 성의 있게 써준 것이 기억에 오래 남았다.

"그 꼬맹이 중학생이 천신만고 끝에 신문 기자가 되었습니다. 뜻밖에 정치부 기자가 되었고 동교동 담당이 되어서 총재님을 만났습니다. 이게 꿈인가 생시인가 싶습니다. 그런 고도원 기자가 지금 총재님에게 인터뷰 요청을 드리는 것입니다."

그 뒤부터 그분은 나를 '고도원 동지'라고 불렀다. 언제든 수시로 대화하면서 마음도 열고 편안하게 대해주었다. 틈틈이 궁금한 것을 물어보면 나 한 사람을 놓고도 아주 자세하게 설명을 해주셨다. 나 역시 김대중 대통령의 『옥중서신』을 여러 번 읽으며 그분을 좀더 잘 알 수 있게 됐다. 그분이 평소 '인생의 책'이라 불렀던 아놀드 토인비의 『역사의 연구』를 두고 얘기를 나눴던 일이나 늘 강조하던 '실사구시 정신'에 대해 들었던 일은 아직도 기억이 선명하다.

인터뷰 기사는 아주 성공적이었다. 그것이 인연이 되어 김대중 총재 전담 기자가 되었는데, 그 일은 동시에 고난의 시작이었다. 《중앙일보》에는 김대중 총재의 우군이 거의 없었다. 내가 김대중 총재를 우호적으로 말하거나 그런 기조로 기사를 쓰면 거의 왕따를 당하다시피 했다. 당연히 논쟁도 많이 벌였다. 평기자가 차장, 부장들과 수없이 부딪쳤고 심지어 편집국장 책상을 주먹으로 치고 목소리를 높여서 대들곤 했다.

그러나 아이러니하게도 《중앙일보》는 나에게 너무도 좋은 회사였다. 다른 신문보다 스펙트럼이 넓었고 보수 진보를 떠나 취재 잘하고 기사 잘 쓰면 생존이 가능한 회사였다. 언제든 불꽃 튀는 논쟁이 가능했다. 그러니까 나 같은 사람에게는 더없이 좋은 조건이었다. '생각이 같지는 않지만 할 말은 한다. 깨져도 일어난다'라는 기백을 인정해 준 것이다. 선후배가 함께 밥을 먹다 밥상을 엎어도 다음 날이면 없던 일처럼 되는 조직이었다. 그러나 마음고생은 컸다. 이루 형언할 수 없이 마음고생이 컸다고 말하는 것이 더 정직할 것이다.

## 내가 가진 경쟁력

내가 정치부 수석 차장이 되었을 때 일이다. 당시 정치부 부장은 나하고는 여러 면에서 맞지 않았고 정치 성향도 크게 달랐다. 그러다 보니 여러 불이익이 나에게도 닥쳐왔다. 언론사에서 부장과 차장은 하늘과 땅 차이이다. 각 부의 일차적인 생사여탈권을 부장이 가지고 있기에 부장을 거역한다는 것은 상상할 수조차 없었다.

곤욕이 뒤따랐다. 신문사에서 중요한 캠페인이나 특집 기사를 기획하면 첫 회 기사는 대개 차장급이 쓰게 된다. 중요한 만큼 기획 단계에서부터 많은 논의를 거치고 방향을 함께 잡고 취재도 해야 하기에 시간이 넉넉해야 한다. 그런데 그 부장은 일을 딱 움켜쥐고 있다가 마감 15분 전에 나를 불러 "고 차장, 이거 빨리 써" 하는 것이었다. "예? 지금요? 일찍 이야기를 해줬어야지, 언제 결정된 겁니까?" 나도 가만히 있을 수 없었다. 부장의 대답은 짤막했다. 말한다는 것을 그만 깜박 잊어버렸다는 것이었다. 속에서는 불이 났지만 어떻게 하겠는가. 그 짧은 시간 안에 캠페인 특집 기사를 써낼 수밖에 없었다. 그걸 보고 사람들이 정말 손이 빠르다며 놀랐지만 나는 죽을 맛이었다. 얼굴이 벌겋게 달아올랐다.

이런 일이 자주 있다 보니 나도 한계에 부딪혔다. 참고 참다 둘이 남산에 올라가 한판 붙었다. 너 죽고 나 죽자는 식으로 육탄전을 벌인 것이다. 이 일은 지금도 후배 기자들 사이에 전설처럼 유명한 일화로 남았다.

그렇게 부딪치면서도 살아남을 수 있었던 것은 앞에서 말한, 오로지 '손이 빠른' 덕이었다. 기사 마감 10분, 15분을 남기고도 기사를 써낸 것이 내가 가진 '경쟁력'이었다. 남들이 봤을 땐 손이 빠른 거였지만 그냥 저절로 얻어지는 것은 물론 아니었다. 늘 미리미리 철저한 준비를 해야 가능한 것이었다.

예를 들면 1994년 북한의 김일성 주석이 사망했다. 이미 석간신문 윤전기가 돌아가고 있던 시점이었지만, 나는 기다렸다는 듯이 속사포처럼 기사를 쏟아냈다. 내 컴퓨터 파일을 열어 그동안 비축해 놓은 자료를 토대로 부지런히 자판을 두드렸다. 현존하는 역사적 인물은 언젠가 반드시 죽는다. 미리미리 취재하고 준비하는 것이 '손이 빠른' 기자의 정석이다. 1992년 김영삼, 김대중 후보가 대통령 선거에서 다시 맞붙었다. 김영삼 후보가 당선됐을 때와 김대중 후보가 당선됐을 때의 기사 두 개를 모두 써서 송고했다. 선거

결과를 보고 쓰면 늦기 때문이다. 내게는 그것이 유일한 살길이었다. 회사에서는 급하게 기사가 필요하거나 기사의 방향이 바뀌거나 해설이 필요할 때면 나를 찾았다. 그때마다 나는 주어진 시간 안에 기사를 써냈고 그것이 내가 가진 경쟁력이었다.


## 기자 생활이 내게 남긴 것

정치부 기자 생활은 나에게 의미 있는 경험이었다. 되돌아보면 손이 빠른 기자로 나만의 경쟁력을 갖추기 위해 남들이 쉴 때도 뛰었다. 예기치 못한 상황에 순발력 있게 대응하는 힘도 키울 수 있었다. 긴장의 끈을 놓지 않는 빠른 글쓰기로 나를 단련시키고 정신을 벼리는 시간이었다.

세상을 보는 안목도 키울 수 있었다. 그 덕분에 우리 사회의 속살을 깊이 들여다볼 수 있었고, 조금이라도 궁금하거나 호기심이 생기면 언제 어디든 필요한 곳에 날아가서 취재를 했다. 정치부 기자, 국회 반장, 청와대 출입기자를 거치면서 우리나라의 상부 구조를 관찰할 수 있었고 권력의 핵심을 파악할 수 있었다. 권력자들의 삶과 그 삶의 공허함, 부패 구조까지. 그 전체는 아닐지라도 상당 부분 속속들이 알게 되었다. 그것이 나의 왕성한 사회적 관심과 호기심을 채워주는 수도꼭지가 되어주었다.

# 2장
## 도전

불확실한 미래에 몸을 던지다

**고도원의 아침편지 초창기, 서울 합정동 집필실에서**
땅도 건물도 없었지만, 아침편지는 많은 이들에게 마음의 비타민이 되어주었다

/

# 1. 대통령 연설 비서관이 되다

1998년 김대중 총재가 제15대 대통령으로 선출되었다. 그가 나를 청와대로 불렀다. 대통령 연설 담당 비서관으로. 죽기 전에 대통령 연설문을 하나 쓰고 싶다던, 20년 전 아내 앞에서 말한 '황당한 꿈'이 기적처럼 이루어진 것이다. 꿈꾸던 일이 이루어졌지만 그것은 또다른 고난의 시작이었다.

대통령의 연설문을 쓰는 1급 비서관은 명예로운 자리였다. 글쟁이로서는 더 이상 오를 곳이 없는 최고의 관직이라고도 할 수 있다. 하지만 단 하루도 편할 날이 없는 엄중하고 무거운 자리였다. 대통령 연설문을 쓰려면, 나의 생각을 100퍼센트 내려놓아야 했다. 내 생각과 표현 방식을 완전히 버리고 대통령의 생각, 대통령의 철학, 대통령의 표현 방식으로 바꾸어 토해내야 하는 것이다.

나는 최선을 다했다. 5년 동안 여한 없이 일했다. 지금 생각해도 이때만큼 몰입한 시간이 없지 않았나 싶다. 하지만 마음고생은 컸다. 특히 김대중 대통령의 사람 다루는 방식이 나를 힘들게 했다.

김대중 대통령의 특징 중 하나가 사람에게 싫은 소리를 잘 하지 않는다는 것이다. 내가 써 올린 연설문 초안을 보고도 말을 아꼈다. 칭찬도 질책도 일체 없었다. 내가 쓴 초안을 보고 수정할 부분이 있으면 직접 고치거나 녹음기에 구술을 해서 주셨을 뿐이다. 거의 1년 동안 아무 말이 없었다. 이 부분이 나를 몹시 힘들게 했다. 온몸에 쥐가 나는 듯했다.

신문사에서 쓰는 기사는 즉각 즉각 평가가 내려진다. 잘 쓰면 잘 썼다고 하고, 못 쓰면 그것도 기사냐고 데스크가 호통을 친다. 그렇게 되면 나 역시 대응을 하거나 개선해 나갈 수가 있다. 그런데 김대중 대통령은 잘 썼다 소리도 안 하고 못 썼다 소리도 하지 않았다. 숨이 막혔다. 무거운 부담감에 가위눌려 자다가도 번쩍번쩍 깼다.


## 강제 멈춤의 순간

연설 담당 비서관에게는 사생활이 없었다. 24시간 내내 나의 모든 초점은 대통령 연설문에 꽂혀 있었다. 대통령의 연설문 작성 일정은 보통 6개월 뒤의 것까지 미리 연설 비서관에게 전달된다. 한 달이면 보통 이삼십 개의 행사가 있고 그 모든 행사에 따른 연설문 초안을 쓰는 것이 나의 업무였다. 당시 강은봉, 이철휘, 강원국 등의 행정관들이 각 분야를 맡아 연설 비서관인 나를 도왔다. 그들이 각 부처 담당자들과 자료를 정리해서 올리면 적어도 행사 일주일 전까지는 대통령에게 초안을 올리는 것이 나의 책임이었다.

비상사태가 벌어지면 청와대에서 밤을 새우는 일도 많았다. 미국의 9·11 테러가 우리 시간으로 밤 11시 30분쯤에 일어났다. 그 다음 날 아침 7시에 대통령의 특별 담화가 발표되어야 했다. 그 시간 동안 나는 뜬눈으로, 아니 충혈된 눈으로 밤을 지샜다. 피가 마르는 순간이었다.

대통령의 모든 공식 일정, 모든 비상 상황의 대통령 메시지 작성과 관리도 연설 담당 비서관의 업무였다. 그렇게 초긴장 상태로 지내다 보니 지독한 피로가 쌓여갔다. 뒷목이 돌덩이처럼 굳어졌고 체력도 떨어져 아침에 일어나면 누운 자리가 땀으로 흥건했다.

어느 날 아주 중요한 연설문 초안을 3시간 안에 써야 할 일이 생겼다. 그런데 몸은 도무지 글을 쓸 수 있는 상태가 아니었다. 속으로 외쳤다. '3시간만 몰입해서 글을 쓸 수 있으면 좋겠다. 3시간 후에는 쓰러져도 좋아.' 그렇게 초긴장 상태로 연설문 초안을 만들고 일어서다가 그 자리에서 쓰러졌다. 마치 고무줄이 팽팽했다가 뚝 끊어지는 느낌이었다. 의식을 잃으면서 '아, 사람이 이렇게 죽는구나'라는 것을 느꼈다. 심각한 번아웃이었다.

얼마나 지났을까, 다시 의식이 돌아왔을 때 내 귀에 처음 들린 소리는 청와대의 정원 숲에서 나는 새소리, 바람 소리였다. 그때까지 나는 청와대에서 새소리나 바람 소리를 들어본 적이 없었다.

'아, 내가 이걸 놓치고 살았구나.' 눈물이 왈칵 쏟아졌다.

그 일이 내 인생의 터닝 포인트가 되었다. '강제 멈춤'으로 쓰러지고 나서야 비로소 인생의 방향이 바뀐 것이다. 지금 돌아보면 그때 쓰러진 것이 내 인생과 삶의 방향을 바꾸라는 뜻의 변곡점이자 하늘의 선물이었던 것 같다. 어머니의 언어를 빌리면, '하나님이 나를 다른 방식으로 쓰기 위해' 고꾸라뜨린 것이었다.

그때까지 나는 칼끝을 걷는 듯한 삶을 살아왔다. 늘 위태롭고 아슬아슬했다. 이를 악물고 참고 견딘 세월이 길었다. 참고 견디는 길밖에 달리 방법이 없었다. 그런데 어느 시점에서부터 바로 그 고통의 지점들이 오히려 글의 좋은 재료가 된다는 생각을 하게 되었다. 글 쓰는 사람에게 고통과 어려움은 선물이라는 것을 깨닫게 된 것이다.

나중에는 이것이 명상의 화두가 되었다. 어떤 고통이든 그 고통에는 반드시 뜻이 있고, 그렇기 때문에 되돌아보면 모두가 선물이라는 생각이 명상으로 이어졌다. 고통을 들었다 놓았다 하면서 마음의 근육이 키워진다. 더 무거운 고통의 짐을 들 수 있게 된다. 고통을 견디면서 내면의 근력이 단단해지면 과거의 고통도 미소로 바라볼 수 있게 된다.

### 몸과 마음을 살린 마라톤

죽음과도 같은 강제 멈춤을 경험한 나를 살려낸 것이 마라톤이었다. 번아웃 상태에서 쓰러졌다가 다시 눈을 떠보니 가장 급선무가 몸의 체력을 기르는 일이었다. 여기에 마라톤만 한 것이 없었다. 나는 지금도 주변 사람들에게 "마라톤을 해라. 그러면 인생이 바뀐다. 팔자가 바뀐다"라는 얘기를 자주 한다.

당시 청와대에는 비서관동 지하에 간이 운동기구와 사우나 시설이 있었다. 걷는 것도 힘들어하던 나는 러닝머신 한 대가 눈에 띄기에 무심코 그 위에 올라갔다. 30분 입력을 해놓고 천천히 걸어보았다. 30분이 얼마나 긴 시간인지 그때 처음 알았다. 발이 무겁고 숨이 차올라서 죽겠다 싶을 정도로 힘들었다. 다음 날, 그다음 날도 30분을 걸었다. 그다음에는 40분을 걸었다. 그다음 날은 50분, 마침내 1시간을 걸을 수 있게 되었다. 그러고 나니 한번 달려보고 싶은 생각이 들었다. 5분 뛰고 55분 걸었다. 10분 뛰고 50분 걷고, 15분 뛰고 45분 걷고, 20분 뛰고 40분 걷고, 30분 뛰고 30분 걸었다. 그렇게 해서 마침내 1시간을 달릴 수 있게 되었다. 6개월 만의 일이었다.

내가 매일 걷던 러닝머신은 벽을 향해 있었다. 그래서 늘 벽을 보고 걸었는데, 나는 몰랐지만 많은 이들이 내 뒷모습을 보고 "처절하다"라고 말했다고 한다. 매일 아침 흠뻑 땀을 흘리며 1시간씩 달리는 내 모습을 지켜보고 한 사람, 두 사람 모여들기 시작했다. 그들을 중심으로 만든 것이 '청와대 마라톤 동호회', 줄여서 '청마동'이었다.

우리나라 공직 사회에 최초로 생긴 마라톤 동아리였다. 70여 명이 모였고 내가 회장이 되었다. 유니폼을 만들어 입고 토요일마다 한강 탄천 둔치를 함께 달렸다. '청마동'은 훗날 '아마동(아침편지 마라톤 동아리)'으로 발전했다. 그리고 걷기명상 등으로 이어지기도 했다.

나에게 마라톤은 건강만 좋아지게 한 것이 아니었다. 몸이 돌덩이처럼 무거워도 마라톤을 하고 나면 온몸이 날아갈 듯 가벼워졌다. 피로가 사라지고 머리가 더없이 맑아졌다. 무상무념의 상태에서 달리다 보면 연설문이 머릿속에서 저절로 써졌다. 다음 연설문의 주제와 제목만 들고 뛰었을 뿐인데, 뛰는 사이에 내 안의 단어들이 서로 조합을 이루면서 문장이 만들어졌다. 모든 생각을 내려놓고 오로지 달리기에 집중했을 때 나의 무의식 안에서 솟구쳐 오르는 영감들이 연설문 하나로 응집되었던 것이다. 이 경이로운 경험이 나를 마라톤 마니아로 만들었다.

마라톤을 하면서 또 다른 원리를 발견했다. 한강 변을 달리다 보면 겨울에는 강바람이 무척 세다. 잠실운동장 근처에서 한남대교 쪽을 향해 달리면 대체로 맞바람이 불어온다. 북서쪽 방향이기 때문에 추운 날일수록 맞바람이 세게 느껴진다. 영하 10도 이하의 날씨에 눈보라라도 치는 날이면 얼굴에 작은 바늘이 무수히 박히는 것처럼 아프고 차갑다. 그러다가 반환점을 돌면 그 모든 느낌이 순식간에 바뀐다. 앞에서 불던 바람이 등 뒤에서 나를 밀어주는 바람으로 바뀐다. 차갑고 아프게만 느껴졌던 바람이 따뜻하게 느껴진다.

사실 바람은 같은 방향인데 내 몸이 어느 쪽을 향하느냐에 따라 나를 막아서고 아프게 하는 바람이 되기도 하고 따뜻하게 나를 밀어주는 바람이 되기도 하는 것이다. 그것은 삶의 원리와도 통하는 것이었다. 살아오며 고난으로 보이던 현상의 뒷면에는 축복이 숨겨져 있을 때가 많았다. 내 몸의 방향을 바꾸기만 해도 고난은 축복이 된다. 이는 훗날 내가 하는 명상의 중요한 화두가 되어주었다.

"몸의 방향을 바꿔라. 마음의 방향을 바꿔라. 생각의 방향을 바꿔라."

생각의 방향을 바꾸려면 다른 사람의 말을 잘 경청할 필요가 있다. 하지만 그렇다고 해서 다른 사람의 말에 쉽게 흔들려서는 안 된다. 역설이다. 사람들은 자기의 생각과 한계를 기준 삼아 타인을 판단하고 말하게 마련이다. 그리고 그 말 속에는 자기만의 편견과 두려움이 가득 차 있을 때가 많다. 그것을 잘 분별해야 올바른 방향으로 몸을 틀 수가 있다.

바람은 같은 방향인데
내 몸이 어느 쪽을 향하느냐에 따라
나를 막아서고 아프게 하는
바람이 되기도 하고
따뜻하게 나를 밀어주는
바람이 되기도 한다.

/

## 2. 나를 위한 선택, 고도원의 아침편지

마라톤으로 몸은 살아났지만 머리는 여전히 무겁고 아팠다. 뜨끈뜨끈한 열기로 가득했다. 팽팽히 부풀어 오른 고무풍선처럼 자칫하면 금세라도 터져버릴 것만 같은 상태가 지속되었다. 그즈음 나와 함께 일하던 한 행정관이 실제로 머리에 쥐가 난다며 사표를 내는 일도 있었다.

머리가 터질 것 같은 상태에서 바늘구멍 하나 내는 마음으로 시작한 것이 바로 '고도원의 아침편지'였다. 주변 사람들은 내게 "또 글을 쓰느냐" "그게 돈이 되느냐" "차라리 그 시간에 쉬어라"라는 말을 많이 했다.

하지만 무겁고 딱딱한 연설문을 쓰던 내게 말랑말랑한 글을 쓰는 시간은 오히려 휴식으로 느껴졌다. 연설문에 대한 반응은 언론

등을 통해 간접적으로 받는 반면, 아침편지에 대한 반응은 독자가 직접 실시간으로 보내준다는 점도 내겐 큰 동기를 부여해 주었다. "아침편지 덕에 기분이 좋아졌다" "신선하다" "생각이 바뀌었다" 등 독자들의 긍정적인 댓글에 힘을 얻어 피곤한 줄도 모르고 아침편지를 쓸 수 있었다.


## 아침편지의 시작, '고도원의 어록'

아침편지가 하루아침에 갑자기 생겨난 것은 아니었다. 《중앙일보》기자 시절, 인기 라디오 프로그램이었던 〈이숙영의 파워FM〉에 출연해 '조간 브리핑'을 진행한 적이 있었다. 여러 신문의 사설, 톱 뉴스, 제목 등을 일목요연하게 정리해 아침마다 브리핑을 해주는 것이었다. 매일 그날의 조간신문들을 모두 펼쳐놓고 헤드라인, 주요 뉴스, 사설의 핵심을 분석해 10분 안팎의 분량을 빠른 목소리로 전해주니 반응이 매우 좋았다. 요즘도 그때의 '광팬'들을 많이 만난다.

이숙영 씨도 조간 브리핑을 무척 좋아했다. 어느 날 한 인터뷰에서 나에 대해 이런 말을 했다. "조간 브리핑을 몇 년 동안 진행하면서 단 한 번도 늦게 온 적이 없었고, 항상 미리 와서 입에 호두나 볼펜을 물고 '아에이오우' 연습을 하셨지요."

그처럼 열심히, 그러나 재미있게 했다. 그러다가 '고도원의 어록' 코너를 추가했다. 조간 브리핑은 내용이 딱딱할 수 있어서 여기에 인문학적 소양을 더할 겸, 내가 가진 독서카드를 하나씩 들고 가 '오늘의 어록'으로 소개하는 코너였다. 이숙영 아나운서가 "오늘의 고도원 어록을 소개하겠습니다"라고 말하면 내가 들고 간 독서카드의 한 구절을 읽고 그 글귀를 읽으면서 느낀 나의 생각과 소감을 말했다. 따뜻한 한 줄의 글, 내가 직접 읽고 밑줄 그은 문장과 거기에 나의 생각을 담아 전하는 그 시간이 나로서도 참 좋았다.

많은 팬들이 생겨났다. 그 시간을 기다린다는 청취자들이 많아졌다. 예상치 못한 좋은 반응에 나도 놀랐다. 자동차를 몰고 가다가 고도원의 어록을 듣고 차를 세워 엉엉 울었다는 사람도 있었다. 방송인 이금희 씨도 그중에 한 사람이었다. 좋은 글귀 하나가 사람들의 가슴을 움직일 수 있다는 사실을 피부로 느꼈다.

그런 반응에 힘입어 고도원의 어록을 한데 엮어 『못생긴 나무가 산을 지킨다』라는 책을 내게 됐고, 그 책의 내용을 그대로 옮겨 같은 이름의 홈페이지를 만들었다. 그리고 그 홈페이지의 내용을 메일로 보내기 시작한 것이 '고도원의 아침편지'였다.

메일 이름을 뭐라고 붙일까 꽤 오랜 시간 고민하다가 '고도원의 아침편지'로 정했다. 아침에 일어나 하루를 시작하기 전에 맑은 정신으로 읽었으면 좋겠다는 생각에서였다. 예전에는 사람들이 아침에 눈을 뜨자마자 신문을 보는 것이 하루 일과의 시작이었다. 그러나 인터넷이 확산되면서 모든 것이 바뀌었다. 사람들은 집에서든 직장에서든 아침에 제일 먼저 컴퓨터를 켰다. 나도 마찬가지였다. 그래서 '매일 아침 이메일로 발송되는 고도원의 아침편지를 읽고 시작하시라. 30초밖에 걸리지 않는다'라는 마음으로 이메일 주소를 가진 친구, 지인들에게 보내기 시작한 것이다.

'고도원의 아침편지'라는 제목 아래에는 '마음의 비타민'이라는 부제를 달았다. 비타민은 먹어도 그만, 안 먹어도 그만이라고 생각하기 쉽지만 사람의 건강에 두고두고 결정적인 역할을 하는 것이 비타민이기 때문이다. 몸도 그렇듯, 정신이 촉촉해지기 위해서는 마음의 비타민이 필요하다고 생각했다. 아침편지는 독자들이 하루를 시작하는 시간에 잠시나마 마음에 비타민이 되는 글귀를 충전할 수 있다면 더 바랄 게 없다는 마음으로 시작한 것이었다.

/

## 3. 아침편지의 씨앗과 바람

고도원의 아침편지를 시작한 것은 따지고 보면 내게 아무런 소득도 없고 부담스러울 수 있는 일을 자처한 셈이었다. 그나마 이일을 시작할 수 있었던 건, 내게 이미 충분한 독서카드가 있었기 때문이었다. 어릴 때부터 읽었던 책에서 밑줄 그은 문장은 차고 넘쳤고, 거기에 코멘트를 다는 것은 글 쓰는 일을 업으로 삼아온 내게 그리 어려운 일이 아니었다.

물론 아침편지를 쓰기 위해 더 많은 책을 읽어야 했다. 시간이 날 때마다, 아니 시간을 자주 내어서 광화문 교보문고에 들러 '책 사냥'에 나섰다. 주기적으로 서점에 가서 30권에서 50권을 사오는 것이다. 그중 80퍼센트만 건져도 된다는 생각으로 책을 골랐다. 책 제목, 저자, 목차만 보고 빠르게 고른다. 가끔은 본문까지 몇 군데 읽어보고 책에서 말을 걸어오는 부분이 있는지도 본다.

이 책을 집필하면서 출판사 담당자와 함께 그동안 내가 그렇게 수집해 둔 책 글귀가 얼마나 컴퓨터에 쌓여 있는지를 점검해 보았다. 오늘부터 책을 한 권도 읽지 않아도, 앞으로 아침편지를 얼마쯤 쓸 수 있는지를 확인해 본 것이다. 무려 2만 7,000개에 이르렀는데, 86년간 아침편지를 쓸 수 있는 양이었다. 그러나 이 숫자는 앞으로도 계속 늘어날 것이다. 내가 살아 있는 동안은 매일 책을 읽을 것이기 때문이다. 앞으로도 독서는 계속될 것이고, 그러면서 수집되는 글귀는 더욱 늘어날 것이다. 이 문장들이 곧 아침편지의 씨앗을 담아둔 곳간이자 내 영혼의 곳간이다. 나는 최고의 부자다.


## 씨앗을 퍼트릴 바람을 찾아

아침편지가 태어나기 위한 조건이 한 가지 더 있었다. 아침편지를 발행할 수단이었다. 콘텐츠가 아무리 풍부하고 좋아도 그 씨앗을 널리 퍼뜨릴 방법과 환경이 뒷받침되지 못하면 소용없는 것이었다. 만일 아침편지를 발행할 수단을 찾지 못했다면 나의 독서카드는 아직도 내 책상에만 머물러 있었을 것이다.

1998년에 출범한 김대중 정부가 처음 내건 정책 중 하나가 '정보화 사회'였다. 정보화 사회로 가는 길에는 컴퓨터가 필수였고, 어느 영역에서 일을 하든 컴퓨터를 손에 익히는 것이 중요했다. 컴퓨터를 익히는 적극적인 방법 중 하나가 홈페이지를 만들어보는 것이었다. 각 기관마다 홈페이지 만들기에 앞장섰고 개인들도 자기만의 홈페이지를 만드는 일에 상당한 관심을 보였다.

나도 대통령 연설문을 쓰는 사람으로서 새 시대에 부합하는 글을 쓰기 위해서는 홈페이지를 만들고 운영해 본 경험이 반드시 필요했다. 무엇으로 홈페이지를 채워 만들까 고민하다 〈이숙영의 파워FM〉의 '고도원의 어록'을 묶어 출간한 『못생긴 나무가 산을 지킨다』로 정했다. 누구든 홈페이지에 들어와 마음에 드는 글을 골라서 읽고 댓글을 남길 수 있도록 했다.

그리고 매일 몇 사람이나 들어오는지 들여다봤다. 어느 날은 한 사람도 안 들어오고, 어느 날은 10명, 또 어떤 날은 몇백 명이 들어오다가 또다시 아무도 들어오지 않기도 했다. 그 숫자에 혼자 웃기도 하고 슬퍼하기도 했다.

그즈음 이메일 주소가 빠른 속도로 확산되기 시작했다. 청와대 직원에게도 이미 이메일 주소가 부여되었다. 그때 번쩍 섬광 같은 아이디어가 떠올랐다. 홈페이지에 올린 글귀를 하나씩 골라서 이메일로 보내보면 어떨까 하는 생각이었다. 그러면 사람들이 홈페이지에 일부러 접속하지 않아도 바로 볼 수 있으니 좋겠다 싶었다. 우리나라 최초의 이메일 매거진으로 꼽히는 '고도원의 아침편지'가 탄생한 순간이었다.

아침편지는 전례가 없는 일이었기에 이를 현실화한다는 것이 녹록지 않았다. 하지만 독서카드라는 콘텐츠 하나에서 시작해 하나씩 길을 찾다 보니 이메일이라는 방법을 찾게 됐고, 이를 발행할 기술도 얻게 됐다. 머릿속 구상이 현실이 된 것이다. 꿈은 꿈 자체로는 뜬구름에 지나지 않는다. 번뜩 떠오른 영감을 잡아채 현실로 가져올 실천력이 뒷받침되어야 한다. 아침편지를 비롯한 수많은 꿈을 현실로 만들며 느낀 점이다.

## 오해와 비난도 꺾지 못한 날개

아침편지를 둘러싼 시선은 곱지 않았다. 가장 먼저 제기된 문제는 청와대에 근무하는 연설 비서관이 개인의 이름을 내건 무언가를 발송하는 것이 과연 타당한가 하는 것이었다. 자기 정치를 하려는 거냐며 오해하는 시선들도 있었다. 그런 시선은 두렵지 않았다. 한번 쓰러지고 나니 겁이 없어졌달까. 쓰러진 이후의 삶은 내게 덤이었고, 그 시간에 내가 갖고 있는 걸 가지고 뭘 할 수 있을지 골몰하는 것이 그저 즐겁기만 했다. 이런 전후 사정을 잘 모르는 이들의 말에 상처받거나 일일이 반응하는 데 에너지를 쓰고 싶지 않았다.

돈을 벌기 위한 것이냐는 비난도 있었다. 그럴 때마다 나는 "돈을 목표로 하는 일이 아니다. 우선 나 스스로 재미가 있고 장차 무언가 의미 있는 일이 벌어지지 않을까 생각한다"라고 대답했다. 사실 아침편지는 돈을 벌기는커녕 돈이 들어가는 일이었다.

아침편지의 이름을 정하고 방향도 정해졌지만 매일 이메일을 발송할 수 있는 시스템을 만들려면 상당한 비용과 인력이 필요했다. 도와줄 사람을 찾아 나섰더니 다들 뜨악한 눈으로 쳐다봤다.

어떤 사람은 미쳤다고도 했다. 어느 누구도 내 말에 귀 기울여주지 않았다. 10명 넘게 이 분야 전문가들을 만났지만 보기 좋게 딱지를 맞았다.

그러다가 IT 전문가로 널리 알려진 서재철 박사를 만났다. 그분을 만나서 나의 구상을 이야기하니까 처음으로 "재미있을 것 같다. IT는 상상력이 필요하다. 상상한 것을 구현하는 것이 IT다. 다 구현할 수 있다"라는 말로 나를 응원해 주었다. 그러면서 소개해 준 사람이 도원닷컴 김수찬 사장이었다. 도원닷컴은 IT 분야의 초창기 사업인 홈페이지 디자인과 관리, 컴퓨터 시스템 개발을 하는 곳이었다. 그분의 도움을 받아서 대량 메일 발송 시스템을 갖추고, 첫 아침편지를 발송했다.

2001년 8월 1일! 청와대 내부에서는 난리가 났지만 외부의 독자들이 보여준 반향이 나를 놀라게 했다. 아침편지가 더욱 급속도로 전파되기 시작했다. 초기 1만 명까지는 더뎠는데, 1만 명이 되는 시점부터 기하급수적으로 늘어나서 2003년 2월 내가 청와대에서 퇴임할 때는 70만 명, 2년 후에는 100만 명이 되었다. 2023년 현재는 398만 명이 아침편지를 이메일과 앱으로 받아보고 있다.

당시 도원닷컴에서 아침편지 발송을 도와주던 사람이 지금 옹달샘에서 아침지기로 일하는 유명근 수석실장이다. 처음에는 에러가 너무 많아서 거의 매일 밤 고생을 했다. 문제가 생기면 새벽 1~2시에도 깨워 그를 꽤나 괴롭혔다.

## 아침편지는 나에게 보내는 편지였다

많은 독자들이 나의 아침편지를 통해 많은 위로와 치유를 받았다고 했다. 하지만 사실을 고백하면 아침편지 중 대다수는 내가 나에게 보내는 편지였다. 그런 점에서 아침편지의 최고 수혜자는 다름 아닌 바로 나 자신이다. 누구보다도 매일매일 위로와 치유가 필요한 사람이 바로 나 자신이었기 때문이다. 물론 몇십 년 동안 매일 하는 일에는 물리적·정신적 피로감이 쌓이게 마련이다. 말 못할 고통도 뒤따른다. 그럼에도 이 일을 지속할 수 있었던 것은 고통보다 보람이 더 크기 때문이다.

어머니들이 '돌아서면 밥때'라고 하는 것처럼 나도 '돌아서면 아침편지'이다. 그러나 한편으로는 아침편지가 기둥이 되어 나를 붙들고 있어줬기에 이만큼 버틸 수 있었다는 생각도 한다. 이것조차 없었다면 아마 나는 오늘도 더 많이 외롭고 힘들었을 것이다. 버석버석한 삶이었을 것이다.

그렇기에 나의 기도 중 하나는 세상 소풍 마치는 날 아침까지 아침편지를 쓰는 것이다. 그러려면 건강해야 한다. 마지막 날까지 건강한 몸과 마음으로 편지를 띄울 수 있다면 더 바랄 게 없겠다.

꿈은 꿈 자체로는
뜬구름에 지나지 않는다.
번뜩 떠오른 영감을 잡아채
현실로 가져올 실천력이
뒷받침되어야 한다.

/

## 4. 자전거 페달을 함께 굴려준 사람들

아침편지는 겁이 날 만큼 엄청나게 빠른 속도로 확산됐다. 몇백 명에서 시작된 수신자가 10만 명을 넘으니 로딩에 시간이 걸리기 시작했다. 효율적인 운영을 위해서는 돈이 필요했다. 별도의 발송 시스템을 갖추고 대형 서버를 갖추려면 몇천만 원이 필요했다. 그 전까지는 내 용돈으로 충당했지만, 임계점을 넘어서자 혼자 감당하기가 어려웠다. 2002년 4월 24일의 아침편지에 밑글을 달았다. 당시의 상황을 솔직히 말하며 아침편지 구독자에게 힘을 보태달라는 이야기를 어렵게 꺼냈다.

〈조금 무거운 말씀〉

그동안 혼자서 열심히 자전거 페달을 밟아 용케 넘어지지 않고 여기까지는 잘 달려왔습니다. 그동안 적잖은 아침편지 가족들이 저의 재정적 부담을 걱정하면서 저의 은행구좌 번호를 알려달라는 요청도 해주셨습니다만, 견딜 때까지 견디자는 마음으로 그 고마운 분들께 단 한 번도 답해드리지 않았습니다. 그러나, 이제는 솔직히 조금 무겁습니다. (……)

유료화(돈을 내면 아침편지를 받고, 안 내면 못 받는 식의 일률적인 유료화는 절대 시행하지 않을 생각입니다)를 하지 않으면서, 각자 큰 부담 없이, 아침편지의 운영 기반을 마련할 수 있는 좋은 방법을 함께 찾아보았으면 합니다. 좋은 의견이나 아이디어 주시면 고맙겠습니다.

고도원의 아침편지는 (……) 시작은 저 혼자 했으나 이제는 어느덧 17만 가족의 것이 되어 있습니다. 자전거 페달을 함께 밟아주십시오.

이 글을 읽고 많은 분들이 염려하며 마음을 함께해주었다. 그중에 특히 김윤덕 님이 아이디어를 제안해 주어 '십시일반' 모금이 시작됐다. 많은 분들의 호응이 있었다. 더할 수 없는 감동과 감사를 느꼈다.

### 1원과 49,999원

그러나 한편에는 이런 시도에 대해 반감을 드러낸 이들도 있었다. 어느 날 한 분이 "엿 먹어라"라는 글과 함께 1원을 보냈다. 또 어떤 사람은 "드디어 마각을 드러내는구나. 결국 돈을 벌려고 한 거구나" 하는 메일도 보냈다. '아, 사람들 마음이 이렇구나.' 참담함에 가슴팍이 아려왔다.

특히 악담과 함께 보낸 '1원'은 나를 잠 못 이루게 했다. 잘못하면 정말 큰일 나겠구나 싶었다. 그러면서 '이 1원의 뜻은 무엇일까?' 밤새 고심했다. 몸을 뒤척이며 엎치락뒤치락 밤을 꼬박 새고 나니까 아침에 번개처럼 한 생각이 떠올랐다. '1원이라도 엄중하게 써라. 1원이라도 고맙게 받아들여라.' 1원 사건에서 그런 뜻이 찾아지니 마음이 편해졌다.

그다음 날 아침편지에 이런 밑글을 썼다.

일주일 동안 모두 980여 명이 모금에 참여해 주셨습니다. 18만 5,000 전체 가족의 0.5퍼센트 참여율이며, 그 가운데는 1원을 보내오신 분도 계셨습니다. 이걸 보는 순간, 제 솔직한 심정은 저도 모르게 힘이 빠지면서 무슨 둔기에 맞아 넘어지는 듯한, 그러면서 쌓인 피로감이 일시에 몰려오는 듯한 느낌이었습니다. 그러나 잠시 후, 모든 시작은 미미하나 나중에는 창대해지며, 단 1원도 헛되지 않게, 가장 투명하고 엄정하게 사용하라는 준엄한 명령으로 해석하고, 고맙게 받아들이고 나니까 제 마음이 오히려 더 편안해지고 새로워졌습니다.

내가 발견한 뜻을 사람들에게 드러내자 공감이 일어났다. 이에 가슴 아파한 어느 한 분이 49,999원을 보내왔다. 1원을 5만 원으로 채워주려고 했던 것이다. 그분의 마음이 나에게 용기를 주었다. '아, 세상엔 이런 분도 계시는구나.' 가슴이 뜨거워졌다. 주어진 상황에서 진솔하게 마음을 드러내고 진정성을 보이면 마음을 함께하는 사람도 있다는 걸 알게 되었다.

1원을 5만 원으로 만들어 용기를 준 그분의 존재가 오늘까지 나를 지탱해 주는 힘이 되었다. 그 비슷한 일은 이후에도 무수히 많았다. 어떤 일을 할 때마다 상당수 사람들이 곡해하고 색안경을 쓰고 바라보고 심지어는 방해를 했다. 그런데 또 한편에는 지지하고 응원해 주는 사람도 많았다.

아침편지는 새로운 도전이었다. 아침편지를 둘러싼 두 가지 상반된 반향은 용기와 굴하지 않는 마음을 요구했다. 세월이 흐르면서 긍정적인 반향을 주는 사람들의 힘이 부정적인 반향을 보이는 사람들의 힘을 이겼다. 부정적으로 보는 분들에게는 이렇다 저렇다 변명하거나 설득하려 하지 않고 그냥 그대로 받아들였다. '알겠습니다. 편하면 남으시고 불편하면 떠나도 괜찮습니다. 붙잡을 생각 없습니다'라는 마음이었다. 부정적으로만 보려는 분들을 설득하기엔 나도 힘이 드니까. 그런 마음으로 여기까지 왔다.

때로는 자기 확신을 가지고 일을 추진하는 태도가 필요하다. 다른 사람들의 부정적인 말들은 때때로 자기 확신과 자기 내면의 목소리를 가리는 경우가 많기 때문이다. 아침편지부터 깊은산속옹달샘, 'K-디아스포라'까지 지금까지 진행해 온 많은 일들을 시작할 때마다 수많은 반대의 목소리에 귀 기울이느라 내 내면의 목소리를 듣지 못했다면 아무것도 이루지 못했을 것이다. 결정적인 순간에는 주변의 소리가 아닌 자기 마음속의 소리에 귀 기울이는 것이 중요하다.

## 5. 아침편지를 모두의 것으로

아침편지는 지치고 힘든 많은 사람들에게 '마음의 비타민'을 공유하는 일이었다. 마음으로 연결되는 느슨한 연대이지만 많은 인적 네트워크와 커뮤니티가 형성되기 시작했다. 앞서 말한 '아마동(아침편지 마라톤 동아리)'에 이어 '고함지기(고도원의 아침편지를 함께 지키는 등대지기)' '아침지기(아침편지를 함께 키우는 등대지기)' 같은 동아리가 생겨나기 시작했다.

우리나라의 유수한 기업에서 이런저런 제안과 제휴 요청이 들어오기 시작했다. 나는 깜짝 놀랐다. 나로서는 상상하기 어려운 금액을 제안했기 때문이다. '아, 아침편지가 돈이 될 수 있구나.' 또 한편으론 내로라하는 정치인들의 접근도 있었다. 아침편지에 자기 이름을 좀 올려달라는 요청을 조심스럽게 했다. 또 놀랐다. '아, 아침편지가 돈도 되고 표도 될 수 있구나!' 아침편지가 '마음의 비타민'이라는 초심과 순수성을 잃지 않으면서 오래 지속하려면 어떻게 해야 하지? 시간이 흐를수록 생각이 깊어졌다.


## 아침편지를 모두의 것으로 만들기 위해

숙고 끝에 마침내 결론을 얻었다. 아침편지가 정치인의 표로 바뀌거나 돈벌이를 목표로 하지 않고 공공성을 띠는 것이었으면 좋겠다고 생각했다. 그래서 '비정치, 비종교, 비상업'이라는 모토로 아침편지문화재단을 기획했다. 공적인 목표를 가지고 여기서 생기는 재화가 사유화되지 않는 시스템을 꿈꾼 것이다.

그런데 문제가 생겼다. 하나는 어느 부처 소속으로 등록할지 정해지지 않았다는 것이었고 다른 하나는 재단 설립에는 기본 자산 5억 원이 필요하다는 것이었다.

우선 어느 부처의 소속으로 하느냐가 결정되어야 했다. 관련된 공무원이나 담당자들에게 물어보면 전례가 없는 일이라 어느 부처 소관인지 막연하다고들 했다. 맨 처음 안내받은 곳이 보건복지부였다. 이 일이 국민복지와 관련된 것이라는 이유였다. 보건복지부를 한 바퀴 돌았는데 담당할 부서가 없었다. 그다음 건네진 곳이 교육부 독서과였다. 아침편지는 독서와 관련되어 있으니 독서과가 맞지 않겠느냐는 이유였다. 그 또한 아니었다. 마지막으로 문화체육관광부로 건너갔는데, 거기서도 쉽지 않은 과정을 거쳐 겨우겨우 내락을 얻을 수 있었다.

그다음은 5억 원의 기본 자산이 문제였다. 이것이 있어야 다음 단계로 갈 수 있는데 막막했다. 아내와 아들, 딸을 모아놓고 가족회의를 했다. 아침편지가 커가고 있고 앞으로 '깊은산속옹달샘'이라는 명상센터를 만들려고 하며 이를 담을 수 있는 공공성을 띤 기구를 만들려고 하는데 5억 원이 필요하다고 이야기했다.

아내는 아침편지를 시작할 때만 해도 긴가민가하며 잘 이해하지 못했다. 당시 고등학교에 다니는 아들, 대학생이던 딸에게도 이야기를 자주 했는데 아이들도 '아버지가 또 괜한 일을 벌이는구나' 하는 정도로 받아들였다.

그때 구기동에 평생 살 생각으로 마련한 집이 있었다. 감정평가를 하니 5억 원이 넘었다. 그래서 그 집을 기부하는 서류를 만들어 '아침편지문화재단'을 만들겠다고 했다. 의미 있는 꿈 앞에서는 자잘한 계산에 발목 잡히지 않는 배포가 있어야 다음 단계로 갈 수 있음을 알았기 때문이다.

아내는 다행히 선뜻 동의했고 아들도 크게 말리지 않는데 딸은 반대했다. 아빠가 얼마나 고생해서 얻은 집인데 어떻게 한걸음에 내놓느냐는 것이었다. 그때 내가 꺼내 든 것이 "의미 있는 일을 위해서는 돈을 낙엽처럼 태워야 한다"라는 한창기 사장의 어록이었다. "아빠도 그렇게 하고 싶다"라고 딸을 달랬다.

## 딸을 설득할 수 있었던 이유

그 무렵 정신과 의사인 정혜신 박사가 나를 정신분석한 일이 있었다. 내 심리 안에는 '대중'이라는 의식이 자리 잡고 있는데, 그것은 내 DNA 유전자 속에 많은 사람들에게 도움을 주고자 하는 이타적인 성향이 들어 있다는 설명이었다.

이러한 '대중'의 성향을 지닌 사람의 신체적 특징도 설명했다. 일반적인 사람들은 화가 나면 교감신경이 올라가고 부교감신경이 내려가는데 나는 그 반대라는 것이었다. 그렇기 때문에 보통 사람들은 흥분할 만한 상황에도 나는 오히려 더 냉정해지고 초인적인 인내의 모습을 보인다는 것이었다. 그런 상태를 '도도히 흐르는 강물'에도 비유했다. 그런데 이런 성향을 지닌 사람이 사실은 매우 위험하다고 했다. 평소에는 '도도히 흐르는 강물'처럼 보이지만 여기에 물을 한 바가지만 더 부으면 범람할 수 있기에 주의해야 한다고 했다. '낙타 지푸라기'와 같은 이론이었다. 낙타에 짐을 싣다가 마지막 지푸라기 하나가 낙타 허리를 꺾는다는 것과 비슷한 이야기였다.

그 분석을 듣고 딸이 울음을 터뜨렸다. 훗날 딸에게 들어보니, '아빠가 그런 성향을 지니고 태어난 사람이라 고생해서 겨우 얻은 집마저 망설임 없이 기부하는구나' 하는 깨달음이 와서 눈물이 났다고 했다. 정혜신 박사의 심리분석 덕에 딸을 설득하고 재단을 만들 수 있었다.

의미 있는 꿈 앞에서는
자잘한 계산에 발목 잡히지 않는
배포가 있어야
다음 단계로 나아갈 수 있다.

# 3장
# 꿈

세상에 없던 길을 내다

---

**깊은산속옹달샘에 마련된 집필실 '춘하추동'**
내가 이곳에서 앞으로 몇 차례의 봄, 여름, 가을, 겨울을 보낼 수 있을까
생각하며 책을 읽고 글을 쓴다

/

## 1. 갈림길에 섰을 때

살다 보면 누구나 인생의 갈림길을 만난다. 어떤 길을 택할지 선택해야 한다. 가장 쉬운 선택은 가던 길을 계속 걷는 것이다. 어려운 선택은 방향을 틀어 새로운 길을 내는 것이다. 지금까지 한 번도 가보지 않았던 길을 걸어가는 것이다. 모험의 길, 도전의 길이다. 나는 남이 가지 않은 길, 나만이 할 수 있는 일, 나만이 낼 수 있는 길을 선택해 왔다. '어떤 결과가 나오든 좋다. 한 개의 길이 막히면 열 개의 길이 열린다.' 늘 그런 마음이었다.

주어진 운명을 그대로 받아들여도 되고 새로운 운명을 개척해도 좋지만 젊은 사람들에게는 실패해도 좋으니 과감히 도전해 보라 권하고 싶다. 노년에 이른 분들도 마찬가지이다. 생애에 못다 이루면 물려주면 된다. 유산이 될 수도 있고 좋은 선물이 될 수도 있다.

## 나를 위한 깊은 휴식, 명상을 만나다

내 인생 여정에서도 중대한 갈림길이 있었다. 대통령 연설 담당 비서관 임기를 마치고 청와대를 나올 때였다.

김대중 대통령의 임기가 끝나고 노무현 대통령이 당선되면서 이른바 정권 재창출이 됐기 때문에 당시 청와대 사람들에겐 선택의 여지가 제법 있었다. 청와대에서 일하던 사람들은 자신의 진로를 위해 부지런히 움직이기 시작했다. 제일 가능성이 있는 길이 정치였고 그다음이 공직 생활이었다. 정부에는 여러 기관이 있고 거기에는 많은 인력이 필요했기 때문에 자신이 선택만 하면 원하는 자리에 더러 갈 수 있었다.

그러나 나는 쉬고 싶었다. 내 몸에 휴식을 안겨주어야 했다. 지금에 와서 밝히는 것이지만 2003년 2월 24일 김대중 대통령이 수석비서관과 각부 장관들 앞에서 했던 퇴임 연설에는 나만 아는 암호 문장이 있었다. '저도 이제는 휴식이 필요합니다'라는 구절이다. 그것은 대통령의 말씀이기도 했지만, 다름 아닌 나의 이야기이기도 했다.

그 휴식을 위해 퇴임 직후 선택한 일이 '동유럽·지중해 배낭여행'이었다. 그때는 미처 몰랐지만 그 여행은 명상과 치유의 세계에 뛰어든 첫걸음이 되었다. 엄청난 전환이었다. 내가 무슨 굳은 결심을 해서 이루어진 게 아니었다. 앞에서 언급했던 임사체험 이후 단지 휴식이 필요해서 여행을 떠났을 뿐인데 명상과 치유의 세계가 운명처럼, 섭리처럼 다가왔다. 켜켜이 쌓인 극도의 피로감 끝에 번아웃이 되어 쓰러진 경험이 모든 것을 바꾸었다.

한 번 의식을 잃고 죽음을 경험한 사람은 인생관이 바뀌게 된다. 사고방식, 생활 패턴, 삶의 우선순위도 바뀐다. 나도 그랬다. 한 번 쓰러졌다 다시 살아나니 모든 것이 달라졌다. 남은 인생의 시간은 덤이라고 생각하게 되었다. 새소리, 바람 소리가 달리 들렸다. 내면의 소리도 들렸다. 보고 듣는 게 달라지니까 인생이 달라지고 선택도 달라진 것이다.

여행에 들고 간 책이 아잔 차의 『마음』이었다. 이 책을 읽으면서 명상의 세계에 대한 내 나름의 그림이 그려지기 시작했다. 내 마음을 고요하게 하고 내 안에서 에너지를 만들어내는 신비롭고도 경이로운 방법이 명상의 세계 속에 있었다. 나도 명상을 시작했다.

옹달샘에서 명상과 선무도를 지도하는 김무겸 원장도 그 무렵 만났다. 그분은 내가 《뿌리깊은나무》에서 기자로 일할 때 《뿌리깊은나무》의 모기업인 브리태니커사에서 《배움나무》라는 사보 편집 디자이너로 일하고 있었다. 당시에는 서로 먼발치에서만 보던 사이라 대화를 나눠본 적이 없었다.

그런데 어느 날, 김무겸 원장한테서 메일이 한 통 왔다. 아침편지를 반갑게 받아 보고 있다는 내용이었다. 아침편지를 쓰기 시작한 뒤 그동안 연결이 끊어졌던 사람들이 그렇게 도처에서 나타났다. 김무겸 원장이 진행하는 선무도는 지금 옹달샘의 주요 명상 프로그램의 하나로 자리 잡았다.

**삶의 결단 앞에서 가장 필요한 것**

명상의 시작점을 한마디로 요약하면 '잠깐멈춤'이다. 앞에서 말한 것처럼 연설 비서관 퇴임 후 행보를 결정하는 것은 내 삶의 중대한 문제였다. 그 문제를 앞에 두고 내가 선택한 것은 잠깐멈춤이었고 그것이 곧 여행이었다. 그때는 그저 휴식이 필요해서 떠난 여행이었지만 지금은 그것이 참 잘한 일이었다는 생각이 든다.

은퇴자는 물론 삶의 방향을 바꾸는 시점에 서 있는 이들에게 절대적으로 필요한 것이 여행이다. 그래서 나는 "다 내려놓고 훌쩍 떠나보라"라는 말을 자주 한다. 나처럼 배낭 하나 메고, 노트북 하나 들고 말이다. 해외에 갈 수 없다면 국내 여행도 좋다. 열심히 달려왔던 자신의 몸과 영혼을 잠깐 멈춰 세워 뒤를 돌아보며 숨 돌릴 기회를 주는 것이 여행이기 때문이다.

젊은이들도 미래가 불안하다면 다른 것을 걱정하기보다 우선 자기 마음의 소리에 귀 기울이기를 권한다. 자기가 서 있는 자리에 대한 점검이 필요하다. 자신의 재능과 꿈, 지금 자신이 서 있는 자리, 나이, 인간관계 등을 수시로 점검하고 자기에 대한 평가를 제대로 해야 세상에 나가서도 자기 길을 찾아 즐겁고 행복할 수 있다.

자기 점검을 하려면 무엇이 필요할까. 자신에게 시간을 줘야 한다. 잠시 멈춰 서서 자신에 대해 성찰할 잠깐멈춤의 시간이 필요하다. 인생의 좌표를 다시 찍고 다음 단계로 넘어가야 삶의 고비 고비마다 제대로 된 선택을 할 수 있다.

나는 남이 가지 않은 길,
나만이 할 수 있는 길,
나만이 낼 수 있는 길을 선택해 왔다.
'어떤 결과가 나오든 좋다.
한 개의 길이 막히면 열 개의 길이 열린다.'
늘 그런 마음이었다.

/

## 2. 운명을 바꾼 꿈, 깊은산속옹달샘

동유럽·지중해 배낭여행을 떠난 데도 사연이 있었다. 대통령 연설 비서관은 대통령이 외국 순방을 할 때 수행원으로 동행하는 경우가 많다. 김대중 대통령이 노벨 평화상을 수상하기 위해 스웨덴과 노르웨이 등 유럽 5개국 순방을 했을 때 수행원으로 동행하게 되었는데, 당시 순방의 마지막 방문지가 헝가리 부다페스트였다.

순방이라 해도 대통령 수행원들은 좀처럼 밖에 나갈 여유가 없다. 특히 연설 비서관은 더욱 그렇다. 호텔 내부의 넓은 공간에 마련된 '상황실'에 갇히다시피 해서 시시각각 벌어지는 상황을 점검하고 대처해야 한다. 그때그때 연설문을 수정해 가면서 수행 기자들에게 브리핑할 보도자료도 계속 만들어야 한다.

이미 보도된 언론기사에 대한 국내외 반향을 분석해서 대통령에게 보고하고, 연설의 톤, 메시지도 조절해야 한다. 숨 쉴 시간도 모자랄 지경이었다.

유럽 5개국 순방의 모든 일정을 무사히 마치고 부다페스트를 떠나는 마지막 날이었다. 호텔 상황실 커튼을 쫙 걷었는데 눈앞에 다뉴브 강의 아름다운 풍경이 그림처럼 펼쳐졌다. 와우! 탄성이 절로 나왔다. 다뉴브 강가에 떠 있는 배가 보이고, 그 선상 카페가 시야에 들어왔다. 그 카페에서 사람들이 너무도 여유롭게 커피를 마시고 있었는데, 그 모습이 그렇게 편안하고 행복해 보일 수가 없었다. 내가 좋아하는 카푸치노 향이 코끝에 빨려들듯 들어오는 느낌이었다.

'내 인생에 다뉴브 강 선상 카페에서 카푸치노 한 잔 마시는 날이 올까? 임기를 마치면 기필코 이곳에 다시 와서 아무 걱정 없이 저 자리에 앉아 카푸치노 한잔을 마시리라!' 그런 꿈을 꾸었다.


### 쇤부른 궁전의 아름다운 정원에서 싹튼 꿈

그 꿈이 '동유럽·지중해 배낭여행' 기획으로 이어졌다. 아침편지에 '저처럼 휴식이 필요한 분 계시면 같이 갑시다'란 글을 올리자 놀랍게도 400명이 넘는 사람들이 신청을 했다. 버스 한 대로 움직일 수 있도록 나를 포함해 41명을 선정했다. 그중 어떤 분은 회사에서 사표 내고 가라고 했다기에 내가 "사표 내고 오세요"라고 말한 분도 있었다. 그는 지금 옹달샘에서 재무 담당 아침지기로 일하고 있다.

체코 프라하에서 시작되는 여행 코스에는 당연히 부다페스트 야경과 선상 카페 프로그램이 포함됐다. 다뉴브 강 선상 카페에서 카푸치노를 마시는 꿈이 실현된 것이다. 그다음 오스트리아 빈, 그리스의 아테네와 산토리니 섬, 터키의 이스탄불 등의 일정으로 이어졌다.

오스트리아 빈에서의 일이다. 빈을 처음 여행하는 사람이면 거의 모두가 방문한다는 쇤부른 궁전을 둘러보게 되었다. 합스부르크 왕가 전성기에 세운 여름 궁전이다. 아름다운 정원으로 유명한 곳이다.

이 정원을 걸으면서 여행 안내자에게 이곳이 몇 평이나 되는지 물어보았다. 60만 평이라고 했다. 그 순간 내 가슴에 북극성이 하나 떴다. '나에게도 60만 평의 땅이 있으면 좋겠다. 그런 땅이 생긴다면 몇 사람의 귀족과 왕가들만 호사 누리는 정원이 아니라 나처럼 열심히 살다가 지친 사람들, 휴식과 치유와 영감이 필요한 사람들이 와서 휴식하고 명상할 수 있는 명상센터를 만들고 싶다'라는 꿈이 생겨났다.

'쇤부른'은 독일어로 '아름다운 샘'이라는 뜻이다. 이걸 듣고 생각난 것이 〈깊은 산속 옹달샘〉 동요였다. "깊은 산속 옹달샘 누가 와서 먹나요." 흥얼거리며 동요를 부르는데 또다시 번쩍했다. '그렇지. 깊은 산속 옹달샘보다 더 아름다운 샘은 없지.' 명상센터의 이름도 그때 지어졌다.

대통령을 수행하면서 꾼 동유럽·지중해 배낭여행의 꿈이 아침 편지여행을 통해 구체화되었고, 쇤부른 궁전을 만나면서 '깊은산속옹달샘'이라는 새 꿈을 얻게 된 것이다.


## 열두 가지 꿈 이야기

한 달에 걸친 동유럽·지중해 배낭여행을 무사히 마치고 돌아와 '나의 꿈 이야기'를 아침편지에 쓰기 시작했다. 열두 가지 꿈 이야기 가 그때 쓰였고, 그 가운데 '열한 번째 꿈'이 깊은산속옹달샘이었다.


〈깊은산속옹달샘〉

제가 꾸는 꿈의 종합편입니다. 산 좋고 물 좋은 대한민국 어느 깊은 산속에 세계적인 명상센터를 만드는 것, 그 명상센터의 이름이 바로 '깊은산속옹달샘'입니다.

휴식, 운동, 명상, 마음 수련이 잘 짜인 프로그램에 의해 진행되고, 여기에 각종 문화 이벤트가 때때로 더해지는 그야말로 꿈에 그리는 환상적인 마음 치료센터입니다. (……)

한번 상상해 보십시오. 전국 어느 곳에서 출발하더라도 2~3시간 안에 당도할 수 있는 '깊은 산속'에 들어와 편안한 옷차림으로 휴식하며 명상하고 꽃과 나무를 심습니다. 그냥 무턱대고 심는 것이 아니라 조경학자가 그린 디자인에 따라 심습니다(5년, 10년 후에는 아름다운 꽃밭과 수목원이 될 것입니다). 그다음 일정한 프로그램에 의해 진행되는 휴식, 운동, 명상, 마음 수련의 코스를 밟고, 새 공기를 마시게 됩니다.

건강한 육체와 맑은 영혼이 살아 숨 쉬는 곳, 내면을 깊이 채우는 명상을 할 수 있고 며칠 머물고 가는 것만으로도 마음의 치유가 가능한 그런 맑은 공간을 우리나라 아름다운 금수강산 어느 곳에, 그리고 도심의 어느 한편에 세우는 것……. 이것이 저의 또 하나의 꿈입니다.

글이 나가자 반향이 엇갈렸다. 한쪽에서는 "멋있다" "환상적이다" 하고, 다른 한쪽에서는 "황당하다" "혹시 약을 잘못 먹었나"라고 했다. 기대와 희망, 힐난과 비아냥이 엇갈렸다. 그냥 한번 해본 소리겠지 하고 가볍게 여기는 사람도 있었다. 허망하고 이루어지기 어려우니 꿈을 깨라는 조언도 있었다.

/

## 3. 글로 쓴 꿈이 현실화되는 과정

제주올레 길을 만든 서명숙 씨가 처음 산티아고 순례길을 걷고 나서 신문에 칼럼을 하나 쓴 적이 있었다. "나도 내 고향 제주에 산티아고 순례길 같은 길을 만들고 싶다"라는 요지의 칼럼이었다. 그는 이 글을 쓰고 나니 부담이 너무 커져서 괜히 썼다는 생각을 했다고 한다. 그 칼럼을 읽은 지인들이 이후에도 어떻게 됐는지, 언제 시작할 건지 자꾸 물으니까 자기가 쓴 글에 책임감이 생겨서 시작하지 않을 수가 없었다고 고백했다. 나도 깊은산속옹달샘 꿈 이야기를 글로 적어 공개하고 나니까 그걸 기억하는 많은 사람들이 언제 시작하느냐고 묻기 시작했고, 질문을 자꾸 받으니까 꿈이 구체화되기 시작했다.

가장 먼저 필요한 것이 땅이었다. 깊은산속옹달샘이니까 깊은

산속에 있는 땅이 필요했고, 시설물과 프로그램을 갖춰야 했다. 그 모든 것을 운영하고 관리할 사람도 필요했다. 그런데 어느 것 하나 갖춰진 것이 없었다. 사람도 없고, 프로그램도 없고, 돈도 없고, 땅도 없고. 그야말로 황당한 꿈 하나만 있었던 것이다.

### 꿈의 공간을 내어주는 사람들

그런데 점차 예상하지 못한 놀라운 일들이 벌어지기 시작했다. '꿈 이야기' 글을 읽고 기억하는 사람들이 이따금 연락을 했다. 가장 먼저 연락해 준 분은 서울 북아현동에 사는 칠십 대 노부부였다. "우리 부부의 꿈이 바로 당신의 꿈이었다"라면서 당신이 소유한 임야가 있으니 거기에 깊은산속옹달샘을 만들면 좋겠다며 나를 초대했다. 그리고 수원에 있는 임야를 찾아갔다. 앞에는 저수지가 있고 뒤에는 밤나무 숲이 있는 2만 평 정도의 땅이었다. 입지도 좋고 아름다운 땅이었지만 내가 꿈꾸는 60만 평에는 크게 모자라는 곳이었다. 그래서 뜻만 고맙게 받고 돌아왔다.

그 일을 계기로 땅에 대한 본격적인 공부를 시작했다. 풍수지리도 공부했다. 산 정상에 올라가서 주변과 방향을 보고 풍경이 어떤지를 마음속에 그려보게 된 것이다.

다음으로 연락을 준 분이 충청북도 보은의 군수였다. 속리산 자락에 깊은산속옹달샘을 세웠으면 좋겠다면서 나를 초청했다. 군청 간부들의 안내를 받으며 땅을 구경했다. 그분들은 원래 태권도 공원을 조성하려 했던 50만 평을 보여주고, 속리산이 보이고 유명한 금송이 바라보이는 곳도 보여줬다.

그런데 막상 진행하려고 하니 난관이 많았다. 태권도 공원을 추진하던 자리를 갑자기 명상센터 자리로 바꾸려 하니 행정 절차가 쉽지 않았다. 구체적인 계획과 예산도 있어야 하는데 서로 막막했다. 군수는 행정적으로 책임을 져야 하는 자리인데 꿈만 갖고 있는 사람을 불러다 일을 벌이는 꼴이 되니 간부들도 말린 것이다.

그러던 어느 날 충북 제천으로 특강을 갔다가 꿈을 함께 꿀 만한 분을 만나게 되었다. 엄태영 당시 제천 시장으로, 나중에 국회의원이 된 분이다. 깊은산속옹달샘을 제천에 설립하는 것이 좋겠다고 제안해서 여러 번 방문했다. 제천에는 좋은 땅이 정말 많았다. 그렇지만 결과적으로 뜻을 이루지는 못했다. 열 번 넘게 제천을 찾아가 이 산 저 산, 이 골짜기 저 골짜기를 부지런히 돌아보았지만 풀어야 할 숙제들이 너무 많았다. 명상센터는 개발이 가능한 땅이면서 '깊은 산속'에 자리 잡은 산자락이어야 했다. 그러려면 진입로를 낼 수 있는 마을 땅을 확보해야 하는데 쉽지 않았다. 아무리 작은 마을도 열 가구 이상이 살고 있어 막대한 돈이 필요하고 주민 동의도 받아야 하니 거의 불가능한 일이었다.

그러던 차에 충주시와 연결이 되었다. 당시 한창희 충주 시장이 조은희 농정국장과 직원 몇 명을 합정동 사무실로 보냈다. 69만 평 시유림이 휴양림으로 지정되었는데 그 안에 사유지가 약 3만 5,000평 있으니 그 사유지를 아침편지문화재단에서 매입해 깊은

산속옹달샘 명상센터를 지으면 어떻겠느냐는 제의를 했다. 그 순간 눈이 번쩍 떠졌다.

만사를 제쳐놓고 바로 충주로 내려갔다. 가서 보니 고속도로와 가까우면서도 사람의 발길이 닿지 않은 '깊은 산'이었다. 사람의 발길이 끊기다시피 한 곳이어서인지 길이 없었다. 낫으로 길을 내면서 산에 올랐다. 지금 옹달샘 중앙 광장이 있는 곳에 가서 지형을 살펴보았다. 제법 큰 산이 빙 둘러 있고 그 안에 작은 산이 있고 물이 양쪽으로 흘러 한군데로 만나는 것이, '좌청룡 우백호'의 작은 모형 같아 마음에 들었다. 그동안 여러 산을 다니면서 체감한 땅의 기운도 아주 좋게 느껴졌다. 그날 바로 여기로 하자고 결정했다.

꿈 이야기를 쓸 때 "전국 어느 곳에서 출발하더라도 2~3시간 안에 올 수 있는 곳"이라 적었는데 깊은산속옹달샘이 바로 그런 자리였다. 옹달샘이 현재 자리 잡고 있는 충북 충주시 노은면은 얼마 전까지 '충북 중원군(中原郡)'이었다. 바로 한반도 전체의 중심 지역이라고 해서 '중원'이라고 불렸다. 충주(忠州)의 한자 뜻도 풀어 쓰면 '중심 마을(中心州)'이라는 뜻이다. 그런 뜻이 있는 곳이 깊은 산속옹달샘의 입지가 되었으니 놀랍지 않을 수가 없다. 꿈을 글로 적으면 그 글이 현실이 된다는 말이 입증된 셈이다. 기적과도 같은 일이다.

결정적인 순간에는
주변의 소리가 아닌
자기 마음속의 소리에
귀 기울이는 것이 중요하다.

/

## 4. 꿈의 공간을 위한 여행

옹달샘 부지가 확정되자마자 시작한 일이 두 가지였다. 벤치마킹을 위한 세계 여행과 세계적인 명상센터 건축을 위한 마스터플랜 공모전이었다. 우선 공모전 실행 계획부터 발표했다. 기발한 아이디어들이 많아서 그때 공부가 많이 되었다.

벤치마킹 여행도 큰 도움이 되었다. 처음 간 곳이 오쇼 라즈니쉬 명상센터였다. 오쇼는 명상계의 전설적인 인물이다. 젊은 나이에 기독교, 힌두교, 불교를 섭렵해서 각 종교의 허점과 모순되는 점을 신랄하게 비평한 것으로 명성을 얻었다. 그만큼 적도 많지만 따르는 이는 더욱 많았다. 특히 그는 '다이내믹 명상', 즉 몸을 요동치게 해서 마음을 정화하는 방식의 명상 패턴을 만들어낸 것으로도 유명하다.

오쇼가 설립한 명상센터는 건축물이 남다르고 프로그램이 독특해서 전 세계에서 많은 사람이 찾는 곳이었다. 이곳은 내가 명상 프로그램을 만드는 데 큰 영감을 주었다.

그다음 찾아간 곳은 인도 동남부 끝자락에 있는 오로빌 마을이었다. 오로빌은 '스리 오로빈도'라는 구루가 꿈꾼 것을 50여 년 전 '마더'라는 제자가 만든 명상 공동체이다. 그곳도 시작할 당시에는 황량한 땅에 작은 보리수나무 한 그루만 달랑 서 있었다. 보리수는 참 영험한 나무이다. 자라다가 가지가 우거지면 그 가지 중에 하나는 밑으로 뻗쳐 뿌리를 내리고 기둥처럼 지탱해 준다. 다시 또 가지가 우거져 땅에 닿으면 뿌리를 내리고 나무가 한쪽으로 기울 것 같으면 다른 가지 하나가 또 내려와서 받친다. 마치 조각가가 예술적으로 다듬어놓은 것 같다. 그렇게 자라나 이제는 정말 영험한 아름드리나무가 되었다.

그 보리수를 중심으로 펼쳐진 오로빌은 내가 꿈꾸던 곳이었다. 한 사람의 꿈이 현실이 되어 지금은 경제적, 문화적 가치를 돈으로 환산할 수 없는 공간이 되었다. 세계적인 명상가, 예술가, 건축가들이 모여 함께 공동생활을 한다. 이 공동생활의 또다른 특징은 공동식당이다. 예술가, 명상가들이 밥하고 설거지할 시간에 산책하고 그림 그리고 글 쓰면서 시간을 훨씬 효율적으로 사용한다. 수많은 방문객이 먹고 자고 그곳에서 만든 물건을 사가니까 관광수입도 많아서 지속 가능한 자립 마을이 되었다.

오스트리아 빈의 멜크 수도원도 방문했다. 멜크 수도원은 합스부르크 왕가가 전성기에 세운 수도원인데, 움베르토 에코의 소설 『장미의 이름으로』의 무대가 된 곳으로도 유명하다. 수도원은 먹고 자고 명상하고 기도하고 교육하고 일하는, 말하자면 인간의 모든 삶이 망라된 곳이다. 내가 그리는 명상센터도 결국 그런 곳이었다.

멜크 수도원은 너무나도 많은 영감을 주었는데, 특히 도서관이 인상적이었다. 천장까지 책들로 가득 채워진 여러 개의 방을 따라 철학, 물리학, 의학, 신학, 역사 서적들이 보물처럼 꽂혀 있었다. 우리 명상센터에도 반드시 도서관을 만들어야겠다고 생각했다. 옹달샘의 '꿈너머꿈 도서관' 밑그림이 바로 이곳에서 그려졌다.

그다음 찾아간 곳은 프랑스 보르도 지방에 자리 잡은 틱낫한 스님의 플럼 빌리지였다. 틱낫한 스님은 고국인 베트남에서 평화운동을 하다가 추방되었다. 온전하지 않은 세상에서는 온전한 사고를 지닌 사람이 양쪽으로부터 배척을 받게 된다. 그렇게 추방된 스님은 10년을 떠돌다가 보르도 지방에 정착해서 플럼 빌리지를 만들었다.

건축물은 소박했으나 정감이 있었다. 그런데 사각형으로 빙 둘러쳐 있는 승려들의 숙소가 안은 깨끗했으나 뒷간 쪽을 돌아보니 어수선했다. 사람들의 시선이 닿지 않는 곳이라서 그랬는지 온갖 잡동사니들이 볼썽사나웠다. 그곳도 사람 사는 곳이라 밥해 먹고 빨래하고 뒤엉켜 살아야 하기 때문에 어쩔 수 없었겠다 싶었다. 그러나 이곳을 처음 방문한 사람들은 깨끗하고 정갈한 명상센터의 모습을 기대하기 마련이다. 플럼 빌리지의 승려 숙소를 들여다보면서 명상센터는 사람들의 발길이 잘 닿지 않는 뒤쪽의 구석구석도 깨끗하고 정갈해야 한다는 걸 알게 되었다.

옹달샘의 첫 건물인 '하얀하늘집'을 지을 때 이 점을 생각하고 설계했다. 하얀하늘집은 몽골식 게르이다. 동그란 천막집인데 천막만 지으면 잡동사니를 둘 곳이 없으니까 천막 안이 늘 너저분하게 된다. 그래서 천막 뒤에 별도 창고를 만들었다. 그 안에 모든 물품을 다 넣어두니까 내부는 언제나 깨끗하다. 명상하는 곳은 항상 정갈해야 한다.

플럼 빌리지에서 인상 깊었던 것은 '걷기명상' 프로그램이었다. 걷기 전에 틱낫한 스님이나 제자 중 한 사람이 걷기명상이 무엇이고 어떻게 하는 것인지 설명을 한다. 그러고 나서 한 걸음 걸으면서 평화, 한 걸음 걸으면서 미소를 되뇌게 하고, 한 걸음 한 걸음마다 깊은 호흡을 하게 한다. 내 마음에 고요함과 평화를 얻는 시간이기도 했다. 옹달샘의 걷기명상은 여기서 영감을 얻어 시작했다. 대신 종교적인 면을 걷어내고 우리 한국 사람들 정서에 맞는 방식으로 다듬어서 모두에게 편안하게 다가갈 수 있도록 만들었다.

또 하나가 '잠깐멈춤'이었다. 플럼 빌리지에서는 곳곳에서 30분 간격으로 종이 울렸다. 종이 울리면 모두 멈춘다. 밥 먹다가도 멈추고 걷다가도 멈춘다. 이것도 많은 영감을 주었다. 옹달샘에서도 식사 때 종을 치면 잠깐 멈추고, 걷기명상 하다 징을 치면 잠깐 멈추는 방법으로 응용을 했다.

그다음으로는 미국 필라델피아 롱우드 가든을 방문했다. 성공한 기업가가 남다른 뜻을 가지고 만든 정원인데 거기서 벤치마킹 한 것도 많다. 정원은 사람들이 쉴 수 있는 편안한 공간인데, 명상 센터에서는 특히 중요하다.

롱우드 가든에는 아름드리나무들이 가득했고 그 나무들을 중심으로 낸 길이 아주 아름다웠다. 나무나 꽃마다 이름표를 달았는데 나무가 상하지 않도록 어떻게 이름표를 달고 어떻게 그늘을 만들었는지를 눈여겨봤다.

캐나다 부차트 가든에도 찾아갔다. 섬에 있는 폐광을 장미 정원으로 만들어 많은 관광객을 불러 모으는 곳이다. 한 사람의 작은 꿈이 경제적, 문화적 가치를 창출하면서 랜드마크가 되고 세계적인 관광지가 된 것이 정말 부러웠다. 무너져가는 폐광이었던 것이 믿기지 않을 만큼 완전히 살아 있는 생명력을 느꼈다.

짧은 기간에 최대한 많은 곳을 둘러보려 애썼다. 보고 이동하고, 보고 다시 이동하며 길, 공간, 음식, 풍경을 보고 느끼는 모든 시간 속에 명상센터를 머릿속에 수십 번 짓고 허물고 다시 지었다. 여행의 모든 초점이 거기에 있었다.

벤치마킹 여행은 지금까지도 이어지고 있다. 그리스의 메테오라 수도원은 이미 여러 차례 다녀왔고, 코로나 직전인 2019년에는 '싱잉볼 명상' 공부를 위해 네팔에 다녀왔다. 문명의 소음이 차단된 곳인 히말라야 산맥에서 시작된 싱잉볼 명상을 본산지에서 직접 배우기 위해서였다. 돌아올 때는 싱잉볼 공장을 방문해서 현지에서 바로 주문해 옹달샘 곳곳을 네팔산 싱잉볼로 채웠다.

## 마음이 고요하고 편안해지는 영험한 공간

세계 곳곳의 명상센터를 둘러보며 영험한 곳은 그만한 노력과 이유가 깃들어 있다는 사실을 깨닫게 되었다. 그중 특히 두 가지 요소가 중요하다 여겨졌다.

하나는 지형적으로 땅 기운이 좋고 영험한 곳이어야 한다는 것이다. 그리스 아테네에서 10시간 내륙도로로 들어간 곳에 자리한 메테오라 수도원도 그런 곳이다. 사람들은 기암절벽 꼭대기에 1,000년에 걸쳐 세계에서 가장 영험한 수도원을 만들어놓았다. 1,000년 전, 이곳에 첫 움막을 지은 사람의 마음을 잠시 상상해 보았다. 이슬람의 핍박을 피해 영험한 기도처를 찾던 그리스 정교회의 한 수도사가 그리스 전역을 헤매다 메테오라의 기암절벽을 발견했을 것이다. 기기묘묘하고 영험한 기운이 도는 바위 아래 앉아 있는 것만으로도 지치고 아픈 그에게는 더없이 좋았을 것이다. 휴식과 기도가 필요한 그가 움막을 지었고, 그 움막에 기도와 휴식이 필요한 또다른 사람들이 모여들었을 것이다. 그 가운데 남다른 기술자와 예술가들이 힘을 보태 오늘 같은 영험하고도 예술적인 건축물을 빚어놓았을 것이다.

지형적으로 영험한 곳은 그리스 메테오라만이 아니다. 히말라야 산맥이 끝나는 지점에 있는 인도의 리시케시, 바이칼의 아론섬 같은 곳도 영험한 땅에 속한다. 이곳들도 다녀왔다.

다른 하나는, 영험한 사람이 머물러야 한다는 것이다. 예수, 마호메트, 부처 등 영험한 이들이 머물면 어둡고 음습한 곳도 좋은 기운이 흐르는 곳으로 바뀐다. 예를 들어 오쇼 센터가 있는 인도의 푸네는 뭄바이에서 자동차로 4시간 들어가는 내륙 지방인데, 도시 자체는 영험하지 않다. 그러나 오쇼 센터가 들어서면서 도시 분위기와 기운이 달라졌다.

옹달샘도 휴식이 필요했던 한 사람이 자리를 잡고 사람들이 모이면서 지금까지 성장해 왔다. 이것이 100년, 200년 유지되면 영적으로 영험한 공간이 될 수 있다고 믿는다. 옹달샘에 들어서는 순간 마음이 편안하고 고요한 느낌이 들게 하려면 어떻게 해야 할까, 옹달샘 주인장인 나 자신부터 늘 마음을 닦아야 하고 고요하고 평화로운 마음의 기운이 넘쳐나게 해야 한다. 물론 나로서도 큰 숙제이다. 불가능에 가까운 숙제다. 그렇기에 세계의 영험한 공간, 영험한 사람을 찾는 벤치마킹 여행을 오늘도 계속하고 있는 것이다.


## 10년 전 뿌린 씨앗에서 시작된 움직임

국내의 특별한 곳들도 벤치마킹의 대상이었다. 단, 대상지를 선택할 때 원칙이 하나 있었다. 한 사람의 '황당한 꿈'이 현실로 바뀐 곳을 찾아가 본다는 원칙이었다. 서해안의 '천리포수목원', 강원도 평창의 '허브나라', 경기도 가평의 '아침고요수목원' 등이 그에 속했다. '천리포수목원'에는 목련나무가 가득했다. 참 아름답게 가꿔져 있었다. 그러나 문제가 있었다. 목련은 봄에만 피니까 겨울까지 아름답게 조성하기가 쉽지 않았다. 계절에 맞게 어떤 나무를 더 심어야 하는지 전문가를 만나서 이야기를 나누었다. 많은 돈과 시간이 필요했기에 나에게는 엄두가 나지 않는 일이었다.

'허브나라'는 2박 3일 머물면서 살펴보았다. 그곳을 만든 이두희, 이호순 부부도 그때 만났다. '허브나라'를 처음 시작한 이야기, 홍수가 나서 한순간 모든 것이 휩쓸려나가 죽을 고생을 했던 이야기도 들었다. 남 이야기 같지 않았다.

그다음으로 찾아가려던 곳이 '아침고요수목원'이었다. 이제 아침고요수목원을 한번 가야겠다고 아내에게 말하니까 아내가 반색했다. 자신이 그곳의 설립자를 잘 안다는 것이었다. 아내의 주선으로 수목원 설립자인 한상경 교수가 우리를 초대해 주었다. 나와 아내, 아침지기 몇 명이 수목원을 찾아갔다. 한상경 교수와 부인 이영자 님이 우리 일행을 따뜻이 맞이해 주었다.

수목원을 함께 돌아보며 걸어가는데 한상경 교수가 양지바른 곳에 있는 나무 한 그루를 가리키며 "저 나무가 무슨 나무인지 아세요?"라고 물었다. 그러면서 그 나무 밑으로 우리를 안내했다. "이 나무가 10년 된 마로니에 나무입니다"라면서 그 나무를 심게 된 경위를 설명하기 시작했다.

10년 전 한상경 교수는 수목원을 조성하면서 어려움을 많이 겪었다고 한다. 수목원을 시작할 때 사기꾼으로까지 몰려 군청 직원에게 무릎이라도 꿇고 싶을 정도로 절망적인 순간도 있었다고 한다. 그런데 어느 날 서울에서 찾아온 한 중년 여성이 지갑을 열어 10만 원을 쾌척하고 갔다고 한다. 그 돈을 어떻게 쓸까 고민하다가 기념으로 나무 한 그루를 심었는데, 그 나무가 어느덧 10년이 흘러 제법 아름드리가 되어 있었다. "이 나무를 있게 한 분이 지금 제 앞에 있다"라며 아내를 가리켰다.

나중에 아내에게 들으니, 10년 전 친구들과 우연히 이곳에 와서 한상경 교수 부부가 땅을 일구는 모습을 보았는데, '골고다길'이라고 이름 붙인 길을 걸어가다 이런 의미 있는 일을 하는 분들의 꿈이 이루어졌으면 좋겠다는 생각에 10만 원을 기부하고 왔다는 것이다. 당시는 우리 형편도 어려울 때였다.

방문을 마치고 돌아오는데 한상경 교수가 감사편지라면서 봉투 하나를 줬다. 차 안에서 열어보니 감사하다는 글과 함께 100만 원짜리 수표가 들어 있었다. 10년 전 아내가 기부한 10만 원이 100만 원으로 자라나 되돌아온 것이다. 아내가 깜짝 놀라면서 "나는 이 돈을 못 쓰니까 당신이 쓰세요"라며 수표를 건네주었다. '이 돈을 어디에 쓰지?' 처음에는 고생하는 아침지기들과 회식이라도 한번 할까 생각했는데, 그럴 수는 없었다. 잠자리에 들어서도 이런저런 생각이 스쳐지나갔다. 그러다가 어느 순간 번쩍하고 영감이 떠올랐다.

정말 의미 있는 돈이니 의미 있는 곳에 쓰자, 여기서부터 깊은산속옹달샘을 시작하자는 생각이 들었다. 그래서 나도 100만 원 보태고 아들, 딸이 각각 50만 원씩 보태서 300만 원짜리 '깊은산속옹달샘 통장'을 만들었다.

## '꿈이 있는 사람은 서로 만난다'

그 사연을 전해 들은 처남, 출판사 사장 등이 50만 원, 100만 원, 200만 원씩을 보내주었다. 그런 돈이 모여 1,150만 원짜리 통장이 되었다.

그 이야기를 아침편지에 썼다. "10년 전 아내의 10만 원이 10배로 자라났고, 여기에 여러 사람의 뜻이 덧붙여져 100배의 열매가 맺힌 통장이 만들어진 것입니다"라면서 한상경 교수 부부를 만난 이야기를 썼다.

아침편지가 발송된 다음 날 아침 사무실에 난리가 났다. 옹달샘 통장을 여니 10만 원, 100만 원, 1,000만 원이 들어와 있었고 1시간 뒤에 여니 또 돈이 들어와 있었다. 하루 종일 계속 돈이 들어왔다. 아! 그 뜨거움과 감동은 평생 잊을 수가 없다.

며칠 사이에 무려 13억 원이 모였다. 정말 감사하게도 아침편지를 받는 분들이 십시일반 하는 마음으로 참여했다. '기도회원'으로 후원자가 되어주신 분들도 있었다. 아침편지 가족들의 기부로 모은 13억 원으로 이미 입지로 결정한 현재의 땅을 샀는데, 절묘하게 1원도 부족하지 않고 1원도 남지 않았다. 정확히 땅 살 만큼만 기부금이 모인 것이었다.

땅을 매입하는 과정에서도 남다른 일화가 있다. 매입할 땅의 주인이 모두 7명이었는데 매입을 시작하니 땅값이 갈수록 비싸졌다. 마지막 1천 평은 얼토당토않은 금액을 요구해서 끝내 매입할 수 없었다. 어찌할까 고심하던 차에 뜻밖의 해결책을 찾았다. 충주

시와 시의회의 의결을 거쳐 '대토'를 진행한 것이다. 우리가 매입한 땅은 휴양림 입구 쪽에 있었는데, 더 산속으로 들어가 깊은 쪽의 땅과 '바꾸는' 방법을 찾은 것이다. 더 깊은 산이니 같은 값에 면적이 더 넓어질 수 있었다. 옹달샘 부지는 3만 5,000평에서 7만 평으로 넓어졌다. 더 깊은 산에 아늑한 보금자리가 마련되었으니, 이일에도 어떤 섭리가 있다고 생각한다.

땅을 사고 나니 이제 집을 지어야 했다. 그래서 '옹달샘 건축회원'을 모집했다. 건축기금이 모아지는 대로 조금씩 조금씩 건물을 지어 지금의 깊은산속옹달샘이 만들어졌다. 여건이 되면 성큼 내딛고, 여건이 되지 못하면 멈춰 가며, 그러나 뒷걸음치지 않으며 오늘에 이르렀다.

/

## 5. 맨손으로 명상센터를 짓는다는 것

　극적으로 부지 문제가 해결되었지만 막상 맨땅에 명상센터를 지으려니 망망대해에 홀로 떠 있는 느낌이었다. 현실적으로 가장 먼저해야 할 일부터 찾아야 했다. 그것은 '설계도'였다.

　상상과 구상은 그야말로 머리로 그리는 그림일 뿐이었다. 이것을 전문가가 현실화해야 비로소 빛을 볼 수 있었다. 공모전을 열고 당선작을 뽑긴 했지만 내가 상상하고 구상한 디자인은 아니었다. 그래서 벤치마킹 여행을 다니면서 생각날 때마다 스케치하고 모은 아이디어들을 종합했고, 벤치마킹 여행에 동행했던 분이 소장으로 있는 설계사무소에 다시 설계를 부탁했다.

　설계 초안을 받아보니 처음부터 막대한 예산을 가지고 있어야 가능한 설계였다. 우선 토목공사 설계부터 나와 생각이 달랐다. 개발해야 할 땅이 1만 평이라면 5,000평, 5,000평을 두부모 자르듯 반듯하게 두 겹으로 잘라놓고 그 위에 건축물을 앉히는 설계였다. 설계한 건물은 환상적일 만큼 예술적이었지만 그런 건축을 하려면 최소 100억 원은 넘게 있어야 했다. 우리 형편으로는 어림없는 일이었다.

문제는 돈만이 아니었다. 나는 '토목공사 없는' 건축을 그려왔다. 숲속에 건축물을 앉히려면 가장 먼저 고려해야 하는 것이 '물길'이라고 생각했다. 이 물길을 제대로 내지 않으면 갑자기 엄청난 호우가 쏟아질 때 예기치 못한 산사태로 어려움을 겪을 수 있다. 토목공사 없이 산세를 그대로 두고 집을 지으면 큰 호우가 나도 물이 쑥쑥 빠지기 때문에 건축물에 피해가 없을 거라는 것이 나의 생각이었다.

어렵게, 어렵게 설득해서 그때까지 했던 설계 비용을 지불하고, 옹달샘 설계 작업을 다시 처음부터 시작했다. 산의 지형과 등고선을 최대한 살려서 건물을 앉히고 물길과 아름드리나무를 살리는 구상을 설계도면에 담았다. 무엇보다 중요한 것은, 있는 돈에 맞추어 건축물을 하나씩 하나씩 지어가는 시행 방법이었다. 밑그림을 그리고 수정해 나가는 과정에서 나도 건축 공부를 많이 했다.


## 설계부터 완공까지, 특별했던 사람들

설계부터 1차 완공이 되기까지 깊은산속옹달샘에는 수많은 사람들의 땀과 열정이 녹아들어 있다. 그 중심에는 매우 특별한 두 분이 있다. 정정수 화백과 최호근 선생이다.

정정수 화백은 스스로를 '땅에 그림을 그리는 화가'라고 불렀다. 그만큼 지형을 잘 이용해 정원을 만드는 분이었다. 철 따라 어떤 꽃을 심고, 햇빛 방향에 따라 나무를 어떻게 심어야 할지, 물길을 어디로 내고, 큰 나무 작은 나무를 어떻게 배치해야 하는지를 잘 알았다. 옹달샘 마스터플랜 공모전 때 응모자로 참여했는데, 나를 만나고 나서 깊은산속옹달샘을 자신이 만들어야겠다는 생각을 했다고 한다. 내가 "창은 이렇게 내고 건물은 저랬으면 좋겠습니다"라고 말하면 정정수 화백은 그걸 삽시간에 그림으로 그려냈다. 그렇게 해서 지어진 것이 지금의 '명상의 집'이다.

또 한 분의 예술가가 지금은 고인이 되신 최호근 선생이다. 어느 날 정정수 화백이 "귀신이 한 사람 있다"라며 소개해 주었다. "건축을 전공한 사람이 아닌데 그가 손댄 건축물이 기가 막힌다. 어느 곳에서도 그림이 된다. 어디서 찍든 사진이 된다"라며 적극 권했다. 같이 일해 보니 정말 타고난 건축가이자 예술가였다. 그분을 나는 '한국의 훈데르트바서'라고 부른다. 그분과 함께 깊은산속옹달샘의 건물과 조경을 만들어냈다.

그 모든 것에 앞서 현장 감독이 필요했다. 옹달샘 부지를 매입한 직후 당장 충주 현장에 가서 밑그림을 그리고 일일보고를 올릴 사람이 필요했다. 그때 내려간 사람이 윤태희 실장이었다. 그는 대학에서 건축을 전공했다. 눈썰미가 좋고 책임감도 강하고 주변을 잘 살피는 재능이 있는 청년이었다. 2003년 여름 '몽골에서 말타기' 1기 때 참여해서 아무도 걷지 않는 몽골 대초원에 마라톤 코스를 만들었다. 그때부터 그의 눈썰미를 기억해 두었다가 옹달샘 부지 매입이 끝나는 대로 산책로부터 내보라는 부탁과 함께 현장에 보낸 것이다.

그가 가장 먼저 한 일이 걷기명상 코스를 만드는 것이었다. '용서의 길' '화해의 길' '사랑의 길' '감사의 길', 이렇게 네 개의 산책로를 그려내고 그중에 '사랑의 길'을 먼저 냈다. 나무를 잘라 길을 내고 잘라낸 나무로 계단을 만들어서 동선을 만들었다.

그러면서 옹달샘에 자생하는 모든 야생화를 조사하게 했다. "원래의 땅 주인들이지 않느냐. 땅 주인인 야생화를 안전한 곳에 옮겨 심었다가 건물이 들어선 다음 제자리로 돌려보내 다시 심자"라며 만든 게 지금의 '깊은산속옹달샘 정원'이다.


## 깊은산속옹달샘에 그린 세 가지

깊은산속옹달샘 건축을 머릿속에 그리면서 세 가지를 먼저 고심했다. 첫 번째가 진입로, 두 번째가 상징 건물, 세 번째가 상징 나무였다.

웬만한 곳의 산사를 방문하면 맨 처음 만나는 곳이 진입로이다. 대개 명상센터들이 자연 깊숙이 있다 보니 짧게는 몇백 미터에서 길게는 2~3킬로미터를 걸어야 한다. 걸을 때 그늘이 없거나 땡볕이면 걷는 것이 고통이다. 대신 진입로에 아름다운 꽃들이 철마다 피어나고 오래된 전나무나 은행나무가 있다면 걷는 것이 행복하고 편안해진다.

한국의 유명한 산사들도 모두 진입로가 남다르다. 영주 부석사로 들어가는 은행나무 길은 지치고 힘든 사람의 마음에 쉼을 안겨준다. 부안 내소사 전나무 길도 방문하는 사람들에게 영적인 휴식의 숨결을 더해주는 곳이다.

다행히 깊은산속옹달샘 주변에도 휴양림이 조성되어 있어서 난개발이 불가능하고, 고요한 정취를 느낄 수 있다. 차를 타고 들어오는 순간 '깊은 산에 들어가는구나, 바람이 시원하구나, 햇빛이 반짝이는구나, 풀내음이 향긋하구나, 아름답구나' 하고 느끼게 된다.

옹달샘의 진입로도 내세울 만하다. 아름다운 오솔길이다. 주차장에 차를 세우고 나무가 울창한 숲속 오솔길을 걸어 들어온다. 길지는 않지만 이 오솔길을 걸어오면서 마음이 차분해진다. 궁궐에도 궁궐 문이 있듯이 명상 공간도 대문 역할을 하는 것이 있어야 한다. 그게 바로 진입로의 기능이다.

진입로의 다음 동선은 첫 만남이 이뤄지는 안내 공간이다. 진입로를 통해 들어오면 등록을 하고 안내를 받도록 '첫 만남 첫 미소'라는 이름의 웰컴센터를 앉혔다. 만약 웰컴센터에 기다리는 사람이 많아서 지루하게 여겨지면 그것도 짜증스러운 일이다. 멀리에서 어렵게 시간 내어 왔는데 도착해서 오래 기다리는 건 고역일 수 있다. 그래서 웰컴센터 옆에는 편하게 기다리며 시간을 보낼 수 있는 카페, 책을 볼 수 있는 도서관을 앉혔다. 틈새 시간, 조각 시간을 의미 있게, 재미있게, 편안하게 잘 활용할 수 있도록 주변에 배치한 것이다.

다음은 직원 사무실이다. 많은 일들이 웰컴센터와 카페의 동선 안에서 이루어진다. 근무자의 사무실이 너무 멀리 떨어져 있으면 전체 상황이 어떻게 돌아가는지 모르게 된다. 그래서 아침지기 사무실을 웰컴센터 위층에 만들고, 사무실도 기민하게 대응할 수 있도록 그 언저리에 두었다.

두 번째가 상징 건물이다. 여기에 돈과 혼과 땀, 고도의 예술성을 쏟아부어 만들었다. 옹달샘의 상징 건물은 두 곳이다. 하나는 몽골식 게르로 지은 '하얀하늘집'이고, 다른 하나는 옹달샘에서 가장 큰 건물로 '명상의 집'이라고 이름 붙인 곳이다.

세 번째는 상징 나무인데, 옹달샘을 상징하는 나무를 심기 위해서 애를 많이 썼다. 그동안 정말 멋들어진 소나무도 몇 차례 구해서 심었는데 모두 실패해서 지금은 아쉽게도 대표적인 상징수는 없다. 대신 옹달샘에 있는 모든 나무가 다 상징수라고 생각하고 하나하나 소중히 가꾸고 있다. 언젠가는 좋은 상징수가 자리 잡기를 꿈꾸고 있다.

/

## 6. 꿈과 땀과 눈물과 기도로 빚은 건축물

깊은산속옹달샘 명상 프로그램은 여러 가지가 있다. 기구를 이용한 명상, 몸만으로 하는 명상 그리고 소리명상, 춤명상 등 다양하다. 이런 다양한 명상을 할 수 있는 공간들을 적절하게 배치하려고 노력했다.

나는 건축을 전문적으로 배우지 않았지만 벤치마킹 여행에서 좋은 아이디어를 많이 얻었고, 좋은 분들을 많이 만났다. 다행히도 옹달샘의 건축물은 지금도 좋은 평가를 받는다. 옹달샘에 더러 유명한 건축가들이 와서 보고는 공간이 유기적이고 동선이 편안하다고 놀라워한다. 건축물이 자연스럽고 따뜻한 느낌을 준다고 이야기한다. 최호근 선생의 생각처럼 '어느 곳에서 찍어도 사진이 된다'.

## 몽골식 게르, 하얀하늘집

하얀하늘집은 명상센터의 첫 건축물이다. 지난 20년 동안 매년 '몽골에서 말타기' 여행을 하면서 머문 곳이 몽골의 전통적인 집, 게르였다. 큰돈을 들이지 않고도 제법 넓은 공간의 건축물을 지을 수 있다는 점이 마음에 들었다. 문제는 게르 안에 보통 기둥이 네 개 있는데 명상센터를 위해서는 그 기둥들을 없애야 하는 것이었다. 그러다가 방법을 찾았다. 철빔에 나무를 씌워 외부 골조로 삼으면 가운데 기둥이 없어도 거뜬히 버틸 수 있었다. 지붕은 비가 스며들지 않는 하얀 천막 천으로 덮었다. 지붕이 하얗고 가운데 중창을 열면 하늘이 보여서 '하얀하늘집'이라 이름 지었다.

그 이름에 덧붙여, 거액의 건축기금을 기부한 분의 이름을 기리는 의미에서 '허순영의 하얀하늘집'이란 이름을 붙였다. 고마우신 허순영 님이 기부금을 전하면서 다음의 글을 함께 남겼다.

> 나날이 모습을 갖추어가는 옹달샘이 삶에 지친 영혼들이 온전한 휴식을 취하고, 그 속에서 많은 사람들이 힘을 얻고 행복해지는, 그 멋진 새로운 탄생의 공간으로 쓰이기 위해 하루빨리 눈앞에 활짝 펼쳐지는 날을 손꼽아 기다립니다.
>
> 길이 없는 곳에 길을 내는 첫 발자국은 많이 힘들고 외로우시겠지만 마음을 모두 모아 드리오니 부디 힘내시길 바랍니다.
>
> 세상의 아름다운 빛으로 수천 년을 함께할 깊은산속옹달샘에 작으나마 정성을 보탤 수 있음을 영광스럽게 생각합니다. 힘든

이들의 영원한 쉼터, 깊은산속옹달샘을 진정으로 사랑합니다.

그분이 보내주신 글과 상당한 액수의 기부금이 준 엄청난 힘, 그 힘으로 건축 초기 수차례 멈출 뻔했던 위기 상황에서 다시 걸음을 뗄 수 있었다.

하얀하늘집을 짓고 나서 '아침편지 동아리 워크숍'부터 시작해 '옹달샘 사과청국장 명상다이어트' 등을 진행했다. 현재도 춤명상, 뇌마사지, 풍욕 등 주요 명상 프로그램들을 진행하는 중요한 공간이다.

몽골식 게르는 특징이 있다. 안에 눕거나 조용히 앉아 있을 때 바깥 소리가 그대로 들리는 것이다. 바람 소리, 나뭇잎 흔들리는 소리, 여름철 매미 소리, 풀벌레 소리, 새소리가 생음악처럼 들린다. 비 올 때는 비 떨어지는 소리가 그야말로 환상적이다. 이 소리를 듣다 보면 어느 순간 내 내면의 소리를 듣게 된다. 메테오라 수도원이 처음에는 오두막 한 채로 시작되었듯이, 허순영의 하얀하늘집이 오늘의 옹달샘을 있게 했다.

### 하늘과 땅의 기운이 서린 명상의 집

명상의 집은 각 층에 최소 100명에서 최대 500명이 들어갈 수 있는 3층 건물이다. 이 건물은 골조를 단단한 철빔으로 세워 기둥을 없앴다. 기준보다 훨씬 두꺼운 철빔을 가로 세로로 앉히고 세웠기 때문에 웬만한 지진이 나도 끄떡없다. 실내에 기둥이 없어서 탁 트이고 너른 공간을 편히 사용할 수 있다.

맨 아래층에 숯으로 채운 방이란 뜻의 '숯채방'이 있다. 반지하 공간이어서 습기가 찰 수 있기 때문에 네 벽을 숯으로 채우고 그 이름을 붙였다. 숯은 노폐물과 습기를 빨아들였다가 방 안에 습기가 필요할 때 다시 내뿜는 역할을 한다. 자연세라믹 역할을 하는 것이다. 다목적 실내 공간과 더불어 탈의실, 샤워실, 라커룸, 화장실을 앉히고, 중간에 휴식하고 대화를 나눌 수 있는 공간을 배치했다.

2층은 '비채방', 3층은 '천채방'이라는 이름을 붙였다. 비채방은 '비움과 채움 그리고 빛의 방'이라는 뜻이 담겨 있다. 벽은 스트로베일 공법에 따라 볏짚으로 채웠다. 그래서 여름에는 서늘하고 겨울에는 따뜻하다. 공기를 잘 순환시킬 수 있는 구조로 만들어서 언제 들어가도 쾌적한 느낌이 든다.

천채방은 '하늘의 기운으로 채워진 방, 천년의 기운이 채워진 방, 천년의 꿈이 서린 방'이란 뜻이다. 이곳은 음악회, 문화행사, 결혼식 같은 이벤트도 할 수 있는 대형 문화 공간이면서 명상 공간이다. 높은 천장이 피라미드식으로 되어 있고 천장 중간을 반투명 유리로 처리해서 자연광이 은은하게 들어온다.

명상의 공간은 조명도 중요하다. 천장에는 일곱 가지 무지개 색깔 전구를 이용해서 다양한 색을 연출했다. 자연광을 이용해서 빛이 자연스럽게 퍼지도록 했다. 명상에 조명 못지않게 중요한 것이 음향이다. 프로그램을 할 때 어떤 음악을 내보내느냐에 따라 명상 효과가 크게 달라지기 때문이다. 실제로 이 건물에서 명상 프로그램을 진행할 때 편안함을 느낀다는 분들이 많았다. 나의 철학을 담은 공간이 다른 이들에게도 편안함을 주고 있으니 뿌듯할 따름이다.

## 숭고한 나눔으로 피어난 특별한 공간들

명상의 집을 비롯해서 '춘하추동' '꿈사다리집' '클로버집' '동그라미집'은 모두 볏짚을 사용한 스트로베일 하우스들이다. 플럼 빌리지에서 영감을 받은 건물들로, 스트로베일 하우스를 짓는 이웅희 대표를 만났기에 가능했다. 수소문 끝에 그분이 지어놓은 집을 찾아가서 처음 본 순간 마음이 동했다. 명상의 집과 나눔의 집을 짓는 중간에 그분을 모셔다 볏짚 집들로 설계를 바꿔 다시 짓기로 했다. 아예 '스트로베일 건축학교'를 만들고 자원봉사자를 모집했다. 건축 쪽에 관심 있는 자원봉사자들이 모였다. 적을 때는 10명, 많을 때는 20명이 숙식하면서 집을 지었는데 6개월까지 머문 사람도 있었다.

그러나 결과적으로는, 건축회사에 맡기는 것보다 비용과 시간이 훨씬 많이 들었다. 전문가가 아니니 공부하고 서로 가르쳐가면서 해야 했다. 경험과 기술이 부족하다 보니 작업이 더디고 균일하지 않아 다시 해야 되는 일도 많았다. 그러나 옹달샘을 만들어가는 과정에서 만난 수많은 자원봉사자들을 '옹달샘의 꽃'이라고 부른다. 함께 길을 내고 걸어준 소중한 사람들이기 때문이다.

그런 과정을 겪으며 꿈사다리집, 네잎클로버집, 동그라미집, 춘하추동 등 네 개의 건물을 스트로베일 공법으로 연달아 지었다. 명상도 하고 공부도 하고 소규모 단체 숙박도 하는, 아주 예쁜 공간들이다. 크고 작은 건물이 조화를 이루니 보기에도 좋았다.

'봄, 여름, 가을, 겨울'이라는 뜻의 춘하추동은 나의 집필실이다. 이곳에서 아침편지를 쓰고 휴식도 하고 새벽부터 저녁까지 프로그램을 개발, 진행하며 명상과 기도도 한다. 가끔 내가 이 집에서 몇 번의 봄 여름 가을 겨울을 지내게 될까 생각한다. 그러면 하루하루가 정말 귀해진다. 허술하게 살아서는 안 되겠다는 다짐도 하게 된다. 내가 세상 소풍 마치는 날 아침까지 이곳에서 아침편지를 쓰고, 나중에는 박물관으로 만들어서 옹달샘에 오는 분들이 둘러보고 가게 하고 싶다.

그런 생각을 하노라면 갑자기 가슴이 뭉클해지기도 한다. 미국 플로리다 키웨스트에 가면 헤밍웨이의 집이 있다. 그곳에 갔을 때 마치 살아있는 헤밍웨이를 만나 대화를 하는 듯한 느낌을 받았다. 춘하추동도 그런 공간으로 남았으면 좋겠다.

동그라미집은 이곳의 건축비를 기부한 김정국 님의 이름을 따서 '김정국의 동그라미집'이라 불렀다. 아침편지 가족이자 바이칼 여행에 동행했던 김정국 님 가족의 기부로 지어진 특별한 공간이다. 둥그런 모양의 아름다운 지붕으로 지은 동그라미집은 김정국 님의 진심이 담긴 편지로 시작되었다.

다시 바이칼의 사진을 보니, 가슴이 시려옵니다. 몸은 이곳에서 자판을 두드리지만 내 심혼은 저 태고의 그곳을 두루 다니며 꿈마다 나와 함께하기를 간절히 바라는 듯합니다. 집 나간 내 영혼을 돌아오게 하는 현상금으로 깊은산속옹달샘에 1호집을 짓겠습니다. 그곳이라면 기꺼이 돌아오리라 믿습니다. (……) 고도원님의 혼이 담긴 그 귀한 곳에 함께할 수 있어 기쁘고, 처음 마음 그대로 함께 가려고 합니다.

그다음에 지어진 '최재홍의 네잎클로버집'은, 일본 아오모리 여행에 동행했던 최재홍 님이 손자, 손녀를 포함한 후대들이 할아버지가 남긴 이 아름다운 공간에서 꿈과 꿈너머꿈을 이룰 수 있기를, 더 나아가 할아버지처럼 의미 있는 일을 하는 사람이 되기를 소망하는 마음을 담아 기부했고, 그 뜻을 담아 지은 행복과 행운의 집이다.

유영아 님의 '낙엽송', 김홍도 님의 '옹달샘 장독대와 가마솥', 김미성 님의 '숲속에 그린하우스' 등 크고 작은 기부들이 모여 지금의 옹달샘이 만들어졌다. 독지가분들의 이 숭고한 나눔이 어려울 땐 힘이 되어주고, 지쳐 있을 땐 에너지가 되어주며, 외로울 땐 동반자가 되어 옹달샘을 오늘에 이를 수 있게 해주었다.

### 진정한 쉼표가 있는 곳, 옹달샘의 숙소

잠자는 공간에 대해서도 내 나름의 생각이 있다. 명상센터는 잠을 푹 잘 수 있는 공간이어야 하기 때문에 온돌부터 침대, 이불, 베개 등에 정말 오랜 시간 공을 들였다. 이불 하나도 여러 가지 샘플을 만들어 체험하고 토의하면서 만들었다.

각 숙소는 아담하고 정갈해서 편안한 밤을 보낼 수 있는 공간이다. 잠자는 방 안에는 냉장고와 텔레비전이 없고 10권 남짓한 책만 꽂혀 있다. 예전에는 휴대폰도 잘 터지지 않았다. 그건 '아주 급한 일이 아니면 휴대폰조차도 내려놓고 휴식하시라. 쉼표를 찍으시라. 잠깐멈춤의 시간을 가지시라'라는 뜻이었다. 옹달샘에 와서 보내는 시간 전체가 쉼표와 잠깐멈춤의 시간이지만 자기 방에 들어가는 순간에도 또다른 쉼표와 잠깐멈춤의 시간을 가지라는 의미가 들어 있다.

옹달샘에 많은 사람들의 발걸음이 이어졌다. 점점 소규모 혹은 개인으로 오는 사람들이 많아져서 호텔식 숙소가 필요하게 되었다. 그래서 '꿈다락방'을 지었다. 꿈다락방 역시 지형을 그대로 살려 토목공사를 최소화하여 주변의 좋은 나무들을 살렸고, 스트로베일과 황토로 지었다.

그래도 숙소는 부족했다. 찾는 분들이 갈수록 늘었기 때문이다. 가장 최근에 지은 건물이 '숲속에 그린하우스'이다. 숲속에 그려진 그림 같은 집이라는 뜻이다. 프로그램이 다양화되면서 규모가 큰 숙소가 필요했기에 새로 지었다. 냉온욕이 가능한 '옹달샘 그린스파'와 체온을 높여주는 찜질방이 있고, 5층을 오르내리는 엘리베이터까지 설치한, 옹달샘에서 가장 최신식의 '5성급' 건물이다.

## 한 사람이라도 삶이 바뀐다면

'꿈너머꿈 도서관'은 교육적인 목표만을 갖고 만든 건 아니었다. 여유 시간에 편안하게 들어와 스쳐 지나가듯 책을 보다가 어느 한 구절을 발견하면 그것도 의미 있겠다 싶어서 만들었다. 100명 중에 한 사람이라도 도서관에 가서 우연히 펼쳤던 책 한 권, 밑줄 하나에 인생이 바뀌고 좋아질 수 있다면 그것 하나만으로도 도서관이 존재할 이유가 있다고 생각했다.

내가 소장한 책들로 우선 채우고, 2003년부터 열 번 넘게 진행한 아침편지 독서운동인 '책읽고 밑줄긋기'로 보내준 책들, 기증해준 도서, 출판사나 개인이 보내준 신간 도서, 내가 구입한 책들이 도서관의 주인이 되었다. 다른 도서관의 배치와 다르게 책을 표지 색깔별로 모으기도 하고 주제별로 모으기도 했다.

도서관 2층 창가에 앉아서 밖을 내다보면 키 큰 산벚나무와 느티나무가 있다. 머무는 시선마다 아름다움을 선사해 사람들에게 편안함과 영감을 줄 수 있기를 바랐다. 도서관에 있는 책상과 의자, 책꽂이는 모두 나와 오랜 인연을 맺은 목수들이 직접 만들었다. 옹달샘에 오는 분들이 자유롭게 책을 만나는 장소로 카페와 함께 꼭 필요한 공간이 되었다.

옹달샘에는 이처럼 많은 분들의 숭고한 나눔과 정성이 곳곳에 깃들어 있다. 일상에서 지치고 힘들었던 분들이 옹달샘에 와서 심신을 회복할 수 있다면 함께한 모든 분들의 꿈이 이루어지는 것이다.

옹달샘의 특별한 공간에서 힐링을 경험하고 일상으로 돌아가

힘차게 살아갈 수 있다면 이곳은 언제나 꿈의 공간이자 살림의 공간으로 남을 것이다.

자기 점검을 하려면 무엇이 필요할까.
자신에게 시간을 줘야 한다.
인생의 좌표를 다시 찍고
다음 단계로 넘어가야
삶의 고비 고비마다
제대로 된 선택을 할 수 있다.

## 7. 빛, 색, 동선, 공간에 담긴 정신

명상센터의 건축은 큰 틀에서 두 갈래로 갈린다. 앞에서 잠시 언급한 대로 건축물을 토대로 한 실내 공간이 있고, 자연을 이용한 실외 공간, 곧 숲이 있다. 숲은 최대한 그대로 두되, 그 안에는 야외 무대나 야외음악당, 벤치 등 필요한 시설을 다양하게 앉혔다. 그리고 그것들을 연결하는 산책길, 명상의 길을 만들었다. '용서의 길'은 30분, '화해의 길'은 1시간, '사랑의 길'은 1시간 30분, '감사의 길'은 2시간 코스다. 컨디션이나 주어진 시간에 따라 선택해서 걸을 수 있다. 군데군데 쉬는 공간을 두었고, 아침편지를 아크릴에 새겨 넣어 그 글을 읽으며 잠깐 생각할 수 있는 곳도 만들었다.

여러 건축물을 연결하는 동선 디자인도 중요하다. 그 모든 동선에는 기승전결이 있다고 생각했다. 생체 리듬이나 마음의 흐름이 실제 동선으로 연결되어야 하는 것이다. 오쇼 명상센터나 플럼 빌리지에서도 찾아볼 수 있는 부분이었다. 사람들이 그 동선을 따라가다 보면 마음이 편안해지고 안정이 되고 휴식이 되고 명상이 된다.


## 공간은 마음의 흐름과 맞아야 한다

앞에서 설계 과정을 이야기하면서 말했지만, 옹달샘 건축의 기본 원칙은 산의 지형을 그대로 살리는 것이었다. 산의 지형을 살린다는 것은 산의 물길을 그대로 살린다는 뜻이다. 물길을 막거나 틀지 않고 잘 살려야 큰물이 나더라도 문제가 되지 않는 것이다. 그래서 등고선을 그대로 이용해서 건물을 앉혔고, 그 덕분에 근래 잦아진 호우에도 옹달샘은 끄떡없이 잘 버틸 수 있었다. 폭포수처럼 쏟아지는 집중호우를 보면 무섭다. 그런데도 건축물에 부딪히지 않고 산자락을 따라 쑥쑥 빠져나가는 물줄기를 보면 그렇게 다행일 수가 없다.

건축 공간과 별도로 자연 그대로의 야외 공간도 마련해야 한다. 그래야 그곳에서 새소리, 바람 소리를 들으며 자연을 이용한 프로그램을 진행할 수 있다.

야외 공간은 사람들의 만남이 이루어지고 마음이 열리는 광장이어야 한다. 음악회 같은 문화행사가 열리는 공간이기도 하다. 비가 내리거나 햇볕이 강하면 곧바로 이동해 들어갈 수 있는 실내 공간이 가까이에 있어야 한다. 그런 실내 공간이 바로 도서관이나 카페, 작은 강당이다.

건축 공간과 자연 공간 사이에는 징검다리가 필요하다. 그래야 건축 공간에서 자연 공간으로, 자연 공간에서 건축 공간으로 자연스럽게 이동할 수 있다. 건축 공간에서 자연 공간으로 들어가는 징검다리 개념으로 만든 것이 '꿈꾸는 숲 춤추는 숲'이라는 뜻의 '꿈춤숲' 공간이다.

그곳에서 '용서의 길' '화해의 길' '사랑의 길' '감사의 길'로 이어진다. 네 개의 산책길로 들어서는 진입로인 셈이다. 숲속 산책로 곳곳에는 쉬고 명상하고 음악회도 할 수 있는 공간들이 있다. 이 산책길 또한 최대한 자연 그대로를 살리도록 했다.

시설의 효율성을 높이기 위해 명상센터의 건축물들은 어느 공간에 들어가도 다목적의 공간이 되도록 디자인했다. 그곳에 등받이 의자를 놓으면 강의 공간, 책상을 세팅하면 세미나 공간, 다 치우면 춤추고 요가 하는 공간 등으로 다양하게 사용할 수 있도록 했다. 한 공간을 한 가지 목적으로만 사용하는 건축물은 사실 재미가 없고 효율성도 낮다.

내 경험으로는, 몇백억 몇천억 원을 들여 만든 곳도 공간 배치가 엉망인 경우가 많았다. 이 건물에서 저 건물로 가는 데 30~40분이 걸리니 걷다가 기운이 빠져버리고, 그늘마저 없어 여름철이면 뙤약볕에 고통스럽게 느껴지는 곳도 많았다. 도저히 걸어갈 수 없어 이동할 때마다 차를 이용해야 하는 곳도 있었다. 공간은 마음의 흐름과 착착 맞아야 한다. 실내, 실외 공간이 잘 연결되고 센터를 중심으로 응집되어 있어야 한다.

명상센터의 건물들은 동적인 것과 정적인 것, 실내와 실외, 그늘과 햇빛 등이 잘 어우러지게 앉혔다. 의도적이지만 눈치채지 못하게, 자연스럽게 조화를 이루도록 배치했다. 오르막이 있어서 숨을 헐떡이기도 하고 내리막길을 걷는 동안 저절로 숨을 고르게도 했다. 긴장과 이완이 자연의 숲속에서 반복적으로 잘 이뤄지도록 만들었다. 군데군데 반복적으로 돌계단도 배치해 올라가면서 운동이 되고 앉아서 쉬게도 했다.

공간마다 서로 적절한 거리가 있는 것이 좋다. 가까우면서 편안해야 하고, 편안하지만 너무 느슨하거나 조밀하게 느껴지지 않아야 한다.

야외 공간도 그늘과 햇빛의 동선이 맞아야 한다. 사람은 햇볕 아래 계속 있어도 힘들고 그늘에만 계속 있어도 심심해지기 때문이다. 걷다 보면 햇빛도 쬐고 그늘에도 들어가도록 조화를 이루어야 한다. 그렇게 되도록 최대한 노력했다.


## 모든 장면이 그림이 되고 예술이 되도록

이 기본 원칙 위에 중요한 요건을 몇 가지 더 정했다. 가장 중요하게 생각한 것은 빛이다. 명상 공간은 방향이 매우 중요하다. 햇빛을 등지고 앉는 북향이 좋은 명상 터인데 옹달샘이 바로 북향이다. 흔히 남향집이 좋다고 하지만 그것은 보온이 안 되던 시절의 이야기이다.

　명상할 때는 직사광선이 얼굴에 정면으로 부딪치지 않도록 햇빛이 등 뒤에 오도록 해야 한다. 예를 들어 남쪽을 향해 앉아서 정면의 꽃밭을 보면 햇빛이 꽃에 반사되기 때문에 눈이 부시다. 꽃 본연의 아름다움을 볼 수 없다. 반면 햇빛을 등 뒤에 두고 북쪽에 있는 꽃밭을 보면 빛의 반사 없이 꽃 본연의 모습을 볼 수 있다. 그래서 건물의 남쪽 창은 빛을 최소화하기 위해 모두 작게 만들고 창에 색을 입혔다. 햇빛의 이동에 따라 바닥에 빛이 이동하는 모습을 보는 것도 명상에 도움이 된다.

　건물의 색깔도 중요하다. 거무튀튀하거나 축 처지거나 주파수가 낮은 색깔은 좋지 않다. 색은 소리 없이 공명을 일으키는 남다른 힘이 있다. 가장 좋은 게 자연의 색깔이다. 자연의 색깔은 원색이기 때문에 건물 외벽도 과감하게 원색을 입혔다. 그 원색들이 자연의 원색과 어울리며 훨씬 더 아름답게 느껴진다. 녹색으로 가득한 숲속에 빨간색, 노란색, 주황색이 들어간 건물이 들어앉아 있으면 어디서 찍어도 아름다운 그림이 된다. 실내의 창틀, 계단 색깔도 모두 의도한 색이다. 눈에 닿는 모든 장면이 그림이 되고 사진이 되고 예술이 되도록 디자인한 것이다.

　사람들은 그냥 "편안하다" "추운 줄 몰랐다" "더운 날인데 시원했다"라고 말하는데, 사실 건물과 프로그램의 배치에 그만큼 공을 들였기 때문이다. 프로그램이 많지 않을 때 이 공간에서 저 공간으로 이동하면 겨울에는 난방비가 많이 들지만 감수해야 한다. 프로그램 참여자가 한 사람뿐이라고 해도 공간이 쾌적해야 한다. 혼자라고 해서 따뜻해야 할 방이 차갑거나 시원해야 할 방이 더우면 안된다. 한 사람 뒤에는 천 사람이 있다. 모든 입소문은 한 사람의 입에서 시작된다.

/

## 8. 옹달샘 퀘렌시아

스페인에는 '퀘렌시아'라는 곳이 있다. 투우장에 나가거나 상처 입은 소들이 들어가 쉬고 치유받는 곳이다. 나에게도 퀘렌시아가 필요했다. 지친 몸을 쉬게 하고 회복할 수 있는 곳, 상처 입은 마음을 치유할 수 있는 곳이 꼭 필요했다. 그래서 공기 좋고 물 맑은 깊은 산속으로 들어온 것이다.

건물은 교회 같지도 않고 절 같지도 않은 곳, '나 건축합니다' 하면서 괴기스럽고 폼 내는 것이 아닌, 매우 실용적이면서 편안하고 아름다운 건축물이었으면 좋겠다고 생각했다. 그런 건축 공간을 바탕 삼아 세계 어디서도 흉내 내지 못할 좋은 프로그램을 만들고자 했다. 이곳에서 일하는 힐러들도 세계 어디서도 보기 힘든 서번트십과 힐러십을 가졌으면 좋겠다고 생각했다. 더 나아가 돈이 없는 사람도 아무 때나 와서 휴식하고 치유받을 수 있는 사회적 공간이 되길 바랐다. 그런 꿈을 갖고 시작한 깊은산속옹달샘이 많은 이들에게 진정한 퀘렌시아로 자리 잡기를 소망한다.


## 공간의 기운과 힘

공간에는 저마다 다른 기운과 힘이 있다. 로마의 베드로 대성당은 들어가는 순간 경건함이 느껴진다. 스페인의 가우디가 지은 사그라다 파밀리아 대성당에 들어가면 영험함과 거룩함을 느낀다. 그러면서 마치 자연 속에 들어가 있는 것 같은 느낌이 든다. 공간 안에 들어가 있는데 사방이 열려 있는 숲속 같다.

스테인드글라스를 통해서 실내로 들어오는 빛에는 형언할 수 없는 오묘함과 찬란함이 있다. '이곳은 경건하다' '이곳은 밝다' '이곳은 좀 음산하다', 이처럼 사람들은 공간마다 가진 고유한 힘을 한순간에 바로 느낀다. 빛을 어떻게 이용하느냐에 따라 공간이 주는 느낌이 달라지는 것이다.

공기 순환도 중요하다. 실내 공기가 잘 돌지 않으면 칙칙한 냄새가 배어 있어 숨이 막히는 기분이 든다. 기암절벽 바위 위에 우뚝서 있는 메테오라 수도원은 건물 안에 입혀놓은 색깔, 빛을 받아들인 방식도 남다르지만 사방으로 잘 흐르는 공기 순환 때문에 언제 들어가도 맑고 청결한 느낌을 준다.

## 영감을 준 건축가들

나에게 영감을 가장 많이 준 건축가는 안토니 가우디와 프리덴슈라이히 훈데르트바서이다. 가우디 건축물의 특징은 그 집을 사용할 사람의 생활 동선에 맞추어 짓는다는 점이다. 화가의 집과 음악가의 집이 같을 수가 없다. 그들의 생활 동선이 다를 수밖에 없기 때문이다. 공간을 이용하는 사람의 일상생활 패턴에 맞추어 공간 배치가 달라야 하고 창문 빛도 달라야 한다. 가우디가 지은 성당이나 건축물을 보면 놀랍다. 사그라다 파밀리아는 그 절정이다.

훈데르트바서는 오스트리아의 천재 건축가인데, 건축물이 알록달록한 조각품 같다. 타일도 모양과 색깔이 같은 것이 하나도 없다. 그의 건축물을 처음 보았을 때 전율을 느꼈다. 마치 동화처럼 원색을 자유자재로 과감하게 사용해 마치 자연 속의 하나인 것처럼 느껴진다.

옹달샘의 설계도면은 그런 건축물들을 보면서 마음속에 그렸던 것들이다. 옹달샘 건물 하나하나에는 나의 꿈과 혼이 담겨 있다. 다행히 몇 분의 좋은 건축가를 만나 지었다 부쉈다 하면서 만들어냈다.

나는 아버지가 맨손으로 개척교회를 지어가는 모습을 보고 자랐다. 아버지가 흙벽돌을 만들어 교회를 짓는 모습을 보고 자라지 않았다면 오늘의 옹달샘은 없었을지 모른다.

그러나 바로 그런 점 때문에 건축가들과 의견 충돌이 많았다. 건축물을 짓는 현장에서 "기둥을 이렇게 좀 바꾸어보자" "입구를 달

리 하자" 하면서 내 의견을 내다 보니 수없이 부딪혔다. 끝내 의견
이 상충될 때는 건축가들의 뜻대로 하시라고 내가 양보했다. 옹달
샘 건물은 그런 치열한 과정을 거치면서 지어졌다.

사람으로부터 얻는
에너지가 가장 강력하다.
믿는 사람, 믿어주는 사람의 에너지다.
서로 등을 밀어주는 사람이 있어야
힘든 일도 이겨낼 수 있다.

/

## 9. 인생의 터닝 포인트,
## 아침편지여행을 디자인하다

깊은산속옹달샘의 꿈이 동유럽·지중해 배낭여행에서 시작되었
듯이, 한 사람의 인생을 바꾸어놓을 수도 있는 것이 여행이다. 나
는 여행에서 그것을 경험한 뒤 그 힘과 기쁨을 더 많은 사람과 나
누기 위해 여러 형태의 아침편지여행을 만들기 시작했다. 옹달샘
을 짓고 다양한 명상 프로그램들을 진행해 가는 동안에도 아침편
지여행에 더 많은 정성을 쏟았다.

아침편지여행은 내가 기획하고 아침지기들이 가이드가 되어서
만들어가는 또 하나의 창조 작업이다. 여행은 누가 어떻게 디자인
하느냐에 따라 예술이 될 수 있고 영화보다 더 좋은 작품이 될 수
있다. 모두가 주연 배우가 되어 살아 있는 영화, 드라마틱한 작품
이 만들어진다.

여행을 기획할 때에는 남이 가지 않은 곳, 오지인데 상서로운 곳, 영험한 곳, 그곳에 있는 것만으로도 영감을 얻는 곳을 우선적으로 물색했다. 그리고 여행 전체의 일정과 동선을 그려냈을 때 감동과 치유와 휴식이 저절로 이루어지는 것에 중점을 두었다. 사진 찍고 움직이고, 사진 찍고 또 움직이는 그런 여행이 아니라, 쉬어야 할 곳에서는 푹 쉬고 명상과 치유와 꿈이 어우러지는 여행을 꿈꾼 것이다. 주어진 일정 안에서 기승전결, 전후좌우 스토리가 만들어질 수 있도록 디자인하는 것이다.

여행은 누구와 함께하느냐, 누가 안내하느냐도 중요하다. 가이드 한 번 잘못 만나면 여행을 망칠 수도 있다. 아침지기는 가이드로서 철저하게 훈련받는다. 여행 중간이나 마무리 시점에는 내가 특강을 한다. 그 여행이 갖는 의미, 여행을 하는 이유, 여행에서 느낀 것 등을 중심으로 그때그때의 영감과 생각을 인문학적 관점에서 풀어내면 그것에 공감하는 사람들이 생겨난다. 여행을 마치고 나면 많은 이들이 자기성찰, 자기발견, 상처 치유를 하고 새로운 기운, 영감 등을 얻을 수 있었다고 감사해한다.

지금도 손실을 감수하면서까지 여행을 계속하는 이유는 우선 나에게 필요하기 때문이다. 여행을 마치고 돌아오면 아침편지 쓰기가 쉬워진다. 여행에서 만난 많은 사람의 살아 있는 이야기, 상처와 아픔들은 모두 내가 쓰는 아침편지의 재료가 된다. 열심히 살아온 사람들일수록 내면의 아픔과 상처가 크다. 오랫동안 상처를 움켜쥐고 살던 사람들이 여행을 통해 치유되고 회복해서 돌아가는 모습은 글을 쓰는 나에게 감동과 에너지를 선사한다.

아침지기들에게도 여행은 좋은 훈련 과정이 된다. 여행의 모든 과정에 참여함으로써 옹달샘 프로그램에서는 경험하지 못하는 것을 체득하게 된다. 함께한 사람들에 대한 연민이 생기고, 한 사람 한 사람의 속살까지 들여다보면서 내공이 커진다. 내가 아침지기들에게 늘 강조하는 파트너십, 힐러십, 서번트십, 팔로워십, 리더십을 한꺼번에 훈련하게 되는 것이다. 눈에 보이지 않는 큰 소득이다.

## 마음의 쓴뿌리를 치유하는 여행

2002년 맨 처음 동유럽·지중해 배낭여행을 떠날 때만 해도 명상이나 치유 개념이 없었다. 그렇지만 첫 여행에서 41명이 한 대의 버스로 한 달 동안 다니다 보니 돌아올 즈음에는 서로 거의 모든 것을 알게 되었다.

긴 시간 이동하는 버스 속에서 자다 깨다 하다가, 한 사람이 마이크를 잡고 자기 얘기를 털어놓기 시작했다. 결혼하고 며칠 만에 파경을 맞아 이혼을 결심하고 도망치다시피 나온 이야기, 어린 시절 아버지가 건넨 말 한마디가 씻을 수 없는 상처로 남아 40년 넘게 아버지를 용서하지 못했다가 이번 여행으로 모든 것을 풀어냈다는 이야기 등 많은 사람들이 자신의 아픔, 쓴뿌리와 상처들을 숨김없이 드러냈다. 서로 위로하고 끌어안으며 눈물바다가 되기도 했고, 참여자 모두가 완전히 하나가 되는 경험도 하게 되었다.

여행을 마치고 돌아와서도 같이 여행한 사람들끼리 '절친'이 되어 아주 오랫동안 교류를 하게 된다. 요즘도 가끔 만난다. 이혼했던 사람이 재혼하고, 사표를 냈던 사람이 다시 직장을 얻고, 이전보다 더 건강하고 행복하게 사는 것을 보면서 여행의 치유 효과를 실감하게 되었다.

그래서 여행의 치유 효과를 섬세하게 고려하는 방향으로 아침편지여행을 다시 기획하게 되었다.

여행의 첫 시작은 언제나 자기소개로 시작된다. 여행지 현지에 도착하면 첫째 날 밤에 자기소개 시간을 갖는다. 어디에서 온 누구이고 무엇을 하는 사람이고 이 여행을 오게 된 동기는 무엇인지를 이야기한다. 그리고 자신의 꿈 이야기를 하도록 이끈다. 그리고 그 꿈을 이룬 다음에 무엇을 할 것인지 꿈너머꿈을 말하게 한다. 자기소개 시간을 마치면 모두가 그것만으로도 한 가족이라는 느낌을 갖게 된다.

또 한 가지 아침편지여행에서만 경험하는 것이 있다. 매일 아침 육성으로 들려주는 '고도원의 아침편지'이다. 그동안 보냈던 글 가운데 좋은 글을 뽑아서 읽어주는데, 20일 여행이면 육십 개 정도를 선정해 들고 가서 상황에 따라 그날의 분위기와 정서에 도움이 되는 것을 읽어준다. 아침마다 아침편지를 읽으면서 정서의 공감대를 형성해 나가는 것이다. 이 시간 동안 어제 있었던 어려운 일, 오늘 일정에서 유의할 것들에 대해 잠시 마음을 가다듬고 하루하루 새롭게 시작하는 느낌을 받게 된다.

## 고급 여행과 배낭여행 모두를 경험하게 하는 이유

아침편지 여행에는 몇 가지 원칙이 있다. 비용이 허락하는 범위 안에서 최고급 문화를 접하게 하는 것이다. 여행의 전체 일정 중에 몇 차례는 현지의 최고급 호텔, 최고급 음식을 경험하게 한다. 평생 한 번 제대로 '호강하는' 개념이다.

아침편지여행을 최고급 여행으로 디자인해서 진행하는 데는 젊은 시절 나의 경험과 내 나름의 바람이 녹아 있다. 시골에 살면서 산골이나 농촌마을, 바닷가 정도만 구경하다가 서울 와서 처음으로 대도시 경험을 했다. 《연세춘추》 기자가 되니까 주간 최기준 선생님께서 한 달에 한 번 학생 기자들을 서울의 최고급 음식점에 데리고 가 사비로 밥을 사주셨다. 동대문의 유명한 소고깃집 '석산정', 등심을 불에 붙여 쇼를 하면서 구워주는 '파인힐'에서 난생처음으로 비싼 음식을 먹었다. 서울 곳곳의 유명한 최고급 일식집도 종종 가보았다. 일식집에서 생선회를 먹어본 경험이 없던 탓에 겨자 덩어리를 고기인 줄 알고 입에 넣은 친구도 있었다.

"여러분처럼 젊은 나이 때 이런 고급 음식을 먹어봐야 미래가 달라진다"라고 하신 말씀이 오래도록 가슴에 남았다.

《뿌리깊은나무》의 한창기 사장은 그보다 더한 분이었다. 젊은 기자들에게는 원고를 청탁할 때나 원고를 받을 때 꼭 호텔 커피숍을 가라고 했다. 다녀오면 영수증 처리를 해주었다. 당시 호텔 커피는 밥 한 끼 값보다 더 비쌌다. 그분 지론이, 젊은 나이에 호텔을 자주 드나들어야 고급 문화의 세상을 배울 수 있다는 것이었다. 그래서 청년 시절부터 힐튼호텔, 조선호텔을 내 집처럼 다녔다. 호텔에 들락거리려면 무엇보다 옷매무새를 먼저 잘 가꿔야 했다. 구두도 반짝반짝 닦고 옷도 정갈하게 입고 다니게 되었다.

그 뒤《중앙일보》정치부 기자가 되어 외교부 장관이나 대통령 해외 순방 때 최고급 호텔에 가게 되었다. 그전까지 전혀 경험하지 못한 세계가 펼쳐졌다. 대통령 비서관이 되어서도 대통령을 수행하고 다니니까 숙박하는 곳이나 음식이 세계 최고 수준이었다. 최고급 호텔에서 최고급 음식을 먹으면서 '나 혼자만 이렇게 호강해도 되나?' 하는 생각을 했다.

그래서 혹시 기회가 된다면 열심히 산 사람들은 말할 것도 없고 젊은 친구들에게 한 번쯤은 그런 최고급의 경험을 하게 해주고 싶었다. 특히 젊은이들에게 내가 젊은 시절 받았던 느낌과 충격을 안겨주고 싶었다. 그런 뜻이 아침편지여행에 녹아들어 있다. 그런 까닭에 아침편지여행에서는 언제나 그 지역의 최고급 호텔과 좋은 음식을 경험하게 한다. 그리고 그 지역에서 가장 훌륭한 미술관을 방문한다. 격조 있는 문화적 경험을 통해 새로운 지평을 열어주자는 뜻에서다. 세상을 보는 시선의 수준을 높이자는 뜻도 있다. 고급 문화를 모르면 더 나은 고급 문화를 창조할 수 없다. 문화의 정점, 최고급을 경험해 봐야 그 너머의 새로운 세상을 그려낼 수 있는 것이다.

최고급 문화를 접해보는 것도 중요하지만 그와 동시에 배낭여행의 경험도 반드시 필요하다. 고급 문화를 알아야 하지만 삶의 밑바닥도 들여다보고 낡고 누추한 빈민굴에도 들어가 보아야 세상을 제대로 보게 된다.

평범한 일상도 예술가의 눈으로 보면 예술이 된다. 예술이 되려면 안목이 있어야 되고, 그 안목은 좋은 안내자가 이끄는 여행에서 일부나마 얻을 수 있다.


## 인생의 터닝 포인트가 되는 여행

몽골에서 말타기 여행은 특히 남다르다. 어느덧 20년째, 아침편지에서 가장 오랫동안 진행되고 있는 여행이다. 여기에도 사연이 있다. 중학교 2학년 때 아버지가 건네준 칭기즈칸의 전기를 읽고 800년 전에 세계 최대의 지도를 그려낸 영웅이 태어난 나라에 가보고 싶었다. 그때부터 칭기즈칸의 고향에 가서 말을 타는 꿈을 꾸었다. 그러나 그때는 갈 수 없는 나라였다. 세월이 흘러 우리나라와 수교가 이루어지고 현직 대통령이 방문하는 나라가 되었다. 이곳에 청년들을 몽땅 데리고 가서 그 광대한 초원에서 말을 타고 달려봐야겠다는 생각을 하게 됐다.

한 차례에 많게는 150명씩 참여하는 몽골 여행은 수많은 청년과 참여자들에게 일생일대의 터닝 포인트 역할을 해주었다. 이전까지 전혀 못 보던 드넓은 초원의 풍광과 쏟아지는 별들을 보며, 말 등 위에 올라 휘날리듯 달리면 저절로 호연지기가 길러진다. 특히 말을 타고 휘달리는 경험은 엄청나다.

나는 칭기즈칸 병사의 말타기를 오늘날의 의미로 해석하고 싶었다. 세계 최대의 지도를 그려낸 칭기즈칸 군대의 핵심 무기는 말, 즉 '속도'이다. 로마 병사의 하루 진군 속도는 도보로 20~30킬로미터인데 몽골 병사는 말을 타고 100킬로미터 이상의 거리를 달렸다.

말 등에 오르면 세상이 달라 보인다. 걸어가면서 보는 꽃과 말 등에서 보는 꽃은 다르다. 시야가 달라진다. 여기에 속도까지 붙는다. 걷기로는 멀다 싶은 거리도 말을 타면 금방 달려간다. 걸으면 지치기 쉽지만 말을 타면 그렇지 않다. 몽골 제국을 탄생시킨 핵심 동인이 말타기에 있었던 것이다.

아쉽게도 코로나 때문에 2020년, 2021년 두 해 동안 몽골 여행을 중단할 수밖에 없었다. 그러다가 2022년 9월, 3년 만에 다시 몽골 여행을 다녀왔다. 날아갈 것 같았고 가슴이 뻥 뚫리는 기분이었다. 다시는 몽골 여행이 중단되는 사태가 없기를 간절히 빌었다.

한편, 명상과 치유의 관점에서 아침편지여행의 진수를 가장 잘 보여주는 것이 '산티아고 순례길 치유여행'이다. 산티아고 순례길은 아침편지여행의 모든 것이 망라된 여행이고, 내 인생에서도 변곡점이 된 여행이다. 산티아고 순례길은 살아 있는 동안 앞으로도 계속 걷고 싶다. 95세, 100세까지.

이 길을 건강하게 걷기 위해서 체력 관리를 잘하려고 무던히 애쓰고 있다. 역시 3년 만에 다시 떠난 2022년 10월의 산티아고 순례길 여행을 앞두고 열흘간의 단식명상을 한 것도 그 때문이다. 몸을 비우면 마음도 비워지고, 몸과 마음이 비워지면 걷기도 쉬워진다. 앞으로도 산티아고 순례길을 걸으면서 생긴 에너지와 영감을 가지고 옹달샘으로 돌아와 더 열심히 아침편지를 쓰고 싶다. 더 잘 쓰고 싶다.

/

## 10. 옹달샘을 지키는 마음

옹달샘에 있다 보면 참으로 많은 사람들을 만나게 된다. 그중에는 평생 꽁꽁 싸매고 있던 상처를 햇빛에 드러내듯 자신의 속살을 숨김없이 털어놓는 사람도 있다.

특히 여성들의 상처는 먼 어린 시절까지 거슬러 올라가는 경우가 많다. 아주 가까운 주변인으로부터 성적 희롱이나 폭행을 당한 여성들이 40년, 50년 가슴 깊숙한 곳에 묻어두었던 '혼자만의 비밀'을 조심스레 토해낸다. 납덩이처럼 얽어매고 있던 비밀의 족쇄를 풀고 다른 사람 앞에 이야기를 꺼낸다는 것은 쉬운 일이 아니다. 생각만 해도 안에서 메스꺼움이 올라오는 기억들이다. 그래서일까, 나는 그들이 말을 꺼내기 전부터 그 눈만 봐도 눈물이 날 때가 있다. 형언할 수 없는 그들의 아픔이 주파수로 전해오는 것이다.

나의 열두 번째 꿈은 바로 그런 이들의 이야기를 처음부터 끝까지 들어주는 사람이 되는 것이었다. 몇 박 며칠이라도 이야기를 들어주는 사람이 되어서 그들이 모든 걸 후련하게 다 토해낼 때까지 기다려주고 들어주는 사람이 되는 것이다. 누군가 자기 이야기를 처음부터 끝까지 말없이 들어주는 사람이 있으면 평생 가슴에 묻어두었던 비밀도 남김없이 말할 수 있게 된다.

나는 그 모든 이야기를 듣고 꿀꺽 삼킨다. 나만 듣고 품은 이야기들이 많다. 이것이 옹달샘의 존재 이유이자 내가 할 수 있는 역할의 하나라 생각한다.

## 이끼정원을 가꾸는 마음

옹달샘에 온 분들이 맑은 물과 맑은 공기 속에서 아름다운 풍광을 보며 편안함을 느끼길 바란다. 그래서 조경에도 많은 신경을 썼다. 조경은 범위가 다양하다. 계절마다 지형따라 어떤 나무를 심느냐, 어떤 꽃을 심느냐가 중요하다. 작은 돈이 들어가는 것부터 큰 돈이 들어가는 것이 있고 돈보다 땀과 정성과 세월로 만들어가는 조경도 있다.

옹달샘에서 내가 내세울 수 있는 조경은 '이끼정원'이다. 이끼는 산소 공장이다. 화산이 터져 도저히 생명이 살 수 없는 환경에서도 유일하게 바위에 붙어 자라나 산소를 내뿜는다.

어린 시절, 아버지가 이끼를 키우셨다. 물을 주면서 늘 "지식인은 머리를 많이 쓰기 때문에 산소가 필요하다. 그래서 이끼를 키워야 한다. 이끼는 산소를 만들어내는 최고의 식물이다"라는 말씀을 자주 했다.

옹달샘 이끼는 음지가 아닌 양지에서 자란다. 이끼를 양지에서 키우려면 아침 3시간, 저녁 3시간, 하루 6시간 물을 줘야 한다. 3년 동안 아내가 이 일을 했다. 이제는 이끼가 바위에 착 달라붙어 잘 자라고 있다. 사람들이 옹달샘 공기가 참 달다고 말하는데, '산소 포화도'가 높기 때문이다. 산속이라서 그런 것이기도 하겠지만 이 이끼정원 덕분이기도 하다.

아이슬란드에 가면 지평선을 이루는 수만 평의 이끼밭이 있다. 북유럽 명상여행을 갔을 때 그곳에 앉아 명상을 했다. 이끼는 1년에 1밀리미터쯤 자란다고 하는데 30센티미터가 넘으니 300년 된 것이다. 그곳 공기도 참으로 달다. 이끼밭이 아니라 마치 산소통에 들어가 있는 것 같았다.

정원을 가꾸는 사람들이 매우 힘들어하는 것이 있다. '물주기'이다. 그러나 정원 가꾸기의 시작은 바로 이 물주기에 있다고 한다. 누가 물을 주느냐에 따라 식물이 살기도 하고 죽기도 한다. 물을 너무 많이 주면 물러서 죽는다. 너무 안 주면 말라서 죽는다. 쉬워 보여도 보통 어려운 일이 아니다. 물주는 사람은 그 시간을 오롯이 즐기며 몰입해야 한다. 물주기도 명상이 되는 것이다.

## 길이 또다른 길로, 꿈이 또다른 꿈으로

만일 나에게 자유롭게 쓸 수 있는 재원이 있다면, 옹달샘을 '화려한 금수강산'으로 만들고 싶다. 봄, 여름, 가을, 겨울 철 따라 나무 색깔, 이파리 색깔, 꽃 색깔을 달리하는 정원을 만들어서 하늘에서 드론으로 촬영하면 한 폭의 그림 같은, 화려한 금수강산의 풍경을 그려내고 싶다.

또 하나, 지하 공간에 대한 꿈이 있다. 땅속 지하 공간은 그 자체로 좋은 저장고다. 1년 내내 같은 온도를 유지하기 때문에 음식 재료를 저장하기에 적합하다. 그래서 음식연구소의 저장고를 땅속 깊은 지하에 만들었다. 그 연장선에서 이쪽에서 저쪽까지 더 크고 넓은 굴을 뚫어서 통풍이 되게 하고 어둡거나 폐쇄적이지 않은 재미있는 공간을 만들 수 있을 것이다. 전기, 수도 시설도 잘 갖춰 굴속에서 잠을 자고, 굴속에서 명상하는 꿈도 꾸고 있다. 옹달샘 미술 전시관과 도서관을 그곳에 만들고 싶다. 일부 구간에는 햇빛이 잘 들어오게 해서 정원을 만든다면 얼마나 좋을까. 일본에 안도 다다오가 만든 지하 미술관이 있는데 내가 해야 할 일을 그 사람에게 뺏긴 것처럼 아깝다.

땅속 지하에 주차장도 넓게 만들어 1만 5,000명까지 수용할 수 있는 곳으로 만들고 싶다. 예전에 '옹달샘 숲속 음악회'를 했을 때 1만 5,000명이 모인 적이 있었는데 그때 가장 필요한 것이 지하 주차장임을 절감했다. 시골 숲속에 주차 공간이 없어 멀리 차를 세우고 1시간 이상 걸어오게 한 경험이 지금 생각해도 송구스럽다.

옹달샘의 초기 마스터플랜에 '청소년수련센터'가 포함되어 있었다. 이제 결실을 맺어 새로운 청소년 프로그램을 진행할 수 있게 되었다. 그 준비 과정에서 만든 것이 '링컨학교'이다. '한울타리 소울패밀리'도 새로 만든 마스터플랜이다. 'K-디아스포라 세계연대'도 시작했다. 점이 또다른 점을 만들고, 길이 또다른 길을 만들고, 꿈이 또다른 꿈을 만든다. 꿈이 자라는 것이다.

여기까지 꿈이 이루어진 것도 더없이 감사하고 의미가 크다. 여기서 멈춰도 되고 충분히 자족할 수 있다. 그러나 혹시라도 여건이 된다면 후대를 위해 대물림이 가능한 시스템을 만들고 싶다. 어느 날 반짝하고 사라지는 것이 아니라 지속 가능한 모습으로 발전시키고 싶은 마음이다. 서두르지는 않겠다. 서두르면 되지도 않을뿐더러 쉽게 지치기 때문이다. 그러나 결코 되돌아가지는 않겠다.

자신에게 들이닥친 상황을
달리 볼 수 있는 힘,
상황을 반전시킬 수 있는 힘이 필요하다.
특히 자신에 대한 오해와 비난이
거세게 몰려올 때는 더욱 그러하다.

**4장**
# 리더십

함께 걷고 같이 이루다

**링컨학교, 꿈너머꿈 국제대안학교 수업 시간**
아침지기들의 헌신 속에 옹달샘은 진화하고 있다

# /

## 1. 첫 아침지기 세 사람

아침편지 초창기, '십시일반' 모금으로 약간의 재원이 마련되자 마침내 한 사람 정도 직원을 뽑을 수 있는 여력이 생겼다. 가장 먼저 나를 대신해 서버를 관리할 웹마스터 1명이 필요했다. 아침편지에 웹마스터를 뽑는다는 글을 올렸더니 놀랍게도 500명이 넘게 지원서를 보냈다. 그 가운데 열 사람을 추려 면접을 보기 시작했다.

나는 이 면접 과정에서 특별한 것을 발견했다. 그때는 청와대에 근무할 때였으므로 면접 장소도 당연히 청와대 내부였다. 면접자가 청와대 출입문에 도착하면 내 비서가 나가서 안내해 데리고 왔다. 비서가 문을 두드리면서 "아무개 님이 오셨습니다"라고 하면 내가 "어때요?" 하고 물었다. 비서 대답이 "별로예요"일 땐 정말 별로였다. 출입문에서 내 방까지 걸어오는 불과 몇 분 동안 비서가 모든 것을 파악해 버리는 것이었다.

면접의 합격 여부는 인사권을 가진 최종 책임자만 결정하는 게 아니다. 안내자가 거의 절반을 결정한다. 면접 장소로 이동하는 순간에 이미 시작되는 것이다. 표정, 자세, 걸음걸이만으로도 그 조직이 원하는 사람인지 아닌지를 짧은 순간에 읽어낼 수 있다.

비서가 "별로예요" 하는 사람들의 특징이 있었다. 눈빛이 약하고 흔들렸다. 내가 명상센터를 꿈꾸고 있다고 말하는 순간 당황하는 눈빛을 보냈다. 그러면 나도 말문이 막혔다. 더 할 말이 없었다.


## 첫눈에 알아본 사람들

여섯 번째인가, 또 한 사람의 면접자를 안내해 온 비서가 방문을 두드렸다. 내가 또 물었다. "어때요?" 이번엔 비서의 대답이 "좋아요"였다. 그 지원자는 바로 윤나라였다. 내 꿈에 대해서 이야기하고 아침지기는 이런저런 일을 해야 한다고 이야기하는데, 눈동자에서 빛이 났다. 그러니 나도 신이 나서 내 꿈 이야기를 계속하게 되었다. 그리고 말미에 웹마스터 일은 기본이고, 강연 때 입을 나의 드레스 코드와 넥타이 색을 챙기는 것도 업무 중에 하나라고 했다. 그랬더니 "제가 딱인데요"라는 대답이 돌아왔다. 그렇게 아침지기 1호를 뽑았다.

그런데 문제가 생겼다. 그가 다니던 회사를 정리할 시간이 필요하다고 했다. 나로서는 당장 일할 사람이 필요했기 때문에 바로 근무할 수 있는 사람을 1명 더 뽑아야 했다. 그래서 뽑은 이가 이하림이다. 이십 대 초반의 이하림은 거침이 없었다. 마치 오래 만난 사람처럼 나를 어려워하지 않았고, 나의 꿈 이야기를 듣더니 "전율이 옵니다"라고 말했다.

그러다가 최동훈이 나타났다. 1명을 뽑으려다 이미 2명이나 뽑았기 때문에 더는 어렵겠다 싶어서 이력서를 한쪽으로 치워두고 보지 않았는데, 어느 날 "이력서를 보냈는데 왜 아무 답이 없습니까?"라는 메일이 왔다. 결과가 어떻게 되었는지 궁금하다는 내용이었다. 이력서를 찾아서 다시 보니까 과학고등학교와 카이스트를 졸업하고 대학원 진학 준비를 하면서 삼성전자 전산부에 다니고 있던 이십 대 후반의 청년이었다.

한 번 만나보니 너무 좋은 청년이었는데 당시 제대로 된 월급을 줄 수 있는 형편은 아니었다. 그 이야기를 했더니 대뜸 "저는 돈 때문에 지원한 것이 아닙니다"라고 해서 바로 아침지기로 결정했다. 그렇게 세 사람과 인연이 되어 오늘의 옹달샘을 만들어왔다.


### 사무실 없는 일터

직원을 뽑았으니 그들이 일할 수 있는 사무실이 필요했다. 그런 공간이 있을 턱이 없었다. 처음에는 청와대 근처의 카페에서 각자 노트북을 펴놓고 일을 시작했다. 그러나 마냥 그렇게 할 수는 없는 노릇이었다. 어떻게든 사무 공간을 마련해야 했다. 그래서 사무실을 제공할 분을 찾노라고 아침편지에 썼다. 고맙게도 몇 분에게서 연락이 왔다. 그중 신당동에서 한의원을 운영하는 분이 2층에 창고 공간이 있는데 이곳을 치우면 사무실로 쓸 수 있을 거라고 해서 가보았다. 괜찮아 보였다. 거기에 사무실을 꾸리고 아침지기들이 손수 밥 지어 먹으면서 스타트업처럼 업무를 시작했다.

당시를 생각하면 그저 고마울 뿐이다. 처음에는 사무실도 없었고 월급도 많지 않았고 4대 보험도 들어줄 수 없었다. 그런데도 내가 펼치는 꿈 이야기 하나에 믿음을 갖고 올인했다. 맨땅에 길을 내는 첫 동반자 역할을 해준 것이다.

그때 내가 다른 건 못해줘도 이것만큼은 꼭 해주어야겠다고 생각한 것이 있었다. 첫 아침지기 3명의 생일은 꼭 챙겨준 것이다. 서울에서 가장 비싸고 고급스러운 레스토랑, 맛집으로 소문난 곳에 가서 생일파티를 했다.《연세춘추》최기준 선생님이 했던 이야기도 들려줬다. "한 살이라도 젊었을 때 이런 최고급 음식을 먹어봐야 돼요."

그들과 생일 축하 자리를 갖는 것은 고마움의 작은 표시였다. 나 자신에게 보내는 위로의 시간이기도 했다. 나 혼자 했으면 어려웠을 텐데 아침지기들과 함께하면서 자신감을 얻었고 이들과 함께라면 뭐든 할 수 있겠다는 믿음이 생겼다.

인생 행로를 선택할 때 혼자인 경우와 꿈을 함께하는 사람, 곧 인생의 동반자가 있는 경우는 다르다. 내가 만일 아침편지를 시작하지 않았으면 청와대 비서관 생활을 마친 이후의 선택이 매우 달랐을 것이다. 정치가 됐든 공직이 됐든 또다른 목표를 향한 선택의 여지가 있었을 텐데 이미 나에게는 꿈을 함께하는 식구가 생겼다. 정치를 하거나 공직 생활을 하게 되면 함께하던 아침지기들과 헤어져야 했다. 그런데 헤어지고 싶지 않았다. 끝까지 함께하고 싶었다.

'그러려면 어떻게 해야 될까?' 돌이켜보면, 내가 아침편지문화재단과 깊은산속옹달샘을 만들고 여기에 몰두하게 된 가장 큰 이유도 내가 뽑은 직원들, 나와 인생을 함께하는 첫 아침지기에 있었다.

많은 사람들이 여기까지 이루어온 것을 보고 "대단하다" "행복하겠다"라고 말한다. 그러나 돌아보면 결코 쉽지 않은 길이었고 아무도 대신해 줄 수 없는 외로움, 절대고독의 시간도 많았다. 그 과정에서 나에게 힘을 준 것은 나의 꿈을 함께하는 사람들이었다.

한순간의 두려움에 숨이 콱 막히는 절체절명의 위기 상황에서 내가 기댈 수 있는 사람은 누구인가. 바로 옆과 뒤에서 나를 따르는 사람들이었다.

나도 두렵고 겁이 나지만 나를 따르는 아침지기들을 향해 뒤돌아봤을 때 '고도원 님, 이 정도는 아무것도 아니죠' 하는 두려움 없는 눈빛으로 나를 바라보면 나도 다시 기운을 얻었다. '그래, 이건 아무것도 아니야. 힘내서 나가자.' 거친 덤불을 헤치고 개활지로 나와서 또다시 부딪히는 고난을 돌파할 수 있었던 힘은 나보다 앞선 사람들이 아니라 내 뒤를 따르는 사람들이었다. 그들이 없었으면 나는 이미 속절없이 무너져 흔적도 없이 사라졌을 것이다.

/

## 2. 같이할 사람을 알아보는 법

　인생은 사람의 인연으로 이어진다. 언제, 어디에서, 누구를 만나느냐에 따라 크게 갈린다. 삶에서 만난 사람들은 버릴 사람이 하나도 없다. 나에게 비수를 꽂고 떠나간 사람들조차 돌아보면 나를 성장시킨 도구이자 스승이었다. 그것은 어린 시절 아버지를 통해 처음 알았다.

　아버지는 시골 교회를 개척하면서 수없이 배척을 당했다. 그 배신감에 고통과 애통함이 컸다. 하지만 그것이 오히려 아버지의 기도와 설교의 값진 주제가 되었다. 그런 과정을 나는 오래 지켜보았다. 그 경험이 내 내면의 근육을 단단히 키워주는 역할을 했고, 명상의 중요한 화두가 되었다. 모든 사람은 천사다. 천사는 천사의 얼굴로만 오는 게 아니라 때로는 악마의 얼굴로도 다가온다. 반드시 이유가 있어서 나에게 다가온다.

사람의 마음은 알 길이 없어서 그저 믿고 가는 길밖에 없다. 물론 믿을 수 있다 생각하고 함께했는데 그렇게 되지 못하는 경우가 허다하다. 그럴 때는 그 사람을 통해 또 한 차례 좋은 공부를 한 거라고 여기면 된다. 다음 일, 다음 사람을 만날 때 반드시 도움이 되니까 의미 있는 것이다. 그래서 사람들로부터 받는 배신과 실패에 매달려 흔들리지 않으려고 한다. '괜찮아, 이런 경험을 하는 게 얼마나 대단해' 하면서 넘어간다. 그러다 보면 더 좋은 사람, 더 좋은 기회가 온다고 생각한다. 실제로도 그렇게 된다.

이렇게 다양한 사람을 품어내는 정신이 나를 좋은 사람들과 연결되도록 해주었다. 어떤 사람의 진가가 드러나려면 그에게 먼저 곁을 내주는 여유로운 마음이 필요하다. 지금 오늘의 좋은 아침지기들과 일할 수 있게 된 것은 어떤 사람이든 내가 먼저 열린 마음으로 대했기 때문이다.


## 아침지기의 '다섯 가지 십(ship)'

옹달샘에서는 아침지기 한 명 한 명이 천하보다 더 귀한 존재다. 이곳에서는 모두가 멀티플레이어다. 회계 담당이 회계만 하고, 디자이너가 디자인만 하는 게 아니다. 옹달샘에서 벌어지는 온갖 일을 함께한다. 그러면서 다른 사람을 치유하는 힐러가 되어야 한다. 그러려면 몇 가지 품성을 갖춰야 한다. 옹달샘에서 아침지기, 힐러로 일하는 사람에게 필요하다고 판단하는 '다섯 가지 십(ship)'이 있다.

첫째가 '파트너십(Partnership)'이다. 나 아닌 다른 사람과 함께하는 마음이다. 축구를 예로 들면, 슈팅하려는 순간 자기가 슈팅하는 것보다 옆 사람에게 패스하는 것이 1퍼센트라도 골인의 확률이 높다는 직감이 들면 과감히 패스해 주는 것이 파트너십이다. 그리고 그 패스로 슈팅을 성공했을 때 '내가 도움을 줘서 골인했다'고 공치사하지 않는 것이다. 자신이 스스로 말하지 않아도 청중들은 누가 도와서 골인했는지 안다. 자기 공을 스스로 말하는 순간 파트너십이 깨진다. 적절한 타이밍에 정확히 패스하고 그 공을 삼키는 것, 그것이 파트너십이다.

두 번째는 '팔로워십(Followership)'이다. 앞사람을 따르는 것이다. 이 태도는 매우 중요하다. 자신이 성장하는 데 큰 도움이 되는 덕목이다. 좋은 스승을 만났을 때 잘 배우려면 어찌해야 될까. 충심으로 잘 따라가는 것이 가장 좋은 방법이다. 의심을 품지 않고 100퍼센트 신뢰하면서 팔로우하다 보면 그 스승의 모든 것을 자기 것으로 만들 수 있다. 내 경우 《뿌리깊은나무》 한창기 사장을 팔로우하다 보니 만 분의 일이나마 그분을 닮아갈 수 있었다. 그분의 세상 보는 눈을 배울 수 있었다.

나는 대통령 연설문 쓰면서 팔로워십을 배운 걸 큰 자산으로 생각한다. 흔히 대통령 연설문 쓰는 사람을 '고스트라이터'라고 한다. '유령작가'라는 뜻이다. 대통령의 그림자가 되어 대통령의 머릿속에 들어가는 사람, 대통령의 마음을 읽어내는 사람이 되어야 한다. 나의 생각, 나의 철학, 나의 표현 방식을 완전히 내려놓고 대통령의 뜻을 먼저 따르는 것이다.

그러면 어느 순간 스피커(대통령)가 고스트라이터(연설 비서관)를 마음으로 신뢰하는 순간이 온다. 고스트라이터와 스피커 사이에 깊은 믿음이 생기는 것이다. 그러다 보면 팔로워가 스피커를 리드하는 상황이 생기기도 한다. 스피커도 자신을 잘 따르고 자기 생각의 행간까지 읽어주는 사람이라는 신뢰가 생겼을 때는 그가 제시하는 의견을 귀 기울여 듣게 되는 것이다.

팔로워십이 요즘 정서에는 맞지 않는 것이라고 말할 수도 있다. 하지만 잘 활용하면 좋은 리더로 빠르게 성장할 수 있도록 돕는 도구가 된다. 좋은 리더 중에는 비서 출신이 많다. 비서는 대표적인 팔로워다. 인생에 누구를 만나서 얼마나 제대로 팔로워십을 연마하느냐에 따라 자기 인생의 역량이 결정된다.

세 번째는 '서번트십(Servantship)'이다. 서번트 십은 섬기는 것이다. 낮은 자리로 내려가는 것이다. 누가 시켜서가 아니라 스스로 기꺼이 낮은 자리에 내려가는 것이다. 사람을 섬기는 자세를 평생 품고 살겠다는 뜻으로 말이다.

어느 조직이든 그 조직을 유지하는 과정에서 빈틈이 생기게 마련이다. 그 빈틈은 대체로 사람들이 하기 싫어하는 일들에서 생긴다. 쓰레기를 치우고 켜켜이 쌓인 때를 벗기는 일 같은 허드렛일은 모두가 지나치기 쉽다. 그런 빈틈이 눈에 띄었을 때 말없이 다가가

서 치우는 것이 생활 속에서 실천할 수 있는 서번트십이다.

네 번째는 '힐러십(Healership)'이다. 힐러십은 힐러가 갖추어야 할 기본 소양이다. 힐러는 누군가에게 위로가 되고 치유가 되는 존재이다. 최고의 치유자는 '운디드 힐러(Wounded healer)', 곧 상처를 극복해 낸 경험을 가진 치유자이다. 자기 상처에 매몰되지 않고 그것을 자산 삼아 비슷한 상처를 지닌 사람에게 위로자, 치유자가 되는 것이다.

위의 네 가지, 곧 파트너십, 팔로워십, 서번트십, 힐러십이 하나로 합해져야 제대로 된, '리더십(Leadership)'이 만들어진다. 내가 아침지기들에게 요청하는 것이기도 하다. 이는 교육만으로는 안 된다. 자기 안에서 숙성되고 체화되는 절대 시간이 필요하다.

## 스스로의 주파수를 돌아보라

그런 과정에서 스스로 돌아봐야 할 것이 있다. 바로 자신이 사람들 사이에서 드러내는 주파수다. 어떤 공간에 누군가 들어왔을 때 갑자기 분위기가 환해지거나 싸늘해지는 경험들을 더러 했을 것이다. 그는 아무 말도 하지 않았지만 공기의 흐름이 바뀌는 것이다. 스위치에 손을 한 번 탁 대는 것만으로 방 안의 불이 켜지고 꺼지듯이 사람 사이에서도 아주 짧은 순간 나한테서 나오는 미세한 주파수가 옆 사람에게 전해지며 좋고 나쁜 영향을 주기도 한다. 사람의 주파수는 존재 자체에서 온다. 그 사람만의 고유한 주파수는 표정이나 몸짓, 눈빛, 말씨 등으로 드러난다. 그래서 언제나 유쾌한 주파수를 유지하는 것이 중요하다.

주파수의 다른 말은 진동이다. 누구에게나 진동이 있다. 사람과 사람 사이를 연결하는 파장이다. 성격이 맞는 사람들끼리만 있으면 행복하게 잘 살 것 같지만 반드시 그렇지는 않다. 성격은 맞아도 각자가 내는 진동은 늘 다르기에 순간순간 부딪치게 된다. 서로 부딪혀 파열음을 내기도 한다. 어느 순간 일으킨 작은 진동이 서로 부딪혀 와르르 무너지는 경험도 한다. 진동도 수시로 변한다. 감정이란 파도가 물결치며 파장을 일으키기 때문이다. 감정이 변할 때마다 우리 마음속의 파장도 변한다. 기분 나쁜 일이 있을 때 무심코 '어휴!' 하며 감정을 드러내는 순간 분노, 원한, 미움의 파장으로 확대되는 것이다. 그러므로 자신의 감정과 파장을 잘 다스려야 한다.

특히 직업상 좋은 파장을 유지해야 하는 사람들은 더욱 조심해야 한다. 이를테면 교사나 종교인, 의사 등은 자기 주파수를 늘 살필 필요가 있다. 좋은 주파수를 유지하는 것이 어렵고, 아무리 노력해도 개선되지 않는다면 그 직업을 그만둘 수밖에 없는 것이다.

함께 일한다는 것은 앞, 뒤, 옆 사람을 살펴보면서 일을 하는 것이다. 많은 사람이 그 과정에서 넘어지고 상처받는다. 자신은 열심히 했고 잘하고 있고 목숨 걸고 했다고 한다. 그런데 옆에서는 오히려 그 사람을 암적인 존재로 볼 수 있다.

파트너십, 팔로워십, 힐러십, 서번트십, 리더십은 한 인간으로서 성취해 가야 할 길이기도 하다. 개인적인 성취와 완성도 중요하지만, 혼자 이루는 게 아니라 옆 사람 뒷사람을 살펴가면서 함께 이루어가야 하는 것이다. '최고의 리더십'이란 지금까지 말한 네 가지 리더십이 조화를 이룬 것이다.


## 함께 일할 사람의 조건

1980년대 당시 우리나라 최고의 골프장 중 하나가 안양 골프장이었다. 고 이병철 삼성 회장이 나무 한 그루까지 일일이 관여해서 만든 골프장으로도 유명하다. 기자 시절 골프를 즐겨 친 적이 있는데 이따금 그 골프장에 가면 클럽하우스에서 일하는 직원들이 그렇게 밝고 친절할 수가 없었다. 갈 때마다 한결같은 그들의 미소와 목소리에 기분이 좋아졌다. 늘 웃는 표정이었고 어떤 일에도 얼굴 붉히지 않고 공손하게 응대했다.

하루는 그곳을 관리하는 임원에게 물었다. "직원들이 어떻게 이처럼 한결같이 친절하고 상냥합니까? 별도의 교육을 시키나요?" 그분이 명답을 했다. "교육만으로는 안 됩니다. 처음부터 그런 사람을 뽑습니다"라는 것이었다. 그 말에 번쩍했다. 교육도 중요하지만 교육 이전에 각자가 갖추어야 할 기본 품성이 더 중요하다는 점이었다. 나와 함께 일할 사람도 타고난 품성, 그의 몸에 밴 향기가 중요하다는 것을 새삼 깨달았다.

옹달샘에 오는 사람들로부터 자주 받는 질문이 있다. "어떻게 이렇게 밝고 성품이 좋은 아침지기들을 뽑았습니까?" 늘 반갑고 고마운 질문이다. 더욱 기분 좋은 것은 한 번 인연 맺은 사람들과 20년 넘게 일하는 것을 높이 사는 말이다. 돌이켜보니, 나도 아침지기들을 뽑을 때 맨 처음부터 그들의 품성과 주파수를 은연중에 먼저 살폈다는 사실을 깨닫게 되었다.

아침지기를 처음 뽑을 때는 공채를 했다. 일일이 면접을 보고 직관에 의존해서 사람을 선택했는데 그 직관 속에 모든 것이 포함되어 있지 않았나 싶다. 지금까지는 대체로 성공했다. 오래 같이 일한다는 게 참 어려운 일이기 때문에, 더더욱 처음부터 잘 만나야 한다.

내가 아침지기들을 뽑은 또다른 방식은 여행이다. 여행을 같이 해보면 어떤 사람인지 대략 분별이 된다. 여행을 마치면 그 사람의 품성이 거의 다 드러난다. 한결같은 성품인가, 삶의 목표가 무엇인가, 표정은 어떤가, 다른 사람의 평판은 어떤가가 다 드러난다.

여행을 통해서 얻은 사람 중 한 사람이 백기환이다. 꿈너머꿈 여행에 아내와 함께 왔는데 남다른 면모가 있었다. 그래서 나와 함께 하자고 제안했다. 몽골에서 말타기 여행에서 얻은 사람은 김보경이다. 모현옥은 산티아고 순례길 여행에서 처음 만났다. 여행 중에 조장을 했는데 늘 밝고 에너지가 넘쳤다.

명상 프로그램 참여자 중에서도 아침지기가 된 사람이 많다. 프로그램 참여 과정에서도 그 사람의 품성과 재능과 주파수가 잘 드러난다. 처음 프로그램을 개발할 때 서울 합정동 사무실에 '아침편지에서 춤을!'이라는 작은 동아리를 만들었다. 그 동아리에서 만난 것이 옹달샘 대표 힐러 송미령이다. 지금 아침편지문화재단의 모든 회계와 재무를 담당하며 옹달샘 살림을 책임지는 이효정도 프로그램 참여자였다. 밝고 활기찬 주파수가 느껴졌다. 그래서 무슨 일 하시느냐고 물으니 회사 회계 담당자라고 했다. 언제 보아도 늘 당차고 자기 일에 혼을 담아 하는 모습이었다.

자원봉사자 중에서도 아침지기를 많이 만났다. 자원봉사를 하기 위해서는 교육과 훈련이 반드시 필요하다. 아르바이트나 인턴십도 마찬가지이다. 그래서 '자아인(자원봉사, 아르바이트, 인턴십)'이라는, 젊은이들을 위한 무료 명상 프로그램을 만들었다. 자아인 1기 출신인 오유정도 그중 한 사람이다.

내 눈에 띈 것은 그의 걷는 모습이었다. 밝은 표정의 젊은 여성이 총총총 빠른 걸음으로 열심히 걸어가는 것을 보았는데, 며칠 뒤에도 똑같은 모습으로 총총총 걸어가는 모습이 눈에 띄었다. 누가 보거나 말거나 한눈팔지 않고 자기 일을 찾아 아주 기민하게 걸어갔다. 걸음걸이 하나만으로도 모든 것이 읽혔다. 청년자원봉사자 프로그램을 통해 유하연, 오진영, 김재욱, 윤혁기 등도 만났다.

옹달샘치유음식연구소를 맡아 사람 살리는 예술 밥상을 이끌고 있는 김미란 소장도 프로그램을 통해 만났다.

여행이든 프로그램이든 진행을 하다 보면 이따금 남다른 면모를 가진 사람이 눈에 띌 때가 있다. 카페에 갔는데 늘 한결같은 모습으로 밝게 웃는다든지, 서비스하는 모습이 내가 늘 강조하는 다섯 가지 덕목에 부합하면 주목하게 된다.

나더러 '사람 낚는 어부'라고 말하는 사람도 있다. 기분 좋은 칭찬이다. 앞으로도 더 좋은 어부가 되었으면 좋겠다. 다양한 인연으로 아침지기가 되어 한결같은 마음으로 오랫동안 함께하며 열심히 책임을 다하고 있어서 늘 고맙다. 더 고마운 것은 젊은 나이에 함께 일하면서 서로 눈이 맞아 부부가 되는 아침지기들이 많아진 것이다. 지금까지 열 쌍 넘게 결혼을 했다. 앞으로도 해야 할 일, 펼칠 일이 많은데 이렇게 잘 훈련된 아침지기들이 더욱 잘 성장해 각자 인생의 의미와 보람을 얻었으면 좋겠다.

한 가지 더, 사람을 볼 때 매우 중요하게 보는 건 인상이다. 인상과 관상은 다르다. 관상은 타고난 것이고 인상은 만들어진 것이다.

인상은 심상(心像)이라고도 한다. 얼굴, 자태, 걸음걸이, 시선에서 오는 총체적 느낌이다. 그 느낌을 나는, 앞에서 언급한 주파수라는 말로 표현한다. '유쾌한 주파수를 보내자'라는 문구를 아침편지여행 수칙으로도 쓰고 있다.

인상이 좋아야 하고 주파수가 좋아야 하지만 더 중요한 것은 마음이다. 그것도 한결같은 마음. 그것은 겪어봐야 알 수 있다. 여행, 명상 프로그램, 자원봉사 프로그램을 해보면 잠깐 꾸며낸 일시적인 것인지 내재된 것인지 알 수 있다.

인상에는 사람의 성장 과정이 드러난다. 유복하다고 꼭 좋은 건 아니다. 굴곡이 있어도 괜찮다. 옹달샘을 찾는 이들을 치유하는 아침지기들 중에도 숱한 상처의 쓴뿌리를 간직한 이들이 많다. 중요한 것은 상처가 아니라 상처와 아픔에 어떻게 대처하고 변화했는가다. 변화하려는 노력이 체화되어 단단한 품성을 갖추게 된 사람도 있다. 그야말로 강력한 힘을 가진 사람이다. 그런 사람은 틀림없이 훌륭한 힐러가 될 수 있다.

아침지기들은 나의 멘티이자 멘토이다. 나의 면류관이다.

거친 덤불을 헤치고
개활지로 나와서
또다시 부딪히는 고난을
돌파할 수 있었던 힘은
나보다 앞선 사람들이 아니라
내 뒤를 따르는 사람들이었다.

/

## 3. 함께 행복하게 일하기 위한 첫 마음

아침편지를 시작할 때만 해도 내가 경영자가 되리라고는 꿈에
도 생각하지 못했다. 사람들 마음에 영혼의 비타민이 되고자 시작
한 아침편지가 또다른 꿈으로 이어지고, 함께하는 아침지기들이
늘어나면서 어느 순간 150여 명까지 함께하는 경영자가 되어 있었
다. 그러다 보니 '고도원 정신' 속에는 팔자에도 없는 경영자로서
의 체험들도 녹아 있다. 깊은산속옹달샘은 한 사람의 황당한 꿈을
현실로 만들어가는 곳인 만큼 경영원칙에도 철학을 담으려 했고,
그것이 특별한 경영 모델로 관심 받으면서 나의 경영원칙과 방식
을 듣고자 하는 사람들도 많아졌다.

기업이나 CEO 대상 특강을 할 때마다 더러 소개하는 것이 있다.
바로 '아침지기 수칙'이다. 청와대 연설 비서관을 하다가 아침편지

를 시작하고 첫 아침지기들을 뽑을 때 만들었는데, 나와 일하려면 어떤 자세를 가져야 하는지를 정한 가이드라인이라고 할 수 있다.

아침지기 수칙은 기자 생활과 청와대 연설 비서관 생활을 망라해서 만든 것이다. 특히 대통령을 모시면서 비서로서 나 스스로 마음에 품고 지키고자 한 수칙이었고, 그것에서 핵심을 뽑아 정리한 것이 아침지기 수칙이다.

### 첫째, 아침편지 최우선 + 비서 역할

아침지기로서의 일과 비서 역할을 최우선으로 하라는 뜻이다. 무슨 일을 하든 기본 업무가 있게 마련이다. 그 기본 업무를 최우선으로 삼아 최선을 다하라는 것이다. 아침지기에게 아침편지는 모든 일의 기본이다. 매일 아침편지를 작성하는 것은 내가 전적으로 맡은 일이지만, 이를 미리 점검하고 발송하는 업무가 아침지기들이 놓쳐서는 안 되는 첫 번째 주요 업무이다. 늦은 밤 갑자기 디자인을 바꿔야 할 때도 있고 시스템을 손봐야 할 때도 있고 글이 교체되는 경우도 생긴다. 어떤 경우에서든 아침편지 서비스를 최우선으로 삼으라는 말이다.

다만, 이 '최우선'에 예외가 있을 수 있다. 예를 들어 부모 상을 당하면 그것은 아침편지보다 더 우선되는 일이다. 아침지기가 아이를 낳아 어머니가 되었다면 우선순위가 또 바뀐다. 아이가 아프거나 일이 생겼을 경우도 아침편지보다 아이가 우선이다.

비서 역할을 최우선으로 하라는 수칙은 대통령 연설 비서관으로 일하던 시절의 경험을 바탕으로 했다. 비서 중에서도 연설 비서관은 자기 생각을 내려놓고 스피커(대통령)의 생각과 판단을 존중하는 태도를 가져야 한다. 비서 역할에는 여러 덕목이 요구되지만, 무엇보다 절대 신뢰의 마음이 있어야 한다. 그래야 일이 원활하고 좋은 결과를 가져온다. 절대 신뢰는 어느 한쪽에만 요구할 수 없는 상호작용이기에 서로 최선의 노력을 해야 한다.

### 둘째, 성실과 책임감 + 정직

일하는 사람의 기본 자세로 손꼽는 것이 성실과 책임감이다. 성실함과 책임감이 없는 사람은 일을 그르치고 본인도 조직도 힘들게 된다. 그러나 여기에 그치지 않고, 반드시 정직이 전제되어야 한다. 성실성과 책임감이 부족한 것은 더러 용인될 수 있지만 정직함을 잃는 것은 해고 사유가 된다.

정직에서 가장 중요한 건 돈이다. 모든 것에서 정직해야 하지만 돈에 있어서만큼은 철저하게 정직해야 한다. 일에서 큰 피해를 볼 수 있기 때문이다.

행동도 정직해야 한다. 잘못된 사실을 일시적으로 모면하기 위해 거짓으로 둘러대다 보면 언젠간 들통이 나고 만다. 그리고 부정직함이 드러났을 때 얼른 바로잡지 않으면 거짓이 거짓을 낳고, 결국 정직하지 못하다는 평가를 받게 된다. 이를테면 피치 못할 사정으로 일찍 퇴근을 해야 하는 경우가 생길 수 있다. 이때 엉겁결에 "아무개 친구가 부친상을 당해 급히 가야 한다"라고 둘러댔는데, 공교롭게 그 친구를 잘 아는 회사 간부가 그 상가에 갔다면 어떻게 되겠는가. 조퇴를 하면서 둘러댔던 말이 거짓으로 판명되고, 그다음부터 그는 거짓말하는 사람으로 낙인찍힘과 동시에 믿을 수 없는 사람으로 신뢰를 잃게 되는 것이다.

그래서 아무리 급한 사정이 있더라도 거짓으로 말하지 말라는 것이다. 자세한 사정을 말하기 어렵다면 차라리 포괄적으로 "오늘 다른 급한 일이 생겨서 먼저 퇴근하겠다"라고 말하는 것이 좋다.


### 셋째, 지나가는 말을 챙겨라

상사이든 동료이든 지나가듯 하는 말이 있다. 예를 들어 회사 사장이 직원 사무실을 둘러보다가 "책상에 먼지가 많네"라고 지나가듯 혼잣말을 했다고 치자. 그러면 우연찮게 그 말을 들은 사람이 얼른 책상을 닦으면 그다음에 올 문제를 미리 막을 수 있다. 그런데 듣고도 그냥 지나쳐버리면 다음 날에 사장이 지나가면서 "먼지가 그대로네" 하게 된다. 그렇게 두 번째 지나가는 말까지 놓치면 세 번째에는 정색을 하고 "여기 먼지 좀 닦으세요" 하고 지시를 하게 된다.

상황이 여기까지 오면 지시하는 사람도 지시를 받는 사람도 기분 좋을 수가 없다. 그래서 지시가 되기 전에 지나가는 말을 미리

미리 챙기자는 것이다. 그래야 서로 얼굴 붉히는 일 없이 부드러운 분위기에서 일할 수 있다.

대통령 연설문을 작성할 때 지나가는 말을 놓치지 않기 위해 늘 신경 쓰며 무던히도 노력했다. 단순히 지나가는 말일 수도 있지만 그 속에 대통령의 생각과 의중이 담긴 경우가 많았다. 그래서 대통령의 작은 말 하나도 놓치지 않고 귀담아들으려 애썼고 그 모든 지나가는 말들을 메모해 두었다. 그러다 보면 대통령의 심중에 어떤 변화가 있는지도 알 수 있었다. 그것은 연설문을 쓰는 데 큰 도움이 되었다.

연설문을 작성할 때 대통령으로부터 키워드를 받는 날도 있고 받지 못하는 날도 있다. 키워드를 받지 않은 경우에도 최근의 이슈에 대해 지나가듯 하셨던 말씀을 녹여 쓸 수 있게 된다. 그러면 대통령도 '아 그렇지!' 하고 감탄하면서 지나가는 말도 놓치지 않고 연설문에 담아내는 비서관에게 믿음 가득한 눈빛을 주시곤 했다. 5년 동안이나 연설 비서관으로 일할 수 있었던 비결에는 대통령이 지나가듯 한 말을 잘 담아두었다가 실질적인 업무에 시의적절하게 반영한 것도 있었다.

### 넷째, 노아의 허물처럼 덮어주라

성경 창세기에 노아의 세 아들 이야기가 나온다. 셈, 함, 야벳이다. 하루는 노아가 술에 취해 벌거벗은 채 잠들어 있었다. 둘째 아들 함이 아버지의 하체를 보고 밖에 나가서 이 사실을 떠들어댔다. 그런데 셈과 야벳은 뒷걸음으로 다가가 자기 옷을 벗어서 아버지의 하체를 덮어주고 나왔다. 아버지의 허물을 말없이 덮고 넘어간 것이다.

세상에 허물없는 사람은 없다. 특히 같은 직장에서 오랜 시간 함께 일하다 보면 그 허물들이 잘 보인다. 이때 그 허물을 보고 주변에 떠벌리지 않고 조용히 덮어주고 뒷걸음쳐 나오는 게 좋다. 그런 사람이라면 조직에서 미담의 주인공이 될 수 있다.

누구에게나 단점이 있다. 실수를 저지를 때도 있다. 하지만 그것을 덮어주는 귀인을 만나면 그 고마움에 힘입어 단점과 허물이 오히려 빛이 되고 성공의 전환점이 될 수 있다. 이 수칙에는 아침지기들이 서로에게 '노아의 허물'을 덮어주는 귀인이 되고, 누군가의 허물이 아름다운 성장 이야기로 전환되기를 바라는 뜻이 담겨 있다.


**다섯째, 일은 찾아서 하되 물어보고 하라**

주어진 일만 하는 사람은 발전이 없다. 그래서 아침지기들에게 일을 찾아서 하라는 주문을 한다. 그것은 자신의 직관력과 열정을 가지고 독창적이고 창의적으로 일을 하라는 뜻이다.

취재기자 시절에도 마찬가지였다. 출입처의 타사 기자들이 취재를 마치고 '이제 됐다' 할 때 자신도 취재를 끝내면 특종 기자가 되기 어려웠다. 다른 기자들이 다 훑고 지나간 자리에 남아서 한

번 더 체크하는 사람, 숨겨진 기삿거리를 찾아보는 사람에게 특종의 기회가 왔다.

　새로운 일을 찾아서 하다 보면 실수를 할 때도 있다. 설거지를 열심히 하다 그릇이 깨지더라도 괜찮다. 그릇이 깨지는 것을 두려워하지 않고 스스로 일거리를 찾아서 열심히 하는 사람은 자기 안에 숨은 능력을 계발하게 된다. 그러나 이때 주의할 것이 있다. 반드시 윗사람, 옆 사람에게 물어보고 하라는 것이다.

　묻지 않고 혼자서만 열심히 하다 보면 일이 꼬일 수가 있다. 예를 들어 윗사람이 이미 매듭지은 일을 아래 직원이 이 사실을 전혀 모른 채 자기 나름의 생각대로 다시 처리한다면 어떻게 될까. 엉뚱하게 시간을 낭비하는 것이기도 하고, 외부에서는 그 조직이 소통이 전혀 안 되는 곳으로 보일 수 있다. 그러니까 일을 창의적으로 찾아서 자발적으로 하되 반드시 물어보는 절차를 거치라는 뜻이다.

　아침편지에서는 조직의 원활한 소통을 위해 종이 결재를 없앤 지 오래다. 계단식 결재 라인도 없다. 거의 모든 일은 내부 게시판을 통해 전체 아침지기들에게 공유되고 있다. 나도 게시판에 올라온 글에 댓글을 다는 것으로 결재를 대신한다. 일을 해나갈 때 묻고 답하는 절차가 쉽게 이뤄지게 하기 위해서다.

　남들도 다 하는 수준에서 멈추지 말고 한 걸음 더 나아가보라. 한 걸음 더 내딛어 일을 찾아보라. 그리고 수시로 주변에 물어보라. 일터에서 능력을 인정받고, 친구 동료 사이에서 신뢰받고 평가도 달라질 것이다.

**여섯째, 유쾌한 주파수를 보내자**

'유쾌한 주파수를 보내자. 웬만하면 참자. 웬만하면 웃자.'

아침지기 수칙에서 나온 표어다. 함께 일을 하다 보면 분위기도 전염된다. 누구 하나가 낮은 주파수로 푹 가라앉아 있으면 주변에서도 그 사람의 눈치를 보게 되고 분위기가 어두워진다.

말을 할 때도 단어 하나의 선택이 매우 중요하다. 어떤 단어를 말하는 순간 자신도 그 단어가 내뿜는 주파수에 젖게 되고 주변의 주파수도 함께 바뀌게 된다.

부정적인 단어는 의욕을 떨어뜨리고 기운 빠지게 하는 전염력이 있다. 그때는 부정적인 주파수가 더는 번지지 않도록 얼른 털어내는 것이 좋다. 오리가 진흙탕에 들어갔다가도 탈탈 털면 깨끗해지듯이, 아무리 부정적이고 낮은 주파수라 하더라도 털어낼 수 있어야 한다. 그러면 다시 맑아진 자신의 모습을 발견하게 될 것이다. 어떤 상황에서도 좋은 파장, 좋은 주파수를 유지할 수 있어야 한다. 그것이 자신의 몸과 정신을 건강하게 하고, 주위에도 좋은 영향을 미쳐서 성공의 디딤돌이 된다.


**일곱째, 이미지**

한 사람의 이미지가 그가 속한 곳의 전체 이미지가 된다. 개인도 기업도 국가도 이미지가 중요하다. 가령 기업이 이미지 광고를 하는 것은 소비자에게 좋은 인상을 주기 위해서다. 그 광고를 통해 기업의 이미지에 공감한 소비자는 그 기업의 상품에 대해서도 긍정적인 반응을 보인다. 이미지의 힘이다.

우리나라 국민 한 사람이 외국에서 어떤 행동을 하느냐에 따라 대한민국의 전체 이미지가 만들어질 수 있다. 그 국민 한 사람이 대한민국을 대표하는 존재가 되는 것이다. 그래서 아침지기 한 명한 명도 단순한 개인이 아니라 아침편지의 대표성을 가진다. 외부에서 걸려 온 전화 한 통을 아침지기가 어떤 태도로 받느냐에 따라 아침편지 이미지가 결정되는 것이다. 그렇듯 아침지기 한 사람의 존재가 아침편지에 대한 이미지, 평가를 좌우한다는 것을 늘 생각해야 한다. 한 사람이 뚫리면 전체 이미지가 뚫리는 것이고, 한 사람이 좋은 이미지를 주면 전체 이미지가 좋아지는 것이다.

## 인생의 지침으로 삼길 바라는 원칙들

일곱 가지 기본 수칙 외에도 두 가지의 원칙이 더 있다. 첫째는 '이순신 보고 원칙'이다. 소설 『칼의 노래』에서 힌트를 얻은 것으로, 그 구체적인 방법은 다음과 같다.

첫째, 본 것은 본 대로 보고하라. 둘째, 들은 것은 들은 대로 보고하라. 셋째, 본 것과 들은 것을 구분해서 보고하라. 넷째, 보지 않고 듣지 않은 것은 일언반구도 말하지 말라.

이순신 장군은 23전 23승, 백전백승의 영웅이다. 그 백전백승의 요체는 무엇이었을까. 여러 요인이 있겠지만, 그 핵심은 이 이순신 보고 원칙에 있다고 보았다. 전쟁을 지휘하는 사령관은 전술전략을 세우기에 앞서서 정확한 정보가 절대적으로 필요하다. 만약 보고자가 자기 생각과 선입견을 뒤섞어 보고하면, 그 토대 위에서 세운 전술전략은 실패하기 쉽다. 이순신 장군은 한산도 산봉우리에 배치된 정탐꾼의 보고를 받고 전체를 훤히 조망해서 판단해야 했다. 그런데 여기에 불순물, 즉 1차 보고자의 자기 판단이 섞여 들어가 있으면 어찌 되겠는가. 왜곡하고 부풀리고 축소하면 어떤 결과를 가져오겠는가.

나 역시 일을 할 때는 이 보고 원칙을 중요하게 생각한다. 때로는 토씨 하나도 살펴본다. 그 토씨에 담긴 약간의 뉘앙스 차이가 큰 차이를 불러온다는 사실을 알기 때문이다. 좋은 팔로워는 정확한 보고를 하는 사람이다.

둘째는 내 마음에 평생 담고 있는 또 하나의 원칙이다. '사람을 비교하지 않는 것'이다. 우리가 비교라는 틀에 갇히면 성장과 발전을 막는 잘못을 저지르고, 결국 불행해진다.

"누가 잘하나요?"라는 질문을 받으면, "끝까지 하는 사람이 잘하는 사람이다"라고 답한다. 졸업이 끝이라고 생각하는 사람은 성장을 멈추겠지만, 졸업이 시작이라고 생각하는 사람은 새롭게 도약할 마음의 준비가 된 것이니 발전의 폭에서 차이가 날 수밖에 없다.

인생은 오래 달리는 마라톤과 같다. 잠깐 잘하는 것은 쉽지만, 오래 잘하는 것은 쉽지 않다. 한결같이 잘하는 것, 끝까지 잘하는 것이 중요하다. 나는 그런 원칙을 가지고 사람 관계에서 힘든 순간을 이겨낼 수 있었다. 때로 사람이 주는 상처에 아파하고 흔들렸지만 첫 마음을 생각하며 회복했다. 내가 가장 어려울 때 옆에 있어 줬던 사람들에 대한 기억을 떠올리며 다시 힘을 낼 수 있었다.

세상은 빠르게 변화하는 시대에 발맞추기를 끊임없이 요구하는 듯 보인다. 그러나 중요한 가치는 시대를 넘어선다. 여전히 의미 있는 성과나 관계는 오래 지속하는 힘에서 비롯된다. 어려운 과정을 이겨내고 아프게 배우는 시간 속에서 나오는 것이다.

이 원칙들, 곧 '아침지기 수칙 일곱 가지'와 '이순신 보고 원칙' 그리고 '사람을 비교하지 않는 것'은 아침지기들이 오래도록 잘 지켜내 주었으면 좋겠다. 내가 언젠가 세상에 없게 되더라도 이 원칙만은 자기의 것으로 체화해 평생의 지침으로 삼길 바란다.

돌아보면 놀랍고 신비롭다. 이 원칙들은 내가 아침지기 직원들의 첫 출근날에 했던 말을 윤나라가 노트에 적어둔 것이다. 그 메모를 한 자도 고치지 않고 거의 20년간 전수하고 있다. 새로운 사람이 들어오면 오래 근무한 아침지기가 신참에게 이 아침지기 수칙을 전수한다.

요즘에는 나도 조금 조심하고 있다. 직장의 일보다 자기 시간을 더 우선하는 풍조가 생겼고, 자기 생각을 내려놓고 윗사람의 방식에 맞추는 것도 어려운 시대가 되었다. 나의 방식들이 시대에 맞지 않는다고도 말한다. 그래서 나도 초창기처럼 엄하게 하지는 않는다. 시대는 변하고 있는데 자칫 잘못하면 옛날 방식을 무조건 고집하는 것으로 비칠 수 있어서다.

그러나 일이든 관계든 성장과 발전에는 농익는 시간이 필요하다. 새롭고 빠르게 변화해 가는 것만이 능사도 아니다. 좋은 전통에 대해 생각하고, 전통의 힘을 잃지 않았으면 좋겠다. 아침지기 수칙에는 세월이 흘러 전통이 되어가는, 첫 마음이 담겨 있다. 서로가 행복하고 웃으면서 그러면서도 잘 소통하며 일할 수 있는 조직이 되었으면 하는 첫날의 바람과 다짐이 고스란히 담겨 있다. 그래서 이 아침지기 수칙을 아침편지 조직문화의 특성과 전통으로 잘 이어가주기를 진심으로 바란다.

/

## 4. 아침지기들과 함께하는 글쓰기 훈련

《뿌리깊은나무》 기자 시절 한창기 사장과 더불어 글공부를 했다는 이야기를 앞에서 했다. 성화같은 그분의 열정적 지도로 이미 출간된 글을 고치고 또 고치는 과정을 거치며 나와 나의 글도 함께 성장했다. 처음엔 '뿌리깊은나무체'였다가 나중에는 '고도원체'로 진화되었다.

김대중 대통령 연설문을 쓰면서 나의 글은 한 번 더 진화했다. '고도원체'를 내려놓고 대통령의 생각과 언어로 풀어낸 5년 동안의 글쓰기 작업이 나에게는 다시없을 귀중한 훈련이 되었다.

그러다가 시작한 고도원의 아침편지는 그 이전까지의 글과는 전혀 다른 세계로 나를 이끌었다. 아침편지는 '글'이 아니다. '마음'이다. '편지'이다. 우리는 편지를 쓸 때 글을 쓴다고 하지 않는다. 마음을 마음으로 전달하는 글이다. 있는 그대로의 마음을 진심으로 담아 '딱 한 사람'에게 전하는 것이다. 아침편지 독자가 거의 400만 명에 이르지만, 나는 한번도 그 400만 명 전체를 생각하며 아침편지를 써본 적이 없다. 그날 내가 생각하는 딱 한 사람의 대상이 있고, 그 한 사람에게 보내는 마음으로 아침편지를 쓴다. 수많은 유행가 가사가 그렇듯이 딱 한 사람이 공감하면 만인에게도 공감을 줄 수 있는 글이라고 믿는다. 나 혼자서 아침편지를 쓰고 끝나는 것이 아니다. 아침지기들이 그 과정에 동참하게 함으로써 '아침지기 글쓰기 훈련'은 시작된다. 내가 그랬듯 글을 쓰는 과정이야말로 우리의 정신을 성장시키는 훌륭한 도구라고 생각하기 때문이다.

### 아침지기 글쓰기 훈련 1, 내일자 아침편지 점검

매일 아침, 아침지기 내부 게시판에 다음 날 나갈 아침편지를 '내일자 점검 바람'이란 제목으로 올린다. 그러면 아침지기들은 다음 날 띄울 그 아침편지를 미리 읽고 점검에 들어간다. 기본적으로 오탈자와 띄어쓰기를 먼저 점검하고, 자기 의견과 감상을 댓글로 남기는 것이다. 그 의견들을 종합해서 다음 날 나갈 아침편지에 반영한다.

내가 쓴 글에 아침지기들이 저마다 자신의 의견을 제시하는 것, 그렇게 제시된 의견이 아침편지에 어떻게 반영되고 수정되는지를 보는 것 그리고 그렇게 완성된 아침편지에 독자들이 어떻게 반응하는지를 보는 것, 이 모든 것이 아침지기들의 글쓰기 훈련에 도움이 된다. 토씨 하나 고쳐서 느낌이 어떻게 바뀌는지 보는 것도 단순한 글공부를 넘어 자신의 표현 능력을 기르는 일이다. 언어적 감수성을 높이는 길이다.

이러한 점검은 기본적으로 아침편지의 완성도를 높이려는 것이 첫 번째 목적이지만, 아침지기 모두가 탁월한 글쓰기 능력을 갖추도록 훈련하는 특별한 기회이기도 하다.

'이루는 것'이 좋은지 '이루어가는 것'이 좋은지, '찾아가는 것'이 좋은지 '찾는 게'가 좋은지 단어 하나를 놓고 고민하는 것에서부터 글의 감수성은 깊어진다. 글은 고치는 과정에서 다듬어지고 매끈해진다. 고치고 또 고치고, 수정하고 또 수정해 가는 과정을 통해서 글이 좋아진다. '글쓰기'는 한마디로 '글 고치기'이다. 고치는 것이 글을 쓰는 과정이다. 그 고침의 경험은 아침지기가 되는 순간부터 시작된다. 모든 아침지기들에게 열려 있는 글공부 교실이다.

또 아침지기 각자의 댓글 속에 묻어나는 그만의 경험과 느낌을 공유하는 장이 되어, 그 사람의 결과 색을 느낄 수 있다. 같은 글을 보면서도 남자, 여자가 다르고, 아이가 있는 아침지기, 혼자 사는 아침지기, 반려견이 있는 아침지기가 저마다 다르게 반응한다. 각자 모두가 다르다는 것, 자신의 업무와 상황에 따라 달리 느낀다는 것을 알게 된다. 아무리 긴 시간을 함께해도 알 수 없는 그 사람의 이야기를 몇 줄의 글을 통해 알기도 한다.

그렇게 각자의 일을 하면서도 '아침편지 점검'이라는 작은 공간을 통해 서로 마음과 마음을 나누고 연결하는 것이다. 그 글쓰기 훈련이 아침지기들 각자의 글과 삶에도 좋은 영향을 주기를 진심으로 바란다.

### 아침지기 글쓰기 훈련 2, 뉴스레터 방식의 '밑글 쓰기'

아침지기가 되어 일정한 단계가 되면 반드시 주어지는 일 중에 하나가 밑글 초안 쓰기이다. '밑글'은 매일의 아침편지 아래 소개되는 새 소식이다. 옹달샘 프로그램이라든지 아침편지 가족들에게 알리고자 하는 내용을 뉴스레터 방식으로 띄운다.

그 밑글은 고도원의 아침편지의 언어와 정서에 맞게 씌어야 좋다. 그날그날 소개할 새 소식의 초안을 그 프로그램을 맡은 담당 아침지기들에게 쓰게 한다. 고참 아침지기들이 주로 하지만 해당 프로그램을 지도하는 아침지기나 연관성 있는 아침지기들에게 맡기기도 한다.

그런데 그 밑글 쓰기를 매우 두려워하고 겁을 내는 사람이 있다. 밤새 끙끙 앓기도 한다. 도저히 못 쓰겠다고 손드는 사람도 있다. 그러나 모든 글쓰기가 그렇듯 첫 시작은 어렵지만 여러 번 쓰다 보면 조금씩 자신감이 생기게 된다. 그러다가 어느 단계가 되면 점점 정돈된 글을 쓰게 된다. 전하고자 하는 주요 내용을 놓치지 않게 된다.

밑글 쓰기는 왜 중요한가. 어느 분야든 진정한 전문가가 되려면 사람들에게 자기가 하는 일을 글로 설명할 수 있어야 하기 때문이다. 자신이 진행하는 요가나 코칭 프로그램에 대해, 자신이 기획한 문화 행사에 대해, 자신이 만든 음식에 대해 말로 설명할 수 있어야 하고 그것을 다시 글로 적을 수 있어야 한다. 경우에 따라 많은 사람 앞에 서서 발표해야 하는 일도 생길 수 있다. 그 기초 훈련이 밑글 쓰기이다.

쓰는 것을 너무 두려워하는 경우가 있다. 그때는 문장을 만들지 말고 우선 키워드만 써보는 것도 괜찮다고 말한다. 그것도 어려우면 말하고 싶은 몇 개 단어라도 나열해 보고, 어설픈 초안이라도 일단 완성해 올려보라고 다독인다. 그것을 내가 정성껏 다듬어준다. 자신이 쓴 어설픈 초안이 매끈한 글로 나오는 과정을 몇 차례 경험하면서 아침지기들의 글솜씨도 쑥쑥 자란다. 처음에는 며칠, 하루 종일 걸리던 글이 반나절, 몇 시간으로 줄게 된다. 주제가 주어지면 어느 순간 자기도 모르게 머릿속에서 써야 할 중심 단어와 초안이 떠오르는 단계로 올라가게 된다.

아침편지 점검과 밑글 쓰기. 아침지기만이 경험할 수 있는 이러한 기회를 뼛속 깊이 소중한 가치로 느끼는 사람도 있고 그저 일로 보고 힘들어하는 사람도 물론 있다. 정 쓰기 싫거나 힘들다고 하는 사람에게는 억지로 맡기진 않는다. 거기까지 끌고 갈 생각은 없다. 대신 다른 사람에게 기회를 준다. 그러나 그 가치를 아는 사람이라면 자기가 쓴 한 문장에 한마디 코멘트를 듣는 것이 얼마나 소중한 기회인지 시간이 지날수록 더 절감하게 된다.

## 아침지기 글쓰기 훈련 3, 독자가 쓰는 아침편지

독서를 곁들인 글쓰기 훈련은 아침편지를 받는 독자들에게도 적용되고 있다. '독자가 쓰는 아침편지'가 그것이다. 아침편지 독자들이 토요일마다 참여하는 특별한 코너다. 나는 이 코너가 많은 사람들에게 '독서+글공부+명상+내적 성장'이 동시에 이루어지는 무형의 선물이 될 것이라고 확신한다.

인문학적인 소양을 갖추는 중요한 훈련의 하나가 독후감 쓰기이다. 책을 꾸준히 읽는 것도 쉽지 않지만 분량이 긴 책을 읽고 독후감을 쓰는 습관을 갖는 것은 생각보다 더 어렵다. 책을 읽고 그 책의 핵심을 정확하게 파악해 한두 줄로 요약하고 여기에 자기 생각을 덧붙이는 것, 굉장한 지적 훈련이다.

아무리 좋은 책이라도 다른 사람에게 전달하려 할 때는 그 책을 읽은 사람의 지적 능력과 인문학적 소양이 필요하다. 읽은 책의 핵심을 파악하고, 한두 줄로 요약하고, 다른 사람들이 알아듣기 쉽게 풀어내는 것이야말로 더없는 지적 능력이다. 독후감 쓰기는 바로 그 지적 능력과 인문학적 소양을 키우는 통로다. 당연히 글쓰기에도 도움이 된다.

그 훈련을 한꺼번에 망라해서 할 수 있는 것이 독자가 쓰는 아침편지이다. 독후감 쓰기보다 훨씬 쉬운 방법이기도 하다. 고도원의 아침편지가 그렇듯, 자신이 읽은 책에서 마음에 드는 한 문장을 고르고, 거기에 자신의 생각과 감상을 붙여 쓰는 것이다. 자신이 선택한 그 한 문장이 그 책의 대표성을 띤다. 문장을 고르는 것은 누구나 할 수 있다. 그 글귀를 읽으면서 떠오른 자신의 생각을 글로 적어보는 것이야말로 독후감 쓰기의 출발점이라고도 할 수 있다. 그렇게 여러 번 쓰다 보면 모든 글쓰기가 점차 쉬워진다. 그래서 아침지기들에게도 독자가 쓰는 아침편지에 적극 참여하도록 권유한다. 큰 배움이고 도전이다.

/

## 5. 일과 명상이 성장의 디딤돌이 되기를

식사 중 '종치기'와 걷기명상 중 '징치기'는 아침지기들의 내공 훈련을 위해 하고 있다. 틱낫한의 플럼 빌리지에서 배워온 그대로 '나눔의 집'이라 불리는 옹달샘 식당에서도 식사 시간마다 종을 친다. '때~앵' 종을 치면 모든 사람이 동작 그만! 모두 멈춰야 한다. 20~30초 후 다시 '때~앵, 때~앵' 종이 두 번 울리면 다시 먹는 것을 계속한다.

종을 치는 것은 잠시나마 잠깐멈춤의 시간을 가지라는 뜻이다. 우리나라 사람들은 먹는 것조차 급하다. 너무 급하게만 먹지 말고 잠깐 멈춰 지금 먹고 있는 음식을 오감으로 느껴보고, 지금 나의 상태도 느껴보고, 이 음식이 내 입에 들어오기까지 얼마나 많은 사람들의 수고가 있었는지를 생각하며 고마움도 느껴보라는 뜻이다.

나아가 이렇게 맛있고 건강한 음식을 먹은 다음에 오늘 하루를 어떻게 보낼 것인지도 한 번쯤 생각해 보라는 뜻도 담겨 있다.

아침지기가 되면 누구든 종치기와 징치기의 과정을 거치게 된다. 종치기와 징치기는 내가 생각하는 명상의 수단이고 잠깐멈춤의 방법이다. 잠깐이라도 멈추면 마음이 고요해지고 조용해진다. '때~앵' 종소리에 밥 먹다가 멈추면 젓가락 떨어지는 소리, 침 삼키는 소리도 들린다.

징소리도 마찬가지다. 걷기명상 중에는 아침지기가 징을 치면 모두 걸음을 멈춘다. 걷다가 멈추면 작은 물소리, 새소리, 바람 소리가 들린다. 바람이 없는데도 나뭇잎이 흔들리는 미세한 소리도 들린다. 다시 징이 울리면 또다시 걷는다.


## 일의 품격은 디테일에서 드러난다

종치기와 징치기를 앞에서 내공 훈련이라 한 이유가 있다. 이 또한 상당한 훈련과 내공이 요구되기 때문이다. 이제 막 아침지기가 된 초짜가 징을 치면 소리의 초점이 맞지 않아 이른바 삑사리가 나기 쉽다. 중앙을 '통' 쳐서 울림 있는 좋은 파장의 소리가 나야 하는데 '쨍그랑' 깨지는 소리가 난다. 게다가 첫 번째, 두 번째, 세 번째 칠 때마다 소리가 들쑥날쑥 고르지가 않다. 너무 작거나 너무 크다.

지금 식사 중인 사람의 수는 몇인지, 걷기명상 공간의 크기는 얼마인지를 잘 살펴서 나름의 감각을 갖고 그에 맞는 소리를 일관성 있게 쳐야 한다. 그것을 노련하게 할 정도가 되면 명상센터에서 일하는 사람다워지게 된다.

앞에서도 말했지만 나는 어린 시절 시골 교회에서 종을 쳤던 경험이 있다. 처음에는 나도 삑사리가 많이 났다. 종에 몸이 딸려가기도 하고 박자가 맞지 않아 소리가 어긋나기도 했다. 종소리만으로도 사람들이 느낀다. 고르고 힘 있는 종소리는 듣는 사람들에게 좋은 울림과 편안함을 준다. 오랜 훈련을 거친 사람의 종치기는 사실 힘이 조금도 들어가지 않는다. 좋은 종소리는 힘을 뺄 때 나온다.

종 치는 것 하나만 봐도 그 사람의 노력과 내공이 보인다. 앞으로 꾸준히 오래 일할 사람인지, 잠시 머물다 갈 사람인지 분별할 수 있게 된다. 작은 일 하나라도 예민한 감각을 가지고 열심히 연구할 사람인지 아닌지, 전체 흐름과 분위기를 살피는 사람인지 아닌지를 알게 된다.

그래서 그런지 처음에는 모두 긴장한다. 어떤 일이든 제대로 일하고자 할 때는 그런 긴장도 필요하다. 늘 긴장하고 도전하는 마음이 사람을 겸손하게 만들고 자신을 돌아보게 한다. 종을 치고, 징을 치는 그 짧은 몇 초 사이가 사람을 평가하는 중요한 잣대가 된다. 아무도 듣지 않고 보지 않는 것 같아도 사실 모두 듣고 보고 있다. 그리고 직감적으로 알아차린다. 에너지, 주파수로 느껴지는 직감이다. 별것 아닌 것처럼 보이지만 종치기와 징치기에는 아침지기들의 많은 것이 담겨 있다. 결국 품격은 디테일에서 드러난다.

'악마는 디테일에 있다'고도 한다. 명상센터의 디테일 중에 하나가 종치기, 징치기이다.

꿈을 가진 사람이라면 누구나 지금 하고 있는 일 안에서 꾸준하게 자기 성장이 이뤄지기를 바랄 것이다. 나와 함께 일하는 아침지기들도 아침편지와 옹달샘이 자기 성장의 디딤돌이 되기를 바란다. 그 기본은 '일'과 '명상'이다. 일하는 것이 명상이 되고, 명상이 곧 일이 되는, 그 토대 위에서 자기 행복과 성장이 이뤄지기를 꿈꾼다. 명상은 나를 돌아보는 것이고, 일은 내 옆의 사람을 살피는 것이다. 그러면서 자기 삶의 지평을 이타적 방향으로 확장해 나가는 것이다. 그것이 내가 아침지기들과 나눌 수 있는 무형의 유산이라고 생각한다.


## 오해와 비난을 이기는 반전의 힘

세계적인 문학작품이나 고전에는 늘 반전이 있다. 셰익스피어 희곡에도 반전이 있다. 반전은 방향을 바꾸는 것이다. 주어진 상황을 다르게 해석하여 비극인데 희극이고, 희극인데 비극이 되는 것이다. 모두 우스워 죽겠다는데 그 안에 담긴 비극적 요소를 발견하고 눈물 흘리며 숙연하게 만드는 게 반전이다.

주어진 상황과 조건에서 남이 못 보는 요소를 찾아 새로운 뜻과 해석을 붙이는 것이 글쟁이의 역할이고, 스피치 라이터의 일이다. 역설, 반어, 반전을 적절히 사용하고, 그를 통해 많은 사람에게 공감과 감동을 주는 것, 그런 것이 좋은 글이고 좋은 처방이다.

자신에게 들이닥친 상황을 달리 볼 수 있는 힘, 상황을 반전시킬 수 있는 힘이 필요하다. 특히 자신에 대한 오해와 비난이 거세게 몰려올 때는 더욱 그러하다.

타인의 배신과 변심으로 인한 상처에서도 빨리 회복되려면 그것을 상대방 문제로 보지 않고 나의 문제로 그리고 상황의 문제로 보는 게 필요하다. 워낙 상황이 최악이다 보니 어쩔 수 없이 드러날 수밖에 없는 인간적인 모습이라고 생각한다. 그러면서 동시에 나를 돌아본다.

나 역시도 성찰이 부족했고 너무 급하지 않았나 돌아본다. 혹시라도 번민으로 잠을 못 이룰 경우에는 그 시간에 명상을 하며 찬찬히 나를 돌아본다. 그러면 서서히 잠이 다가온다. 눈을 뜨면 새벽이다. 고마운 시간이다.

인생은 오래 달리는 마라톤과 같다.
잠깐 잘하는 것은 쉽지만,
오래 잘하는 것은 쉽지 않다.
한결같이 잘하는 것,
끝까지 잘하는 것이 중요하다.

/

## 6. 절대고독의 순간을 견디게 한 것들

    모든 일에는 의사결정자가 필요하다. 특히 맨 꼭짓점, 최종 의사결정자의 역할은 막중하다. 정부로 치면 대통령, 기업이라면 경영자, 대학교에선 총장이다. 이들은 모든 일에 최종적인 결정을 해야 한다. 이들의 최종 판단이 자기 개인은 물론 국가나 기업, 대학의 운명을 좌우한다. 어느 순간 나도 그 최종 의사결정자의 위치에 와 있는 것을 발견했다. 단 한 번도 경영자 수업을 받아본 적이 없는데 어느덧 경영자라는 자리에 올라서 있었던 것이다.

    경영자는 마치 군대의 장수와도 같은 자리다. 장수는 전술전략을 잘 짜서 전쟁의 최종적인 결과를 책임져야 한다. 각 전투에서의 승리도 중요하지만 그보다는 전쟁에서의 최종 승리를 목표로 해야 한다. 전투는 때때로 패배할 수 있다. 그러나 전쟁에서 패배하면 모든 것을 잃는다. 설사 전투에서 패배해도 그 실패를 발판으로 전쟁에서는 반드시 이겨야 한다. 그렇게 되도록 이끄는 것이 경영자의 역할이다. 그러려면 예리하고 섬세한 판단력과 완급을 조절하며 끌어가는 능력이 있어야 한다. 돌처럼 단단하면서도 고무처럼 물렁물렁해야 하고 얼음처럼 냉철하면서도 봄볕처럼 따뜻해야 한다.

경영은 변수의 연속이다. 리더에겐 무엇보다 변수 관리 능력이 필요하다. 예상치 못했던 변수가 끝없이 반복되는데, 아무도 대신해 주지 못하고 누구도 책임져 주지 않는다. 그런 일들이 매일 매 순간 끊임없이 생긴다.

옹달샘에도 늘 변수가 생긴다. 비가 오면 비 때문에, 눈이 내리면 눈 때문에 미처 생각지 못했던 일들이 벌어진다. 숲속 물길을 잘 잡아 건물을 세웠다 해도 큰 비가 오면 가슴이 철렁한다. 폭우만큼 무서운 게 없다. 그래서 큰 비가 오면 밤새 지켜보며 마음 졸인다. 순간순간 대처하는 수밖에 다른 도리가 없다.

그런데 폭우보다 더 무서운 것이 있다. 사람이다. 사람이 넘어져 다치거나 아프거나 긴급 상황이 발생하면 정말 큰일이다. 믿었던 사람의 부정직함이나 배신 때문에 가슴 떨리는 뜻밖의 일도 경험하게 된다.

초기 옹달샘 건물을 맡겼던 어떤 건축회사가 안겨준 배신감도 그중 하나다. 주요 건축물을 완성하고 옹달샘을 개원한 얼마 후의 일이다. 갑자기 큰 비가 내리자 명상의 집 지하 공간에 물이 흥건히 고였다. 왜 그런지 원인을 찾아보니 지하 콘크리트 벽에 박은 배선 파이프 주변 틈새의 작은 구멍으로 물이 새서 들어온 것이었다. 원래 설계도에는 지하 콘크리트 벽에 구멍을 뚫지 않고 배선 파이프를 빙 둘러서 연결해야 했는데 벽에 구멍을 뚫고 바로 뺀 것이었다. 땅속이라 당장 드러나지 않는다는 이유로 파이프 재료를 아끼기 위해 그렇게 한 것 같다는 설명을 듣고 가슴이 아팠다. 설계 도면을 찾아 다시 살펴보았다. 설계 도면대로 공사하지 않았다는 것을 알게 되었다. 심장을 바늘로 찌르는 통증이 느껴졌다.

믿었던 사람의 부정직한 행동과 배신이 안겨준 통증은 상당 기간 나를 괴롭혔다. 물리적 손실도 컸다. 지하 공간에는 여러 가지 보일러 기구와 발전기가 들어가 있었는데 모두 엉망이 되고 말았다.

그 뒤치다꺼리를 하면서 내 마음도 엉망이 돼버렸다. 믿고 맡긴 사람이었는데……. 실망감과 배신감이 계속해서 나를 괴롭혔다. 신뢰 관계를 유지하기 위해서는 믿고 맡기는 것에 머물지 않고, 수시로 현장 감독을 병행해야 한다는 것을 그때 깨달았다. 그 깨달음을 얻은 것만으로 큰 공부를 했다고 스스로 위로했다.


## 믿는 사람, 믿어주는 사람의 힘이 가장 크다

모든 일의 핵심은 사람이다. 사람을 통해서 힘을 얻지만 사람을 통해서 힘이 빠진다. 사람 때문에 잠 못 자고, 사람 때문에 가슴이 아린다.

사람을 아끼고 사랑하는 것도 때로 통증을 안겨준다. 그 통증이 너무 커서 숨쉬기조차 힘들 때도 있다. 하다못해 내가 아끼는 아침 지기 한 사람이 갑자기 아프면 내가 차라리 아팠으면 좋겠다 싶을 만큼 괴롭고 아프다. 같은 꿈을 꾸고 열심히 일하던 사람이 갑자기 떠나거나 무너지면 괴로움에 잠을 이루지 못한다.

꿈을 꾸는 것은 어찌 보면 쉬운 일인지도 모른다. 그러나 그것을 이루어가는 건 정말 어렵다. 자연의 변수, 사람의 변수를 뚫고 나아가는 데 어마어마한 에너지가 필요하기 때문이다. 비행기가 이륙할 때 연료의 20~30퍼센트를 쓴다고 한다. 꿈을 실현하는 것도 비슷하다. 초기 단계에 들어가는 에너지가 엄청나다. 꿈너머꿈은 더 많은 에너지를 요구한다. 비행기가 일정한 고도를 날다가 기후 조건에 따라 한 번 더 고도를 올리는 것처럼 수시로 고도를 올려야 한다.

그럴 때마다 그 많은 에너지를 어떻게 얻을까. 사람으로부터 얻는 에너지가 가장 강력하다. 믿는 사람, 믿어주는 사람의 에너지다. 주변에 믿는 사람, 믿어주는 사람이 없으면 고도를 높이기 힘들어진다. 서로 등을 밀어주는 사람이 있어야 힘든 일도 이겨낼 수 있다.


## 세 번의 큰 위기

경영자의 입장에서 현실적으로 가장 어려운 건 직원 월급이다. 경영자가 월급을 못 주게 되었다는 것은 전투에 실패한 것과 다름없다. IMF처럼 외부 조건 때문에 직격타를 맞아서 어쩔 수 없는 경우도 물론 있다. 그렇지만 그것조차 실은 경영자의 책임이다. 전쟁 중에도 흥한 기업이 있듯 IMF 때 오히려 성공한 기업도 많다. 그런데 이게 결코 쉽지가 않다.

나에게도 세 번의 큰 위기가 있었다. 하나는 2014년 세월호 참사 때였다. 옹달샘은 힐링을 위한 곳이기 때문에 정서적 여유가 있어야 손님들이 오게 된다. 전 국민이 비탄에 빠진 초긴장 상태에서는 그럴 만한 정서적 여유가 사라진다. 얼음장처럼 얼어붙은 사회에서는 명상센터에도 사람들의 발걸음이 뚝 끊어진다.

세월호 참사가 발생하자 온 나라가 얼어붙고 말았다. 아무도 이동하려 하지 않았다. 옹달샘도 하루아침에 기능이 정지됐다. 모든 것이 멈췄다. 개인은 말할 것도 없고 단체도 발걸음을 멈추었다. 그렇게 멈춘 시간이 6개월이 되니 엄청난 재정 위기가 찾아왔다.

정부 예산으로 운영되는 곳도 아니고 기댈 수 있는 모기업이 있는 것도 아니기 때문에 더욱 그러했다. 종교 기관처럼 십일조나 정기 헌금제도도 없으니 어떻게 해볼 수가 없었다. 정말 큰일 났다 싶어 밤잠을 못 잤다. 그러다 탈출구를 찾았다. '어차피 망할 거 망하기 전에 좋은 일이라도 하자'라는 생각으로 단원고등학교 생존학생들과 교사, 학부모를 위한 무료 힐링캠프를 열었다. 그 과정에서 오히려 기운이 살아났다. 캠프 내내 옹달샘은 울음바다가 되었다. 그들과 함께 울며, 그것을 통해 앞으로 살아갈 힘과 용기를 얻을 수 있었다.

두 번째 위기는 2016년 메르스 사태였다. 세월호 때보다 타격이 컸다. 모든 단체 예약이 취소되고 개인도 움직이지 않았다. 옹달샘의 문을 통째로 닫을 수밖에 없었다. 행여 누군가 옹달샘에 왔다가 확진으로 판명 나서 언론에 보도되면 엄청난 후유증에 휘말리게 될 상황이었기 때문이다.

이렇게 무너지는구나 싶었다. 아무리 좋은 차라도 기름이 떨어져 움직이지 않으면 폐품이 되듯이, 아무리 좋은 시설이라도 한 달, 두 달 멈춰 있으면 거미줄이 슬 수밖에 없다. 그게 눈앞에 보이니 근심이 깊었다. 그때 어쩔 수 없이 은행 빚을 질 수밖에 없었다. 그 부담과 후유증을 지금도 안고 있다.

세 번째 위기는 두말할 것도 없이 2020년 코로나 바이러스 사태다. 이것의 충격과 강도는 세월호 사태의 다섯 배, 메르스 사태의 열 배를 넘나든다. 내 느낌에 그렇다. 메르스는 6개월 만에 종료되어 지나갔으나 코로나 사태는 지금 이 글을 쓰는 동안에도 이어지고 있다. 언제 완전히 끝날지 언제 다시 몰려올지 알 수 없다. 엔데믹으로 가고 있다지만 경영자 입장에선 도망치고 싶을 만큼 힘든 시간이다.

가장 힘든 것이, 앞에서도 잠깐 언급한 직원들의 월급이다. 직장에서 열심히 일을 하고 일한 만큼 월급을 받는다는 것은 현대 사회 모든 근로자의 기본 생존 조건이다. 당연한 조건이고 당당한 권리이다. 옹달샘을 이끌며 월급을 준다는 것이 얼마나 지엄하고 경건한 일인지를 절절히 깨달았다. 쌓아놓은 재원은 없고, 월급날은 꼬박꼬박 다가오고, 월급날이 가까워질수록 옥죄어오는 고통을 어떻게 설명할 수 있을까. 공포에 가까운 두려움과 통증이 나로 하여금 밤잠을 못 이루게 했다. 은행 빚이 늘어가고 있지만 머잖아 정상으로 회복될 것이라 믿는다. 아침편지와 옹달샘엔 저력이 있다!


## 기도와 명상 그리고 체력

앞으로 코로나보다 더한 상황이 또다시 몰려올지 모른다. 그 어떤 위기와 변수에도 옹달샘이 흔들림 없이 굴러가는 것이 나의 간절한 염원이다. 어떤 상황에서도 지속 가능한 시스템이 잘 만들어졌으면 좋겠다. 옹달샘은 마음을 치유하는 곳이다. 우리 사회 구석구석에서 소리 없이 흐느끼며 마음 아파하는 많은 사람들에게 언제 와도 마실 수 있는 맑은 치유의 샘물이 마르지 않았으면 좋겠다. 그에 필요한 일이라면 다시 도전하는 마음으로 두려움 속을 헤쳐나갈 것이다. 아니, 두려움 없이 뚫고 나갈 것이다.

그것을 위해서도 기도와 명상이 필요하다. 더 이상 나갈 수 없는 막다른 골목에 이르렀을 때 할 수 있는 것이 기도와 명상이다. 세상이 끝난 것 같은 절망의 상황이 되면 사람들은 무엇을 할까. 아이들은 울기라도 하지만 성인은 울 수도 없잖은가. 모든 길이 막혀 다른 길이 없을 때, 그 막다른 골목에서 도움을 청할 사람조차 없을 때 기도가 필요하고 명상이 필요한 것이다. 항해 중인 배가 태풍을 만나면 사투하면서 태풍이 지나갈 때까지 기다릴 수밖에 없다. 그때 할 수 있는 것이 명상이고 기도이다. 그러면서 엄습해 오는 두려움을 가라앉히고 마음의 안정과 평화를 찾는 것이다.

돌아보면 그런 막다른 상황이 오히려 나의 내면의 근육을 단단하게 키워준다는 사실을 깨닫게 해주었다. 나를 단련할 수 있어 고마운 시간이었다. 이러한 시간을 관통하는 동안 무너지지 않고 견딜 힘을 얻게 되면 실제로도 더 나은 길이 열리는 것을 여러 차례 경험하게 된다.

그러나 힘든 건 힘든 것이다. 아픈 건 아픈 것이다. 잠 못 자는 건 잠 못 자는 것이다. 힘 빠지는 건 힘 빠지는 것이다. 그럴 때 육체적으로 힘이 빠지지 않도록 해야 한다. 그를 위해 내가 하는 최선의 노력이 스쿼트 운동이다. 다리 힘이 빠지지 않게 하루 삼백 번씩 세 번, 구백 번을 죽을힘을 다해 반복해 가면서 신체를 강건하게 만들고 있다. 허벅지가 단단해야 몸도 마음도 무너지지 않는다.

위기와 변수 상황을 극복해 가는 과정에서 경영자들이 직면하는 큰 난관 중에 하나가 불면이다. 잠을 못 자는 것이다. 나도 수없이 겪게 된 어려움인데 그럴 수밖에 없다. 사람부터 자금 문제까지 예기치 못한 일도 많고 해결해야 할 것도 많다. 함께 일하던 아침지기가 갑자기 그만둔다든지 아프다든지 했을 때 오는 아픔과 번민도 크다. 이런 일들이 밤잠을 못 이루게 한다.

이때 정말 조심해야 할 것이 약이다. 불면을 수면제로 해결하기 시작하면 더 어렵게 된다. 수면제에 더해 프로포폴 같은 약물까지 사용하기 시작하면 걷잡을 수 없게 된다. 천하의 마이클 잭슨도 그래서 무너졌다. 지금 이 시각에도 많은 사람들이 약물 복용으로 무너져가고 있다. 잠을 재우는 것이 아니라 의식을 잃게 하는 것이 약이다. 그게 반복되면 뇌의 기능이 상실된다. 잠이란 뇌가 쉬는 것이지 의식을 잃는 게 아니다.

경영자는 단 한 순간도 의식을 잃어선 안 된다. 잠을 자더라도 의식은 깨어 있어야 한다. 그래야 갑작스레 생기는 변수에 즉각 대처할 수 있다. 예를 들어 큰불이 나서 소방대장을 깨우러 갔는데 수면제를 잔뜩 먹고 의식을 잃은 상태로 자고 있다면? 그가 끝내 깨어나지 않는다면? 지휘자를 잃어버린 것이다. 최상위의 지휘자, 지도자, 경영자는 아무리 깊은 잠을 자다가도 깨우면 벌떡 일어날 수 있어야 한다. 얼른 일어나서 몇 초 사이에 정확하게 상황 판단을 해야 하는 게 지도자, 경영자의 자리이다.

# 5장
## 치유

고요히 길고 깊은 숨을 쉬다

**깊은산속옹달샘 진입로에서**
마음을 함께한 사람들의 이름이 새겨진 벽돌담에서 그분들을 떠올린다

/

# 1. 모든 순간을 명상으로 만드는 법

옹달샘에서 진행하는 모든 프로그램에는 반드시 '오리진'이 있다. 오리진은 뿌리, 원형이라고 할 수 있다. 나는 프로그램을 개발할 때 그것이 어디에서 연유되었는지 먼저 그 기원과 뿌리를 찾아본다. 그것도 또 하나의 공부이다.

내가 어떤 경험을 하다가 난생처음 놀라운 깨달음이 와서 '아, 이건 내가 이 나이에 들어서 겨우 알게 된 거로구나!' 하고 생각했는데 알고 보면 이미 누군가가 3,000년, 5,000년 전에 매뉴얼까지 만들어 집대성해 놓았다는 것을 알게 되는 경우가 종종 있다. 그래서 어떤 일을 할 때는 자신의 생각이나 깨달음에 매몰되지 말고 반드시 그 뿌리, 원형부터 찾아 공부해야 한다. 그리고 그 오리진이 21세기 오늘 어떻게 펼쳐지고 있는지, 미래 사회에 어떻게 적용하는 것이 좋을지를 면밀히 살펴보아야 한다. 나는 그 공부를 거친 다음에 가장 현실에 맞도록 옹달샘 프로그램으로 개발했다.

요가, 마사지, 춤명상에도 당연히 오리진이 있다. 예를 들어 요가가 언제, 어디서 맨 처음 시작되었을까? 오리진을 찾아가다 보면 5,000년, 7,000년의 뿌리를 발견하게 된다. 모헨조다로에서 발굴된 요가 자세의 조각품도 그중에 하나다. 수천 년 전의 조각품에 요가 자세가 있었다는 것은 이미 고대 인도 사회에 요가가 있었다는 것을 뜻한다. 그것이 훗날 요가의 발상지로 일컬어지는 인도 북부의 리시케시에서 열두 가지 동작으로 정립되고, 그 열두 가지 동작이 수천 가지로 변형되면서 세계 곳곳에 이런저런 요가 수련법으로 발전한 것이다. 비틀즈도 리시케시에서 요가 명상을 시작했다. 나도 이곳을 찾아 요가의 오리진을 배웠다.

요가가 왜 인도에서 발달했을까? 그 뿌리를 찾다 보면 그곳의 역사를 만나게 된다. 누구나 알고 있듯 인도 사회는 아직도 카스트 제도가 엄존하는 곳이다. 고대 아리안족이 인도 땅에 진출해 토착민을 지배하기 위한 카스트제도를 만들어 사람의 등급과 계급을 정해버렸고, 점차 견고한 사회적 제도로 고착화돼 지금까지 이어지고 있다.

한번 상상해 보자. 어느 날 인도의 어느 곳에 영특한 아이가 태어났는데, 자라면서 보니 자신은 카스트의 최하층민인 수드라(노예)나 불가촉천민으로 태어났다는 것을 알았다고 가정해 보자. 그는 영특함을 넘어 비상한 천재성을 갖고 태어난 아이일 수도 있고,

남다른 정의감과 의분을 가진 아이일 수도 있다. 최하층민으로 태어난 그가 섣불리 천재성을 드러내거나 정의감과 의분을 터뜨리면 어찌 될까. 틀림없이 가장 잔인한 방법으로 죽임을 당하거나 엄청난 사회적 보복을 감내해야 했을 것이다.

이런 억압된 사회 분위기와 제도적 한계를 참아내려다 보니 조용히 머물며 자기감정을 다스리는 마음수련 방법이 더욱 발달한 것은 아닐까. 마음의 평화를 갈구하는 오늘의 현대인에게 절대적으로 필요한 부분이 있기 때문에 요가와 명상이 계속 발전하고 있는 것은 아닐까. 이처럼 오리진 공부 덕에 역사적 맥락까지 살필 수 있게 되었다. 이는 프로그램을 개발하는 데 큰 도움이 되었다.


### 이완, 몰입, 변화

깊은산속옹달샘의 명상은 통칭 '생활명상'이라 부른다. 옹달샘의 생활명상은 세 가지 과정을 거친다. 첫째는 이완, 둘째는 몰입, 셋째는 변화이다.

'이완'이란 운동선수에 비유하면 스트레칭과 같다. 운동선수가 몸을 풀지 않고 바로 운동장에 나가면 부상의 위험이 크다. 자기 역량을 충분히 발휘하기도 어렵다. 모든 운동에는 몸풀기가 먼저다. 뭉치거나 굳어진 근육, 긴장 상태인 근육을 부드럽고 말랑하게 하는 것이다.

마음도 마찬가지다. 불안, 우울, 울분 상태의 마음으로는 온전한 사고를 할 수 없다. 마음을 먼저 이완시켜 고요하고 편안하게 만들어야 한다. 책을 읽는 과정에서도 이완이 필요하다. 화가 잔뜩 난 상태에선 글이 눈에 들어오지 않는다. 천천히 걷거나 깊고 긴 호흡으로 화를 가라앉힌 다음에 책을 읽어야 제대로 된 독서를 할 수 있다.

그다음은 '몰입'이다. 스트레칭으로 몸을 푼 축구선수는 운동장에 나가 몸이 부서지든 깨지든 오로지 공 하나만 바라보면서 전력투구한다. 그것이 몰입이다. 명상은 어떤 것에 몰입하느냐에 따라서 형태가 달라진다. 호흡에 몰입하면 호흡명상, 걷기에 몰입하면 걷기명상, 향기에 몰입하면 향기명상, 독서에 몰입하면 독서명상, 춤에 몰입하면 춤명상이다. 먹는 것은 음식명상, 잠자는 것은 수면명상이다. 24시간 일상의 삶이 모두 명상이 될 수 있다.

모든 것을 내려놓고 오직 '지금 여기'에 초점을 맞춰 마음을 모으는 것이다. 이 훈련을 반복하면 순식간에 무아지경의 몰입 상태로 들어갈 수 있다. 수만 명의 관중들이 지켜보는 가운데 마지막 승부가 걸린 페널티 킥을 앞둔 축구선수, 수억 원이 걸린 마지막 챔피언 퍼팅을 앞둔 골프 선수에게 필요한 기술이다.

글쓰는 것도 마찬가지다. 이따금 아침지기들이 놀라워한다. 도저히 집중하기 어려운 소란스러운 환경에서도 내가 순식간에 글쓰기에 몰입하는 모습을 보고 "어떻게 그러실 수 있으세요?" 하고 묻는다. '글쓰기 명상'을 열심히 하면 누구나 할 수 있다.

명상은 흔들리지 않는 눈빛과 과녁에 맞춘 화살처럼 팽팽한 집중력을 유지할 수 있는 비결이다. 무엇이든 자신이 하고 싶은 일에 순간 집중을 할 수 있는 것이다.

마지막 단계가 '변화'이다. 이완, 몰입의 단계를 거치면 어떤 형태이든 반드시 변화가 일어난다. 생각의 변화, 몸과 마음의 변화, 궁극적으로는 삶의 변화로도 이어지는 것이다. 가장 보편적인 것이 생각의 변화이다. 한순간의 깨달음 같은 것이다. '아, 이런 것이었구나, 이걸 놓쳤구나.' 번쩍하는 영감일 수도 있고, 섬광 같은 아이디어일 수도 있다.

생각의 변화는 방향의 변화로 이어진다. 절망의 조건이 희망의 조건으로 바뀌고, 불행하게 생각했던 것을 행복의 다른 얼굴로 받아들일 수 있다. 깨달음이 주는 선물이다. 달라이 라마는 명상을 가리켜 '부정적인 감정을 다스리는 훈련'이라고 말했다. 부정적인 감정이 긍정적인 감정으로 바뀌는 과정에서 전혀 다른 방향의 변화를 경험하게 되는 것이다.

달라이 라마만큼은 아니더라도 일상에서 얻을 수 있는 변화는 많다. 가장 극적인 변화는 온갖 상처와 아픔이 치유로 이어지는 것이다. 몸과 마음의 통합적 치유가 일어난다. 통증이 사라지고 답답함이 사라진다. 혈압과 당뇨 수치도 떨어진다. 그것을 입증해 주는 과학적·임상적 연구 결과는 너무도 많다.

달라이 라마와 더불어 명상의 과학화에 선구자적 역할을 한 대니얼 골먼과 리처드 J. 데이비드슨이 펴낸 『명상하는 뇌』를 읽어보면 수많은 연구자료와 결과물에 그저 놀라울 뿐이다. 그리고 뇌의 변화는 삶의 변화로, 삶의 변화는 기쁨으로 이어진다. 안에서 솟구치는 기쁨, 슬픔이나 아픔이 기쁨으로 전환되는 경이로움이 삶을 통째로 변화시키는 것이다.

이 과정에서 깨닫는 중요한 또 한 가지는 몸과 마음이 결국은 하나임을 아는 것이다. 몸이 풀리면 마음이 풀리고, 마음이 풀리면 몸이 풀린다. 이것은 몸이고 저것은 마음이라고 분리할 수 없다.

/

## 2. 어떤 상황에서도 호흡으로 돌아가라

몇 년 전 KBS 〈생로병사의 비밀〉이라는 프로그램에서 나를 찾아왔다. 이른바 '스트레스 어벤저스'라고 해서 대한민국에서 스트레스에 가장 강한 사람 중 하나로 나를 선정했다는 것이다. 내가 우리나라에서 스트레스에 가장 강한 사람으로 인정받았다는 것이 한편으로는 반갑고 고마우면서도 과연 진짜 그런가 하는 생각도 들었다. 촬영이 시작되자 새벽부터 저녁까지 나의 일거수일투족을 며칠 동안 찍었다. 나에게도 색다른 경험이었고, 나 자신을 확인하며 보람과 자신감을 얻는 시간이기도 했다. 그러면서 내가 스트레스 어벤저스로 뽑힐 수 있었던 연유가 무엇일까를 생각해 보았다. 그건 단연 호흡명상 덕이었다.

이따금 유명한 목사들이 옹달샘에 오신다. 그분들이 나에게 명상이 뭐냐고 물어보면 나는 되묻는다. "기도하시다가 그 기도조차 막힐 때 있지 않습니까. 찬송하다가 찬송조차 막힐 때 있지 않습니까. 그때 뭐 하십니까?" 그러면 잠깐 침묵이 흐른다. "그때 호흡을 하세요"라고 말씀 드린다. "호흡은 하나님이 주신 선물입니다. 모든 것을 해결하는 힘은 호흡에 있습니다. 통증을 견딜 때, 답을 기다릴 때 할 수 있는 게 호흡입니다. 길고 깊고 고요하고 가는 호흡, 내쉴 때 길게 내뱉고, 들이쉴 때 깊게 들이쉬는 호흡을 하세요."

바로 그 호흡이 스트레스 어벤저스에 이르는 첫 단추였다. 이런 경험을 바탕 삼아 '3·3·3호흡' '녹색호흡' '아하호흡'을 만들었다.

불면증 치유 프로그램 개발도 이 호흡법에서 이뤄졌다. 잠을 자려고 하지 않고 밤새 호흡만 하겠다는 방식의 치유법이다. 그래서 불면증에 시달리는 사람에게 굳이 자려고 하지 말고 깊은 호흡을 하라고 권한다. 밤새 잠을 안 자고 호흡만 해도 몸이 회복된다. "잠을 쫓아가지 마라. 호흡을 하라. 그러다가 잠이 다가오면 그때 잠을 받아들여라." "오직 길고, 깊고, 고요하고, 가는 호흡에 집중하라." 그렇게 호흡을 반복하다가 깜박 잠이 들었는데 눈 뜨니 7~8시간 깊이 잔 체험을 하게 되면 그다음부터는 자신감이 생긴다. 점차 수면제를 복용하지 않게 된다.

### 나를 살린 3·3·3호흡

'3·3·3호흡'은 나를 살린 호흡이다. 2014년 봄, 급발진 사고로

디스크가 파열되는 상황이 벌어졌다. 몸은 망가졌지만 예정된 것이 있어 인도행 비행기에 올라야 했다. 그때 비행기 안에서 어마무시한 통증을 견디기 위해 8시간 동안 했던 호흡을 매뉴얼로 만든 것이다. 코로 공기를 들이쉬고 입으로 내쉬면서 '하'를 세 번, 다시 코로 숨을 들이쉬고 입으로 내쉬면서 '쓰'를 세 번, 다시 코로 들이쉬고 입을 다물고 내쉬면서 '엄'을 세 번, 이 세 가지 호흡법을 세 차례씩 세 번 하는 것이 3·3·3호흡이다. 이렇게 다 하는데 총 15분 정도 걸린다.

'하'는 심장을 달래는 소리이고 '쓰'는 신장을 쓰다듬는 소리이다. 이를테면 라디오를 청취할 때 주파수를 맞춰야 소리를 듣는 것처럼, 자연 속에는 소리가 서로 공명하며 내는 에너지가 있다. 인도에서 말하는 만트라다. 아이들이 소변볼 때 어머니가 내는 소리가 '쉬'인데, 이 소리만으로 신장과 비뇨기관에 공명을 일으킨다. '엄'은 송아지 소리이자 생명의 소리이고 진언(眞言)이다. 아기가 태어나서 맨 처음 내는 소리가 '엄마' 할 때 '엄'이다. 송아지가 음매 할 때의 '음', M 소리인데 이 소리가 진언이다. 이 진언의 원래 소리는 '옴'이다. 그런데 일본의 옴교가 이 진언의 뜻을 훼손했다고 생각하기 때문에 나는 '옴' 대신에 '엄'으로 바꾸었다. 이 소리는 자연의 기운, 우주의 기운과도 공명하는 힘이 있다. '엄' 소리는 몸 전체를 진동시킨다. 머리부터 손끝까지 온몸을 찰랑찰랑 흔들어 몸을 정화시키면서 치유의 효과를 얻는 것이다.

## 통증을 달래준 깨달음, '아하호흡'

산티아고 순례길에서 개발한 호흡법이 '아하호흡'이다. 앞에서도 말했지만 어려서부터 워낙 걷는 데 이골이 나서 처음부터 무리하게 걷다 고생을 했다. 한 걸음씩 걸을 때마다 찾아오는 그 엄청난 통증을 호흡으로 줄일 수 있을까 싶어 새로운 방식의 호흡법을 시도해 보았다. 걸으면서는 3·3·3호흡을 하기 어려워 '하' 호흡만 반복했다. 코로 숨을 깊이 들이쉬고 내쉴 때는 입으로 '하' 소리를 내며 길고, 깊고, 가는 호흡으로 내뱉으면서 발걸음을 뗴었다.

그러다가 내쉴 때는 '아'와 '하' 두 가지 소리를 번갈아 냈다. '아' 소리는 아플 때 내는 소리이다. 모든 인생길에는 아픔이 있으니 그 아픈 통증을 달래는 마음으로 '아' 소리를 내면서 긴 호흡을 했다. '하' 소리는 웃을 때 내는 소리이다. 기쁨과 회복의 기분을 안겨주는 소리다. 심장을 안정시키고 폐활량을 높여준다. 이렇게 '아' '하'를 반복하면서 걸었더니 통증이 거짓말처럼 사라지고 마비되다시피 했던 무릎과 오금이 편해져 다시 걸을 수 있었다.

그래서 순례길을 함께 걷는 분들에게 아하호흡을 알려주었다. 그때까지 힘들어하던 사람들도 아하호흡을 하며 집중해 걸으니까 고갯길을 거뜬히 올라갔다. 몸이 피곤하지 않았다는 사람도 있었다. 그건 몸에 산소가 제대로 공급되고 있다는 뜻이기도 했다. 호흡을 잘하면 몸에 필요한 산소 연료가 계속 잘 공급되기 때문이다. 걸을 때도 그냥 걷는 사람과 아하호흡을 하면서 걷는 사람은 피로도나 기운이 전혀 다르다.

이 아하호흡에는 명상적인 주제도 있다. '아하'는 우리가 무언가를 깨달았을 때 내는 소리이다. 또 "아, 그렇구나" 하면서 동의할 때 내는 소리이기도 하다. 어떤 언어를 쓰든 똑같다. '알았다' '깨달았다' '동의한다'라는 뜻이니 '아하' 하면 다 통한다. 명상의 마지막 단계에서 깨달았을 때, 잃었던 것을 보았을 때, 기쁨이 솟아오를 때, 치유되었을 때 내는 소리가 '아하'이다. 이것을 호흡으로 전환한 것이다.

### 길고, 깊고, 고요하고, 가늘게

거듭 말하지만 명상의 시작은 호흡이다. 명상의 끝도 호흡이다. 호흡으로 시작해서 호흡으로 끝나는 것이다. 그런데 반드시 지켜야 할 원칙이 하나 있다. 앞에서 몇 차례 반복했듯 한 호흡을 '길고, 깊고, 고요하고, 가늘게' 하는 것이다. 특히 들이쉬는 들숨보다 내쉬는 날숨을 최대한 길게 하는 것이다.

날숨을 최대한 길게 하면 들숨도 최대치로 길게 할 수 있다. 많이 비운 만큼 채워지는 것이다. 그다음은 '멈춤'의 훈련이다. 날숨을 길게 해서 들숨을 최대치로 높인 다음, 호흡을 멈춘다. 이 멈춤의 시간이 길수록 깊은 명상을 체험할 수 있다. 날숨 → 들숨 → 멈춤. 다시 날숨 → 들숨 → 멈춤. 이것을 합한 것을 '한 호흡'이라 할 수 있다. 명상 호흡을 깊이 경험하려면 한 호흡을 길게 해야 한다. 해녀들은 4분 정도 숨을 참는다. 보통 사람은 1분도 하기 어렵다.

그래도 한번 도전해 보길 권한다. 운동선수는 물론이고 일반인도 누구나 할 수 있다. 호흡만으로 깊은 명상을 할 수 있다. 굳이 깊은 명상이 아니어도 괜찮다. 일상 생활에서도 의식적, 의도적인 호흡 훈련으로 스트레스에 강한 사람이 될 수 있다.

자, 지금 당장 가장 쉬운 방법으로 시작해 보자. 먼저 편안하게 앉는다. 의자에 앉아도 되고 양반다리로 앉아도 좋다. 눈을 감거나 가늘게 뜬다. 입을 열고, 마음으로 천천히 열을 세면서 '하' 하고 숨을 내쉰다. 그다음 입을 다물고 코로 숨을 들이쉰다. 점차 숫자를 늘려가며 날숨과 들숨을 반복한다. 그러면 점차 들어가는 들숨이 길고 커지게 된다. 이것을 반복하면서 숨을 내쉬는 시간을 늘린다. 중요한 것은 내쉬는 숨에 초점을 맞추는 것이다.

호흡을 바라보라. 코끝으로 들고 나는 호흡을 바라보면서 가슴으로 하는 호흡에서 배로 하는 호흡으로 옮겨보자. 길고 깊게 호흡하기 위해서는 길게 내뱉어야 한다. 손끝, 발끝, 마지막 세포 하나에 있는 노폐물까지 낱낱이 날숨으로 내뿜는다. 그리고 다시 길고, 깊고, 고요하게 들이쉰다.

모든 것을 해결하는 힘은 호흡에 있다.
길고 깊고 고요하고 가는 호흡,
내쉴 때 길게 내뱉고,
들이쉴 때 깊게 들이쉬는 호흡을 하라.

/

## 3. 지친 몸과 마음을 돌보는 천사의 손

충주로 오기 전, 처음으로 명상 프로그램을 시작한 곳이 합정동의 아침편지 사무실이다. 2층 사무실 옆에 사무실 절반 정도 되는 공간에 마룻바닥을 깔고 '깊은산속옹달샘'이라는 간판을 붙였다. 땅도 건물도 없었지만 명상 프로그램부터 개발했던 것이다. 언젠가는 대한민국 어느 산속에 명상센터가 지어질 것이라 믿고, 그때 그곳에 이식할 프로그램을 미리 만들어놓아야 한다는 생각이었다.

초창기에 특히 내가 관심을 가졌던 것이 마사지였다. 젊은 날 고통의 멍울로 피폐해진 몸과 마음을 마사지를 통해 치유받았던 경험 때문이었다.

앞에서도 말했듯 대학 시절 숱한 필화 사건을 겪었다. 그때마다 맞아서 생긴 시퍼런 멍은 몸에서 지워지지 않았다. 마음이 만신창

이가 된 것은 말할 것도 없다. 그런 나를 안쓰럽게 여긴 한 선배가 서소문의 안마시술소로 데려갔다. 삼십 대 초반의 시각장애인 안마사가 들어와 몸을 안마하기 시작했다. 나도 모르게 상처와 긴장으로 잔뜩 움츠러들어 있던 온몸이 녹아내렸다. 부드러운 손길에 눈물이 나면서 몸이 솜털처럼 가벼워졌다. 이때 만났던 그 안마사 같은 치유자와 치유의 순간이 누구에게나 필요하다고 생각해 왔다.

### 명상에 마사지를 접목하다

맨 처음 시작한 것이 '명상마사지'였다. 명상과 마사지를 하나로 묶어 마사지를 명상의 차원으로 끌어올리자는 생각이었다. 이 뚱딴지 같은 생각에 많은 사람들이 놀라기도 하고 염려도 했다.

지금은 많이 개선되었지만 그 당시만 해도 우리 사회에서는 마사지에 대한 인식이 낮고, 그 분야에 종사하는 사람들도 자존감이 낮았다. 퇴폐 마사지가 만연해 있어서 마사지의 이미지가 왜곡되어 있었고 서비스 수준도 낮았다. 그러나 많은 사람들이 마사지 업소를 찾는 것 또한 현실이었다. 효과를 경험하고 좋아하면서도 부정적인 이미지 때문에 드러내지 못하고 있었던 것이다. 이것을 양지로 끌어내어, 명상으로 승화시켜 보자는 생각이었다. 그렇게 시작한 것이 명상마사지, 줄여서 '명마'였다. 마사지에 명상이라는 개념을 넣은 건 아마 내가 처음일 것이다.

명상에서 마음과 정신도 중요하지만 그것만 강조해서는 안 된다. 육체가 무너지고 뒤틀리면 마음도 뒤틀리기 쉽다. 몸과 마음을 함께 돌보는 것이 힐링이고 치유이다. 그 최선의 답이 마사지에 있다고 생각했다. 사람을 찾기 시작했다. 그 길을 함께 열어갈 동지가 필요했다. 그때 만난 사람이 '아마동'에서 마라톤을 함께했던, 이 방면의 최고 전문가 서윤숙 선생이었다. 이분과 함께 '명마'를 시작했다.

## 어머니 손길 같은 치유

얼마 후 한 강연장에서 김윤탁 박사를 처음 만나 잠시 이야기를 나누게 되었다. 그는 향기명상과 림프 마사지를 전문적으로 하는 분이었다. 본래 일본문학 박사였는데, 백혈병을 앓던 친오빠의 고통을 덜어주기 위해 아로마 향기요법과 림프 마사지를 시작했고, 호스피스 활동까지 하고 있었다. 한국향기명상협회 회장이기도 한 김 박사를 통해 림프 마사지를 처음 접했다. 그래서 만든 프로그램이 '향기명상과 림프 마사지', 줄여서 '향림'이었다.

그다음에 만난 두 분의 귀인이 최희정 교수와 최미경 교수이다. 그분들을 만나 '말기암 환자들의 통증 치유를 위한 아로마테라피' 워크숍을 열고 '암싸이(암과 싸워 이긴 사람들)'를 위한 마사지 프로그램을 만들었다.

옹달샘에서 프로그램을 하다 보면 말기암 환자들을 더러 만난다. 그 지독한 통증을 구름 위로 날려 보낸 듯 완화시켜 주는 것이 아로마테라피, 곧 향기요법이다. 통증을 향기로 털어버릴 수 있다면, 그것이 시스템으로 가능하도록 할 수 있다면 그것이 옹달샘의 존재 이유가 아닐까 생각한다.

명상은 신체적, 정신적, 영적 치유이고, 여기에 필요한 것이 천사의 손이다. 멀리 갈 것 없다. 어머니의 손이 곧 천사의 손이다. 어머니의 손에는 치유의 힘이 있다. 어머니의 손은 여자의 손이 아니다. 성을 초월하는 중성의 손이다. 그래서 천사의 손이라고 말하는 것이다. 명상마사지를 하는 힐러들은 모두 어머니의 손, 천사의 손을 가져야 하는 이유다.

명상마사지는 손끝이 아니라 마음, 즉 사랑과 정성으로 해야 한다. 사람의 몸을 만진다는 것은 그 사람의 마음을 만지는 것과 같기 때문이다. 테크닉이 기본이지만 테크닉을 익힌 다음에는 테크닉을 잊어야 한다. 그것이 진정한 치유이며 힐링이다.

# /

## 4. 몸과 마음의 청소

'명상마사지'가 우리 몸의 바깥 표피를 치유해 주는 것이라면 '장청소'는 우리 몸의 내부를 씻어내는 첫걸음이다. 피부에 때가 끼면 샤워로 씻어내는 것처럼 장기에 노폐물이 쌓이면 장청소로 씻어내야 한다. 이 장청소가 마음청소와 연관되었다고 해서 '장청소 마음청소'라고 이름 붙였다.

장청소는 소금과 물만 있으면 언제든 아무 때나 할 수 있다. 소금은 특별하다. 자기 몸의 건강에 조금이라도 관심이 있다면 소금에 대해서 깊이 공부하는 것이 좋다. 편견을 갖거나 피상적으로 하는 이론 공부가 아니라 체험을 통한 공부가 필요하다. 나는 소금으로 몇 가지 생체 실험을 했다.

소금을 알게 된 것도 계기가 있다. 20년간 기자 생활을 하고 5년간 대통령 연설문을 쓰면서 제일 취약했던 부분이 장이었다. 유전적인 요인도 있었다. 어머니가 장이 약해서 평생 끅끅대고 사셨다. 나도 늘 소화가 잘 안 되고 얹히는 일이 많아 노상 끅끅댔다. 불규칙한 식사와 빨리 먹는 습관, 체질에 안 맞는 음식을 마구 먹은 것도 중요한 원인이었다.

그럴 수밖에 없었다. 기자 특히 사회부와 정치부 기자는 생활이 불규칙적이고 늘 긴장해 있다. 언제 사건이 터질지, 언제 기사를 고쳐 써야 할지 모르기 때문이다. 늘 밤샘해야 하고 어떤 때는 현장에 며칠씩 묶여 있곤 했다. 비 오면 비가 오는 대로, 눈 오면 눈이 오는 대로 현장을 지켜야 했다. 대통령 연설문을 쓰는 것은 취재하고 기사를 쓰는 것보다 긴장의 강도가 훨씬 셌다. 아무 때나 먹어야 하고, 한번 먹으면 빠른 속도로 과식을 하는 일이 다반사였다. 그러니까 늘 소화가 안 되었다.

결국 장 결핵에 걸렸다. 6개월 동안 한 줌의 약을 하루도 빠짐없이 먹어야 했다. 미란성 위염, 역류성 식도염까지 겹쳤다. 늘 배 속이 불안정했다. 일을 하면서도 언제 화장실에 달려갈지 몰라 늘 불안불안했다. 더 이상 안 되겠다 싶어 나의 위장을 고치기 위한 생체 실험을 시작했다. 그러다 만난 것이 소금이었다.

## 몸속을 깨끗이 씻어내고 비워내기

어느 날 소금물로 살아난 이야기를 쓴 한 목사의 책을 우연히 보게 되었다. 그분도 장이 나빠서 그게 늘 기도의 제목이었는데 하루는 영감이 왔다고 한다. '하나님이 사람을 흙으로 만들었는데 흙으로 사람을 만들기 위해서는 물이 필요하다. 물이 생명이다.' 그래서 허겁지겁 물을 마셨다고 한다.

그렇게 물을 잔뜩 마셔대니 소금이 당겨서 먹기 시작했다. 소금이 그렇게 달 수가 없었다고 한다. 그 뒤로 본격적으로 소금 공부를 시작했다. 우리가 일반적으로 먹는 소금에는 해로운 물질과 독소가 많다는 것을 알고 좋은 천일염을 찾아 아홉 번씩 구워 먹었다고 한다. 그러고 나자 몸이 말끔히 회복되었다는 것이다.

그분의 글을 읽고 그날부터 나도 물을 마시기 시작했다. 하루에 2리터를 열심히 마셨다. 엄밀히 말하면 소금물이었다. 2리터 물에 아홉 번 구운 소금을 한 스푼 정도 넣은 물이었다. 아홉 번 구운 소금은 달짝지근하고 쓰지 않다. 약소금이다. 전라남도 신안에서 직접 사온 천일염을 식당을 운영하는 누나에게 부탁해 아홉 번을 구웠다. 제법 양이 많았다. 그래서 "아홉 번 구운 소금을 선물로 드릴 테니 장청소 하실 분은 오십시오"라고 아침편지에 썼더니 합정동 사무실 앞에 이른 아침부터 많은 사람들이 줄을 섰다. 이들에게 소금을 선물하면서 '장청소 마음청소' 하는 법을 설명해 주었다.

옹달샘 단식명상은 이 '장청소 마음청소'로 시작되었다. 단식에 앞서 위장 속에 쌓인 찌꺼기와 노폐물을 씻어내고 비워내는 일부터 하는 것이다. 장청소는 누구나 집에서도 할 수 있다. 먼저 2리터 생수병의 물을 한 스푼 정도 따라 내고, 그 빈 자리에 한 스푼 정도의 아홉 번 구운 소금(없으면 천일염을 써도 된다)을 넣는다. 그러면 밍밍한 맛이 난다. 짜지도 싱겁지도 않은 맛이다. 대략 0.9퍼센트 염분의 식염수 농도이다. 그 물을 500리터 크기의 컵에 따라 대여섯 차례에 걸쳐서 마신다. 30분 내에 다 마실 수 있다. 그러고 나면 30분 후쯤에 급한 변의를 느끼게 된다. 화장실로 달려가 변기에 앉으면 폭포수 같은 설사가 쏟아진다. 세 번 정도 설사를 하면 깨끗하게 끝난다. 대부분의 사람은 1시간 안에 이 모든 과정이 끝난다. 아무 일도 없었다는 듯이 그날 하루 일과를 상쾌하게 보낼 수 있다. 그런데 어떤 사람은 물 4병을 마셔도 설사가 안 나온다. 온몸의 세포, 심지어 뼈까지 너무 말라 있어 마시는 물을 모조리 빨아들이는 것이다.

## 순환과 재생을 위한 시간

나의 생체 실험에서 가장 강력한 치유 효과를 보였던 방법은 소금물로 장청소를 한 것이었고 그다음은 단식이었다.

장청소로 속을 비워낸 다음에 하는 단식이기 때문에 단식의 효과가 훨씬 컸다. 단식은 강력하다. 그만한 이유가 있다. 우리 몸의 세포는 때가 되면 주기적으로 재생이 된다. 그런 논리로 볼 때 위와 장에 염증과 궤양이 생기거나 문제가 있으면 이 세포를 바꾸면 된다. 세포를 바꾸는 비결 중에 하나가 바로 비우는 것이다. 짧게는 3일, 길게는 일주일을 비우면 위는 깨끗한 세포로 재생된다.

그때만 해도 단식을 대중화하기가 어려웠다. 굶는 것을 두려워하고 겁내는 사람들이 적지 않았다. 그래서 연구한 것이 '사과청국장 다이어트'였다. 마냥 굶어서 하는 다이어트는 반드시 요요 현상이 생긴다. 힘들지만 굶는 데까지는 성공해도 자칫 잘못하면 굶은 만큼 더 많이 먹게 된다. 이래선 안 되겠다 싶어서 나의 사위이자 한의사인 오원교 박사와 연구해서 개발한 것이 하루에 사과 한 쪽, 끼니마다 청국장 한 주먹을 먹는 방법이었다. 비타민과 단백질을 공급하면서 하는 부분 단식이기 때문에 사람들이 쉽게 받아들였다. 그다지 시장기를 느끼지 않고도 단식의 효과를 충분히 얻을 수 있었다.

사과청국장 다이어트 프로그램도 합정동 사무실에서 시작했다. 아침편지 가족을 무료로 초대했는데 한의사도 오고 치과의사도 왔다. 사과와 청국장이 지닌 장점과 효능을 한의학적으로 분석해서 『고도원의 사과청국장 다이어트』라는 책을 내고 그 책을 교과서 삼아 프로그램을 진행했다.

첫날에는 공복으로 와서 그다음 날 아침 소금물로 장청소를 한다. 그렇게 몸을 비운 다음 날 아침에는 사과 반쪽, 점심과 저녁에는 청국장을 한두 스푼을 먹는다. 사과와 청국장의 효능을 결합한 것이다. 청국장은 우리 민족이 발명한 최고의 발효식품이다. 장 유익균의 먹이가 되어 장을 정화하고 면역력을 높여준다. 그 자체로도 좋은 단백질이면서 소화가 잘되는 최고의 건강식품이다.

## 몸과 마음을 동시에 치유하는 단식명상

사과청국장 다이어트가 좋긴 했지만, 그럼에도 불구하고 나의 생체 실험의 결론은, 단식의 효과가 가장 크다는 것이다. 물만 마시거나 약간의 발효약(효소)만으로 하는 단식이 최선의 효과를 얻을 수 있었다. 지금은 '단식명상'으로 진화해서 1년에 몇 차례 반복적으로 진행한다. 3박 4일이나 6박 7일 동안 진행하는데, 나도 건강을 지키기 위해 1년에 한두 차례 이 단식명상에 꼭 참여한다. 단식보다 더 좋은 건강 비법이 또 있을까.

단식에 명상을 결합시켜 몸과 마음을 동시에 치유하는 것이 바로 단식명상이다. 단식명상은 영성과도 연관이 된다. 단식명상을 하면서 얻는 통찰과 깨달음은 단순한 다이어트 효과와 비교할 수가 없다.

단식을 할 때 기운이 없다 해서 누워 있는 것은 좋지 않다. 오히려 더 많이 움직이고 가볍게 운동하는 것이 좋다. 여기에 명상까지 더하면 금상첨화이다. 이것을 프로그램으로 만들어 여러 사람이 함께하면, 어렵지 않게 해낼 수 있다. 혼자서 굶으면 힘이 들지만 여러 참가자들과 함께 하면 힘든지도 모르게 잘해낼 수 있다.

단식명상과 같은 치유 프로그램을 시작할 때 내가 강조하는 것이 있다. 나는 의사가 아니라는 점이다. 약이나 수술, 의료적인 방식으로 처방하거나 치료하는 사람이 아니라는 뜻이다. 내가 이끄는 모든 프로그램은 예방요법이자 보조요법이자 회복요법이다.

치유의 단계가 그렇듯, 명상 공부를 시작할 때도 그 사람에게 필요한 단계를 잘 거쳐야 한다. 초심자가 쉽게 이해하지 못할 단계를 너무 앞서 알려주면 그것이 오히려 오해와 불신이 되기도 한다. 그가 충분히 소화할 수 있도록 기다리며 조금씩 이끌어가야 한다.

그 사람의 단계에 맞추어 잘 살피며 이해시키고 설명할 줄도 알아야 한다. 성급하게 건너뛰지 않고 한 걸음 한 걸음의 과정을 잘 거치면서 이끄는 것이 매우 중요하다. 그래서 힘든 명상 프로그램일수록 좋은 안내자, 힐러의 역할이 중요하다. 명상이 돈벌이나 비즈니스 수단으로 전락해 가고 있는 현실이 매우 안타깝다.

누군가의 몸과 마음을 어루만질 땐
사랑과 정성으로 해야 한다.
테크닉이 기본이지만
테크닉을 익힌 다음에는
테크닉을 잊어야 한다.
그것이 진정한 치유이며 힐링이다.

## 5. 일상을 명상으로 만드는 걷기

옹달샘에서 진행하는 명상 프로그램의 목표는 사랑과 감사를 회복하는 것이다. 사랑과 감사! 이것이 내가 생각하는 명상과 치유의 궁극적 목표이다. 사랑과 감사를 회복해서 일하는 자리, 사람들과 부딪히는 자리로 다시 건강하게 되돌아가는 것이다. 그래서 『사랑합니다, 감사합니다』라는 제목의 책도 썼다.

상황과 조건이 바뀌지 않아도 사랑과 감사를 회복하면 자신이 변화된다. 자신이 변화되면 세상도 변한다. 앞에서 말했듯 우리의 24시간 일상은 모두가 명상이 될 수 있다. 바로 생활명상이다. 그 생활명상 중에서 가장 쉽게 할 수 있는 것이 걷기명상이다.

## 천천히 숲길을 걸으면 들리는 소리

우리에게는 이따금 천천히 걷는 시간이 필요하다. '이렇게 천천히 걸어도 되나?' 싶은 시간 말이다. 우리는 마음이 바쁜 탓에 천천히 걷지 못한다. 그러나 천천히 걸어도 지구는 잘 돌아간다. 가정도 직장도 잘 돌아간다.

천천히 걸으면 놀라운 것을 발견하게 된다. 마음이 고요해지고 평화로워진다. 고요함과 평화를 내가 찾아가는 것이 아니다. 고요함과 평화가 내게 다가온다. 그 고요함과 평화의 고삐를 쥐고 내가 그 중심이 되는 것이다.

예를 들어 집안의 가장이 고요함과 평화의 중심이 되면 집안이 고요해지고 평화로워진다. 반대로 가장의 마음이 들끓으면 집안도 들끓는다. 어디든 마찬가지이다. 고요함과 평화의 고삐를 쥔 사람이 중심에 앉아 있으면 그곳이 다 고요하고 평화로워지는 것이다.

그 순간 들리는 것, 보이는 것이 달라진다. 숲속에서 걷기명상을 하며 천천히 걸으면 새소리, 바람 소리가 더 잘 들린다. 이미 숲속에 가득 찬 소리이지만 마음의 소음 때문에 전에는 들리지 않던 소리이다. 때로는 음악처럼 들리기도 한다. 어느 한 점 거슬리지 않는 생음악이다. 악기로 연주하는 음악이 아니다. 있는 그대로, 존재 그 자체로, 자기의 삶으로, 몸짓으로 내는 자연의 소리들이다. 이것이 어울려서 숲속의 아름다운 하모니를 만든다.

더 경이로운 것은 새소리가 음악으로 들리다가 누군가의 음성으로 바뀌기도 한다는 점이다. 목소리가 들리는 것이다. 사운드에서 뮤직으로, 뮤직에서 보이스로 바뀌는 경이로운 체험이다. 나도 가끔 어머니 음성을 들을 때가 있다. "도원아, 도원아. 나다." 이미 하늘나라에 계신 어머니가 걷기명상을 하는 그 고요한 시간에 새소리를 통해서 목소리를 들려준다. "힘들어하지 말아라. 너를 위해 기도하고 있다." 이런 소리가 들린다. 그러면 안에서 뭉클함이 올라온다. 목울대가 뜨거워지면서 내 몸과 영혼에 새로운 에너지가 채워지는 것을 체험한다. 두려움 없이 인생의 새 길을 걷게 된다.

어머니의 음성만 들리는 것이 아니다. 가까이 지내다 틀어진 사람, 사랑이 미움으로 바뀐 사람, 은혜를 배신으로 갚은 사람의 음성도 들을 수 있다. 가까이 있으면 부딪히고, 부딪히면 긁히고, 긁히면 아프다. 모두가 가깝기 때문에 겪는 어려움이다. 멀리 있는 사람과는 긁힐 일도, 아플 일도 없다. 가장 가까이 있기 때문에 긁히고 아픈 사람들, 그들과의 관계를 회복하는 것이 걷기명상의 중요한 효과 중에 하나다.


## 걷기명상이 불러온 삶의 변화

걷기명상을 하고 인생을 바꾼 사람도 많다. 이혼 도장을 찍기 직전이었다가 걷기명상을 통해 생각을 바꾼 사람도 있다. 아오모리의 눈밭, 바이칼의 눈 쌓인 자작나무 길, 탱크가 지나가도 깨지지 않는다는 바이칼 호수 얼음 위에서 걷기명상을 하면 놀라운 일들이 벌어진다. 신비로운 체험을 하는 사람도 있다.

공통점은 오열이다. 걷기명상을 하는 많은 사람들이 오열을 한다. 그 오열은 자기 안에 묻어두었던 상처가 터지는 소리이다. 응어리졌던 관계들이 풀리는 순간들이다. 이 눈물이 용서와 화해로 이어지고 사랑과 감사로 이어진다. 걷기명상을 통해 최고의 선물을 받는 것이다.

나이는 상관없다. 칠십을 넘긴 한 어르신이 걷기명상을 하다가 주저앉아서 오열을 했다. "지금까지 살면서 숲속에 이렇게 아름다운 음악이 가득하다는 것을 처음 알았어요. 그동안 놓치고 살았습니다. 지난 세월이 아쉽습니다"라고 했다. 숲속에서 들리는 자연의 소리만으로도 감성이 열렸던 것이다.

일곱 살짜리 꼬마는 걷기명상을 마치고 글을 하나 보내왔다. 바람 한 점 없는 숲길을 걷다가 징을 치는 순간 멈췄는데 눈앞 나뭇가지에 걸려 있는 거미줄이 흔들리는 것을 보았다고 한다. 미세하게 흔들리는 거미줄 안에 거미 한 마리가 몸부림을 치고 있었는데, 그 광경에서 자기 모습을 보았다는 것이다. 걷기명상이 아이를 시인으로 만든 것이다.

이렇듯 걷기명상은 더러 시가 튕겨 나오게도 한다. 섬광 같은 영감과 아이디어가 떠올랐다고도 한다. 걷기명상 하나만으로도 얻어지는 것들이 이렇게 많다. 이런 것들이 삶을 변화시킨다.

## 6. 사람 살리는 예술 밥상

모든 삶, 모든 건강의 기본은 먹는 것에 있다. 무엇을 어떻게 먹느냐에 따라 몸부터 시작해 건강이 달라지고, 나아가 삶이 바뀐다. 옹달샘에서 진행하는 프로그램 중에 '녹색뇌 힐링코드'가 있다. 먹는 것을 중심으로 해서 우리 몸의 독소를 빼내기 위해 만든 프로젝트다. 우리 몸에 독소가 생기는 원인은 대강 다섯 가지로 구분할 수 있다.

첫째는 '음식'이다. 음식은 약도 되고 독도 된다. 음식이 자기 체질에 맞지 않으면 소화가 되지 않아 속이 더부룩하고 가스가 찬다. 독소가 쌓이는 것이다. 반대로, 음식이 자기 몸에 맞아 연소가 잘되는 음식은 소화가 잘된다. 속이 편하고 기운이 넘친다. 약이 되는 것이다. 그래서 자기 몸에 소화가 잘되는 음식을 잘 찾아 먹어야 한다. 그러기 위해서는 자기 체질이 어떠한지를 먼저 알아야 한다. 몸이 뜨거운 '양' 체질인지 몸이 서늘한 '음' 체질인지, 장이 길어 채식에 좋은 체질인지 장이 짧아 육식에 좋은 체질인지 아는 것이 중요하다. 여기에 역행하면 음식이 독이 될 수 있다. 소에게 고기를 먹이거나 호랑이에게 풀을 먹이면 안 된다. 짐승은 자기 몸에 안 맞으면 토해내는데 사람은 그냥 삼킨다. 그런 탓에 안에서 여러 독소를 만들어내는 것이다.

몸에 독소를 유발하는 두 번째 요인은 '과로'이다. 현대인들에게 생기는 많은 병의 원인이 과로이다. 세 번째는 '스트레스'이다. 점차 복잡해지는 세상에서 스트레스 역시 증가하며 우리 몸에 악영향을 끼친다. 네 번째는 '환경'이다. 미세먼지를 비롯한 유전자 변형 요소, 지구가 겪고 있는 기후 위기도 다 연관되어 있다. 다섯 번째는 '유전적 요인'이다. 출산 때부터 유전적 DNA를 내재하고 태어나는 것이다. 이 다섯 가지 독소를 해독시키는 것이 녹색뇌 힐링 코드 프로젝트의 핵심이다.


### 건강을 살리고 예술이 되는 음식

음식, 과로, 스트레스, 환경, 유전적 요인 이 다섯 가지 중 가장 역점을 두고 있는 것이 음식이다. 앞에서도 말했지만 모든 것은 무엇을 먹느냐에 달려 있기 때문이다.

깊은산속옹달샘을 만들 때부터 음식 공부를 본격적으로 시작했다. 옹달샘 건축 현장에 함바 식당을 만들어놓고 '한 끼 때우는' 밥을 먹으면서 옹달샘에서 언제 한번 제대로 된 밥을 먹어보나, 언제 한번 안심하고 먹을 수 있는 음식을 사람들에게 제공하나 고민을 많이 했다. 많은 실험을 했고 많은 전문가들이 거쳐갔다.

가장 중요한 것은 음식을 만드는 사람이다. 좋은 주방장, 좋은 셰프가 필요했다. 음식 솜씨도 중요하지만 주인의식을 가지고 함께하겠다는 사람, 좋은 음식을 만들어 사람을 살리는 것이 자기도 살리는 길이라는 생각을 가진 사람이 필요했다.

그러나 그런 사람을 만나기가 쉽지 않았다. 그 과정에서 만난 분이 지금의 나눔의 집 식당 책임을 맡고 있는 하계선 님이다. 그분이 나눔의 집 음식을 맡으면서부터 모든 것이 살아났다.

나는 여기서 한 걸음 더 나아가 예술이 되는 음식을 꿈꾸었다. 그래서 만든 것이 '사람 살리는 예술 밥상' 음식연구소였다. 이 연구소에도 여러 사람이 거쳐갔다. 그러다 만난 분이 지금의 책임자인 김미란 님이다. 이분과의 만남으로 나는 또다른 꿈을 꾸게 되었다. 코로나를 거치면서 옹달샘을 다녀간 많은 분들이 사람 살리는 예술 밥상 음식을 주문한다. 심지어 운전기사를 보내 일주일 분을 구매해 가는 것을 보면서, '아, 옹달샘에서 큰 음식 산업이 시작될 수 있겠구나' 하는 생각도 하게 되었다.

일상 생활에서는 말할 것도 없지만 명상에서도 음식은 매우 중요한 요소이다. 어떤 분야이든 먹는 것을 넘어서는 것은 없다. 병에 걸리고 안 걸리고 하는 것도 먹는 것과 직결된다.

병에는 신체적·정신적 요소가 포함되어 있다. 암, 당뇨, 고혈압, 아토피는 신체적 요소가 주요한 질병이라면 우울증, 불면증, 트라우마 등은 정신적 요소가 핵심인 질병이다. 어떤 요인이든 그것을 치유하는 과정에 음식이 미치는 영향은 매우 크다. 정신 질환의 대표 격이라 할 수 있는 우울증 환자도 좋은 음식을 맛있게 먹으면 한결 나아질 수 있다. 우선 기분부터 좋아진다. 옹달샘이 앞으로도 좋은 음식을 통해 많은 이들을 치유할 수 있는 곳이 되기를 꿈꾼다. 그것이 세계적인 명상센터로 가는 지름길이라고 생각한다.

사람 살리는 예술 밥상에 대한 책이 나오고 음식학교를 열고 음식학교에서 배운 사람들이 그곳에서 만들어진 재료와 먹거리로 전국 각지에 옹달샘의 사람 살리는 예술 밥상을 만들어 전 국민의 건강에 도움을 주는 것 역시 나의 꿈이다.

## 나의 섭식 원칙

좋은 음식, 좋은 식당이 아무리 많아도 자신의 식습관이 좋지 않으면 소용이 없다. 나도 오랜 세월 안 좋은 식습관을 가지고 있었다. 배고픈 소년 시절을 보냈기에 배불리 먹는 것을 꿈꾸었고 마음껏 양껏 먹는 것이 잘 사는 것이라는 인식이 있었던 듯하다. 특히 기자 생활을 할 때는 불규칙적인 식사가 다반사였다. 그러다가 일단 한번 먹기 시작하면 배불리 먹는 일이 많았다. 한때 유행했던 보양식도 배불리 많이 먹었다. 그때는 그게 몸에 좋은 줄 알았지만 알고 보니 몸속에 독소를 켜켜이 쌓아놓는 일이었다. 배가 터지게 먹어도 그중 소화되는 건 일부에 불과했다. 오히려 그렇게 먹은 것이 몸을 망치고 있었다.

장결핵으로 오래 고생하다 보니 몸을 비우는 것의 중요성을 알게 됐다. 그러고 나니 비운 몸에 무엇을 채울 것인가가 중요한 문제로 떠올랐다. 그때부터 쌓아온 내 나름의 음식에 대한 기준은 세가지다.

첫째, 적게 먹고 많이 움직이는 것이다. 적게 먹는다는 것은 자기가 소화할 수 있는 양이 10이라고 했을 때 그것의 7에서 8 정도만 먹는 것을 말한다. 특히 지방과 탄수화물을 적게 먹는 것이 중요하다. 단백질도 많이 먹는다고 좋은 게 아니다. 그날 하루에 필요한 양 말고는 전부 배출되기 때문이다. 계란으로 치면 한 알이면 되고, 고기로 치면 한두 점이면 된다. 포식할 필요가 없다. 탄수화물도 마찬가지다. 비만을 유발하는 탄수화물은 적게 먹는 것이 이롭다.

둘째, 앞에서 말한 대로 1년에 한두 번, 규칙적인 단식을 하는 것이다. 며칠씩 단식하는 게 어렵다면 매일 간헐적 단식을 실천하는 것도 좋은 방법이다. 나 역시 간헐적 단식으로 몸 상태를 유지하고 있다. 옹달샘에서는 저녁 6시에 식사하고 그다음 날 아침 8시에 아침식사를 한다. 14시간 공복을 유지하는 것이다. 이 14시간의 공복도 일종의 간헐적 단식이다. 우리 몸은 음식을 먹고 대체로 8시간이 지나면 먹은 것을 모두 배출하게 된다. 장이 비워지는 것이다. 이렇게 장이 비워진 이후에도 음식이 들어오지 않으면 저절로 장청소가 된다. 소화하는 데 쓰이는 에너지가 장을 청소하는 에너지로 바뀌기 때문이다. 8시간 이후 14시간 사이, 그러니까 6시간의 공복 상태에서 모든 신진대사 에너지가 노폐물을 배출하는 데 쓰이는 것이다. 6시간의 공복 때 배 속에서 나는 꼬르륵 소리는 건강한 소리이다. 이 유쾌한 소리를 자주 듣는 사람은 건강하다.

셋째, 제철음식을 먹는 것이다. 제철음식을 챙겨먹기 어렵다면 말려서 먹으면 된다. 누구든 자기만의 섭식 기준이 필요하다. 남들이 몸에 좋다고 하는 것을 많이 먹는 것이 능사가 아니다.

상황과 조건이 바뀌지 않아도
사랑과 감사를 회복하면 자신이 변화된다.
자신이 변화되면 세상도 변한다.

/

## 7. 경영자의 마음 다스리기

　코로나 사태가 길어지면서 사회 전반에 생각지 못한 변화들이 생겼다. 옹달샘에도 조금 특이한 현상이 나타났는데, 크고 작은 기업 경영자들의 발걸음이 잦아진 것이다. 악화일로에 있는 회사 재무 상황 때문에 마이너스 통장을 개설하고 극단의 선택까지 생각하다가 찾아온 기업 대표도 있고, 자동차 부품 사업으로 잘나가던 회사의 매출이 절반씩 뚝뚝 떨어져 멘붕 상태에서 온 중소기업 대표도 있다. 심각한 재무 상황으로 절망에 빠진 그들에게 내가 내놓을 수 있는 것은 명상밖에 없었다. 그런데 놀랍게도 그 명상이 삶의 벼랑 끝에 선 경영자를 살리고 기업도 살렸다. 명상은 다시 일어설 힘을 주고, 다시 시작할 용기를 주는 답이 된 것이다.

　상황이 어려운 경영자들만 찾아오는 것은 아니다. 여전히 잘나가는 경영자도 찾아오고 20년 동안 아침편지를 늘 꾸준히 읽었다는 대기업 총수도 있었다. 어느 날이었다. 정갈한 추석 선물과 함께 한 장의 손편지가 옹달샘에 도착했다.

고도원 이사장님께

안녕하세요.
아주 오랫동안 이사장님의 글을 매일 읽으며 힘을 내고 있는 부산 기업 화승의 현승훈이라고 합니다. 아침마다 잔잔한 삶에 작은 파문을 일으켜주는 글에 늘 고마운 마음입니다. 명절을 맞아 작은 마음을 보내드립니다. 앞으로도 좋은 글 부탁드리며 멀리 부산에서도 이사장님을 응원하는 사람들이 있다는 것을 잊지 않으셨으면 합니다. 선한 영향력을 널리 퍼트려주심에 다시 한 번 감사의 말씀 전해드리며 늘 건강한 하루하루 되셨으면 합니다. 고맙습니다.

2022년 9월 8일
부산에서 현승훈 드림

정성스럽게 쓴 편지를 읽고 뭉클했다. 외롭게 걸어온 지난 20년이 헛되지 않았구나 하는 감사한 마음과 함께 모든 보상과 위로를 한순간에 받는 느낌이었다. '이런 분이 함께하고 계셨구나!' 더욱 고맙고 놀라운 것은, 팔순을 넘긴 현 회장께서 지난 20년 동안 아침편지를 매일매일 복사해 정갈하게 보관하고, 매일 아침마다 그룹 간부와 임원들에게 보내는 '회장님 레터'의 맨 앞장에 고도원의 아침편지를 첨부하고 있다는 사실이었다. 오랫동안 나를 힘들게 했던 절대고독의 외로움이 순식간에 사라지는 듯했다.

얼마 뒤 이분의 초대를 받아 부산에 내려갔다. '화승원'이라는 이름의 정원부터 방문했다. 현 회장이 40년 동안 혼을 담아 가꿔온, 그러나 외부에는 일절 공개하지 않은 '비밀 정원'이었다. 눈앞에 펼쳐진 정원을 보면서도 믿을 수가 없었다. 이토록 아름다운 정원이라니, 경탄스러웠다. 나도 옹달샘을 만들며 미국의 롱우드 가든, 캐나다의 부처드 가든, 오스트리아 빈의 쉰브룬 궁전 등 전 세계에서 이름난 정원은 거의 돌아보았지만 이런 품격 있는 정원은 없었다. 나무 한 그루 한 그루가 문화재급의 대형 분재였다. 옹달샘에 상징수 한 그루 심지 못해 안타까워하던 나에게 화승원은 꿈에 그리던 별천지였다. 수백, 수천 그루의 상징수들이 정원에 가득했다.

정원을 함께 돌아보며 나무 한 그루 한 그루에 담긴 이야기를 들려주는 현 회장이 꿈 많은 소년처럼 느껴졌다. 나도 나무에 대해서는 관심이 많았기에 대화가 너무도 재미있고 끝이 없었다. 점심도 함께하고, 손수 끓여주신 차도 함께 마셨다. 외부 사람들은 좀처럼 불러들이지 않는다는 자택에도 초대받아 따뜻한 대화를 나누었다. 아침편지를 징검다리 삼아 이런 인연이 이어진다는 사실이 더없이 감사했다.

그러면서 어린 시절의 기억이 주마등처럼 스쳤다. 나와 연배가 비슷한 사람들은 잘 알 것이다. '동(東)' 자 고무신, '기차표' 고무신을! 장날에 어머니가 모처럼 새 깜장 고무신을 사들고 왔을 때의 기쁨을! 그 고무신이 빨리 닳지 않게 하려고 사람들이 있을 때만 신고, 사람이 안 보일 때는 신발을 벗어 손에 들고 맨발로 걷고 뛰었던 기억들을! 그렇게 고무신으로 시작한 화승이 IMF를 견디며 도약해 어느덧 굴지의 기업으로 성장했다. 그 중심에 나무를 아들딸처럼 사랑하고 가꾸는 현승훈이라는 경영자가 아름드리나무처럼 버티고 있었던 것이다.

온갖 산전수전을 겪었음에도 더없이 겸손하고 정감 있는 현승훈 회장과 만나면서 우리 사회에서 일정한 역할을 하는 경영자의 고민과 고통도 다시금 생각해 보게 되었다.

### 올바른 판단력과 건강을 지켜주는 명상

경영자는 누구인가. 앞에서도 말했지만 경영자는 의사결정자이다. 매사를 최종적으로 판단하고 결정해야 한다. 경영자의 판단이 자기 개인과 회사의 운명을 좌우한다. 경영자와 직원은 다르다. 직원은 일에 대해 책임을 지긴 하지만 그것은 부분적인 것이다. 전폭적이고 전면적인 책임은 결국 경영자의 몫이다. 그게 경영자의 자리이다. 그래서 경영자는 비상한 판단력이 있어야 한다. 단단하면서도 물렁물렁해야 하고 냉철하면서도 따뜻해야 한다. '고독한 결정'에 익숙해져야 한다.

세상의 흐름을 보는 눈이나 번뜩이는 직관도 필요할 것이다. 그러려면 자신이 경험하지 못한 분야의 경험자나 전문가들을 만나 그들의 지식과 지혜를 빌리는 노력도 필요하다. 그것이 겸손이다. 그렇게 해서 생겨난, 자신만이 가진 세상을 보는 눈으로 스스로 판단하고 결정해야 한다.

경영자로서 고독한 결정의 순간 흔들리지 않으려면 마음의 힘, 명상이 반드시 필요하다. 명상은 중립(中立), 중도(中道)를 추구한다. 어느 쪽에도 치우치지 않는 '가운뎃길'을 내는 것이다. 어떤 상황에서도 감정에 휘둘리지 않는 중심 잡힌 마음이다. 너무 좋거나 너무 싫은 마음에서 내리는 판단은 현명하지 못한 것이기 쉽다. 너무 들떠 있거나 화가 치밀어 오르는 상태에서 판단하면 실패하기 쉽다.

명상은 현명하게 판단하는 것을 도와준다. 마음을 온화하게 하고 평정심을 유지하게 해주기 때문이다. 그때 결정을 내려야 성공할 가능성이 높고 국지 전투에서는 실패하더라도 전쟁에서 승리해 살아남을 수 있다. 그래서 규모가 크든 작든 경영자는 반드시 명상을 해서 고요해진 가운데 감정의 동요를 줄여야 판단력이 흐려지지 않는다.

명상은 건강 관리 측면에서도 경영자에게 큰 도움이 될 수 있다. 경영자들이 직면하는 큰 고통 중에 하나로 불면을 이야기했지만, 더 심각한 것이 고혈압, 당뇨, 암 등이다. 만일 경영자가 고혈압과 당뇨를 약으로만 해결하기 시작하면 당장은 몰라도 차츰차츰 건강의 장벽이 무너지게 된다. 약에 의존하지 않으면서 오래 건강을 유지하려면 명상을 해야 한다. 명상은 심장을 강화하고 신장을 다스리고, 잠을 잘 자게 해준다. 또한 기억력을 비롯해 여러 뇌 기능을 활성화하는 과학적인 방법이다.

다시 말하지만 명상의 시작은 호흡이다. 호흡으로 우리 몸에 산소를 채우고 마음에 고요함과 평화를 얻는 실질적인 경험을 몇 차례 하면 병에 대한 두려움을 잊고 점차 약에 덜 의존하게 된다.

그런 점에서 명상은 몸의 건강을 넘어 마음의 건강을 지켜준다. 마음이 건강해야 몸도 건강해지고, 몸이 아플 때는 마음을 통해서 회복할 수 있다. 경영자는 평소에 신뢰할 수 있는 자기 나름의 건강 관리 비법을 가져야만 위기가 오더라도 그때그때 잘 넘길 수 있다.

우리나라 경영자 중에는 SK 창업자인 최종현 회장이 명상을 했다. 그러나 아직도 왜 명상을 해야 되느냐, 명상 치유라는 게 진짜 있느냐, 힐링센터가 왜 필요하냐는 말을 하는 경영자들이 있다. 명상을 한가하게 정신적 사치를 누리는 것쯤으로 생각하는 사람도 많다. 명상에 대한 이해가 부족하고 경험이 없는 데서 비롯된 잘못된 생각이다.


### 부정적인 감정을 다스리는 훈련

경영자들에게 더 보편적이고 광범위한 질환이 있는데, 바로 우울증이다. 이 때문에 힘들어하는 경영자들을 많이 만난다. 코로나를 거치면서 더욱 심각해졌다. 주어진 상황과 조건이 잠시도 마음 놓기 어려울 만큼 각박해졌기 때문이다. 여유가 없다 보니 마음이 밭아지고 메말라진다. 성질도 급해지고 감정 속도도 빨라져서 유연하게 대처할 힘을 잃는다.

여기에 '코로나 블루'까지 겹쳐 자기감정을 다스리기가 더 어려워졌다. 이동과 만남이 막히고, 재정 상태가 위협받는 상황이 지속되다 보니 그럴 수밖에 없다. '코로나 블랙'이란 말도 생겼다. 분노 조절이 안 되어 폭력과 자기 파괴로 이어지는 경우마저 발생하고 있는 것이다.

나 자신도 돌아보면 인생 굽이굽이에서 만난 사람들에게 미안한 것이 있다. 명상을 하기 전에는 나도 일하는 과정에서 내 감정을 여과 없이 드러냈다. 동료이든 상관이든 부하이든 상관없이 감정을 터트렸고, 때로 상처 입혔다. 지금 생각하면 얼굴이 뜨거워질 만큼 미안하고 아찔하다.

명상의 핵심은 마인드 컨트롤, 스스로 감정을 조절하는 능력이다. 내가 명상을 좀더 일찍 알았더라면 그렇게 행동하지 않았을 텐데, 너무 늦게 알았구나 싶다. 명상을 알게 된 마흔아홉 살 이후의 나와 마흔아홉 살 이전의 나는 전혀 다르다. 명상이 전환점이 되었다.

나는 곧잘 "명상을 아는 사람과 모르는 사람의 삶은 '하늘과 땅' 차이다"라는 말을 한다. 이런 얘기를 하면 사람들은 과장한다고 한다. "명상을 알면 팔자가 바뀐다"라고 얘기하면 과장이 너무 세다고 말하는 사람도 있다. 그러나 과장이 아니다. 실제로 팔자가 바뀐다. 미국의 빌 게이츠나 스티브 잡스도 명상을 통해 영감을 얻어 새로운 세상과 조직을 이끌었다.

경영자들의 고충과 고민을 접하면서 옹달샘에 CEO를 위한 생활명상 과정을 만들어야겠다는 꿈이 생겼다. 여기에 블록체인과 메타버스, 코인 이코노미를 결합해 새로운 차원의 아카데미를 시작해 보고 싶다. 이름하여 '메타 사피언스 아카데미'다.

명상과 인문학적 토대에 새로운 첨단기술을 잘 접목해야 '신인류'가 될 수 있다. 다행히 이와 같은 시대적 요구에 호응하는 사람들이 많아졌다. 명상 인구도 폭발적으로 늘고 있고, 기업들도 명상의 힘과 필요성에 관심을 갖기 시작했다는 점이 다행스럽다. 특히 코로나 이후에는 더욱 그렇다. 경영자들을 위한 명상과정에 필요한 전문 인력들을 훈련해서 이에 대비할 생각이다.

경영자는 경영자대로, 지식인은 지식인대로, 다른 이의 생명을 살리는 의사조차도 치료가 아닌, 치유가 필요하다. 명상이 답이다.

# 8. 모든 길은 치유를 향한 여정이었다

명상은 언제 시작하는 것이 좋을까. 지금부터 시작하시라. 오늘부터 시작하시라. 이 책을 다 읽고 나서 시작하면 늦다. 지금이라도 앞에 읽었던 3·3·3호흡, 아하호흡부터 다시 연습해 보는 것으로 명상을 시작하시라.

대통령 연설문을 쓰다가 쓰러지기 전까지 나는 명상의 세계에 대해 전혀 관심을 두지 않았다. 그럴 여유도 없었다. 오로지 살아남아야 했고 빨리 글을 써내야 했다. 그러니까 몸을 돌볼 겨를이 없었고 마음을 돌볼 겨를은 더더욱 없었다. 오로지 일뿐이었다. 그때 내 몸은 종합병원이라고 할 만큼 문제투성이였다.

그러다 한 번 쓰러진 것이 계기가 돼서 명상과 자연 치유의 세계에 관심을 갖기 시작했다. 걷기부터 시작해서 마라톤을 했고, 마라톤을 통해 무아지경을 경험하고 난 뒤 명상의 경이로움에 차츰 다가가게 되었다. 여기저기 헐고 고장 난 육체의 아픔을 통해서 차츰차츰 명상 세계에 빠져든 것이지 갑자기 한순간에 '명상을 해야겠다. 치유해야겠다' 결심한 것은 아니었다.

그 오랜 과정에서 맨 먼저 맞닥뜨린 것이 하나 있었다. 내 안에 있는 '내적 상처'였다. 일밖에 모르고 살다가, 그저 열심히 살아내느라 못 본 체하며 내팽개쳐두었던 것들이다. 어린 시절부터 꾹꾹 눌러왔던 내 안의 잠재된 상처와 과자 부스러기처럼 약한 감정의 고리들을 만나게 되었다. 그리고 세상에는 무수히 많은 사람들이 나처럼 어린 시절의 상처와 상심과 생존의 고통 속에서 상처받으며 살아간다는 것을 새삼 알게 되었다.


## 평생 옭아맨 내 안의 상처

이쯤에서 서두에 언급한, 산티아고 순례길에서 오열하게 했던 아버지와의 화해 이야기를 해야겠다. 아버지는 열려 있는 분이었으나 나에게는 엄격했다. 특히 '나쁜 짓'은 절대 못 하게 했는데 아버지가 생각하는 '나쁜 짓'은 다름 아닌 자위행위였다. 그러나 사춘기 시절의 나는, 아버지 몰래 나쁜 짓을 많이 했다.

중학교 2학년 때 난생처음으로 몽정이 왔다. 그때까지도 나는 생체의 메커니즘을 잘 몰랐다. 동정녀 마리아가 예수를 낳았듯, 남녀가 결혼을 하면 저절로 아이가 생기는 줄 알았다. 심지어 친구들을 앉혀놓고 사랑하는 눈빛으로 서로 마주 보면 아이가 생긴다고 우겼을 정도다. 생명의 원리를 가르쳐주는 사람이나 제대로 된 성교육이 당시에는 따로 없었다. 그런데 몸은 자라 '무식한' 사춘기에 이른 것이다.

첫 몽정을 경험했을 때 처음 든 생각은 '아, 내가 죄를 지었구나. 벌을 받았구나' 하는 죄책감과 공포심이었다. 흥건한 아랫도리를 움켜쥐고 벌벌 떨다시피 하면서 꼬박 밤을 새웠다.

그렇게 며칠이 지나서야 가까운 친구에게 털어놓았다. 그랬더니 "녀석아, 그게 몽정이라는 거야"라며 웃긴다는 표정으로 나를 바라보았다. 그러고는 '제대로 된' 성교육을 시작했다. "죄지어서 그런 거 아냐. 누구나 다 하는 거야"라면서 '한 수' 가르쳐준 것이 자위행위라는 것이었다. 이것은 더 큰 충격이었다. 그때의 나로서는 도저히 감당할 수 없는 엄청난 죄책감과 죄의식이 희열과 함께 몰려왔다.

나는 '지옥에 갈 결심을 하고' 자위행위를 했다. 횟수가 거듭되자 아버지가 낌새를 챘다. 어느 날이었다. 그날도 나는 지옥에 갈 결심을 하고 이불을 뒤집어쓴 채로 행위를 하고 있는데 아버지가 갑자기 들어와 이불을 확 젖혔다. "이놈! 뭐 하는 거야!" 그때 나는 하늘에서 천둥번개가 치는 줄 알았다. 내 몸이 얼어붙어 버렸다. 얼음덩이처럼 차가워진 내 몸 안 깊숙한 곳에서 불화산 같은 것이 솟구쳐 오르는 것을 느꼈다. 내가 소리쳤다. "아버지, 지금 뭐 하시는 거예요!" 어쩌면 내 일생에서 가장 큰소리로 아버지에게 대들었던, 그래서 가장 치명적으로 아버지와 충돌한 사건일 것이다.

아버지는 하나님을 대신하는 무서운 심판자였고 나는 그 앞에 선 부끄러운 죄인이었다. 아버지와 아들 사이에 평생 씻어내기 어려운 감정선과 트라우마가 생겼다.

겉으로 드러내지는 않았지만 아버지에 대한 인식이 무섭게 바뀌어갔다. 아버지가 나를 존중해 주지 않았다는 것, 제일 부끄러운 순간을 열어젖혔다는 것, 무서운 눈매로 죄인 바라보듯 했던 것이 깊은 상처로 남았다. 나는 그날 이후 나 자신을 밧줄로 칭칭 동여매고 사는 사람이 되었다. 그리고 남몰래 속으로 수없이 외쳤다. '세상의 모든 아버지는 사춘기 아들의 이불을 젖혀서는 안 된다!'

아침편지를 쓰면서 수치심, 죄의식, 그런 것들로 자신을 칭칭 동여매고 사는 사람들이 많다는 것을 알게 되었다. 그들을 만날 때마다 맨 먼저 번개처럼 떠오르는 생각이 아버지였다. 아버지가 내 이불을 젖혔던 그 순간 내 몸을 칭칭 동여맸던 동아줄!

내 생애에는 도저히 끊어낼 수 없을 것 같았던 그 동아줄이 마침내 끊어졌다. 산티아고 순례길을 걷던 중에 황톳길에서 터져나오는 오열과 함께 한순간에 끊겨 파편처럼 흩뿌려졌던 것이다.

50년 넘게 아버지로부터 받은 상처만을 생각하며, 그 때문에 외면하다시피 했던 아버지와의 관계를 회복했다. 아버지에 대한 사랑과 존경과 감사를 놓치고 살았다는 사실이 너무 가슴 아팠다. 나는 아버지께 용서를 빌었다. 그리고 눈물로 아버지와 화해했다. 평생에 걸쳐 아버지가 나를 얼마나 사랑했는지, 나를 얼마나 잘 키우

288

고 싶어 그 고생을 하셨는지 비로소 깨달았다. 오랜 기간 나를 스스로 동여매게 했던 사람도 아버지였고 사랑과 감사를 다시 회복하게 해준 사람도 결국 아버지였다. 산티아고 순례길이 아니었다면 경험할 수 없는 인생의 변곡점이었다.

모든 것은 '나'에게 있다. 아픔과 슬픔도 내 안에 있고, 기쁨과 행복도 내 안에 있다. 내가 '나'를 바로 알지 못하면 '남'과의 관계에서도 올바른 소통을 할 수 없게 된다.

우리는 소통이 중요한 사회에 살고 있다. 하지만 소통이라는 말만 난무할 뿐 진정한 소통이 잘 이루어지지 않는 상태에 머물러 있다. 이유는 간단하다. 서로 다르기 때문이다. 서로 몸이 다르고 생각이 다르고 방향이 다른데, 이에 대해 알아보고 이해하려고는 하지 않는다. 다른 것은 틀린 것이 아니다. 왜 자기 방향에서만 보고 다른 방향으로 보는 것에 대해 화를 내는가. 우리는 여러 부분에서 이 사실을 잊고 산다.

이 문제를 해결하려면 무엇보다 나를 먼저 알아야 한다. 나를 아는 것이 남을 아는 지름길이기 때문이다. 명상은 바로 나를 알아가는 과정이기도 하다. 올바른 소통을 위해서도 명상이 필요하다.


### 건강하고 가치 있는 삶을 위해

무슨 철학자나 명상가가 되기 위해 명상이 필요하다는 이야기가 아니다. 각자 자기 일상에 적용하여 건강하고 가치 있는 삶을 살아가기 위해서 하라는 뜻이다. 작가는 글 쓰는 데 적용하고 밥 짓는 사람은 요리에 적용하는 것이 명상이다. 24시간을 모두 명상으로 바꾸자. 커피 마시면서 행복해하고 기분 나쁜 감정을 털어낼 수 있다면 그것도 명상이다. 글을 쓰면서 이런 기회를 만난 것을 기뻐하고, 어떻게 하면 더 잘 쓸 수 있을까 생각하면서 지치지 않는다면 그것 또한 명상이다.

반드시 명상원에 가야 할 수 있는 것도 아니다. 걷기, 호흡, 찬물 샤워 등 스스로 마음을 다스리는 방법은 여러 가지가 있다. 중요한 것은 반드시 실제 경험해 보는 것이다. 그러다 보면 '나는 집중이 안 될 때 10분, 20분 나가서 하염없이 걷고 오면 좋아져' '나는 커피숍에 가서 차 한잔 마시고 멍하니 있다 보면 마음이 차분해져'와 같은 자신만의 방식을 찾게 된다.

같은 일을 반복하는 것이 직업이다. 같은 일을 거듭하다 보면 슬그머니 다가오는 것이 피로감이다. 피로가 겹치면 지친다. 나도 수없이 그걸 경험했다. 그러니 지치기 전에 안전 조치를 취해야 한다. 천천히 걷거나 깊은 호흡을 하거나 풍욕을 해서 기분 전환을 한다.

예전에는 일에 지치고 지겹고 힘들어도 계속했는데 지금은 아니다. 일단 그냥 내려놓는다. 예전처럼 하면 고장 나는 걸 알기 때문이다. 쉬고 다시 일을 시작한다. 편안하고 영감이 떠오른다 싶을 때 집중하고 그 집중이 몰입으로 이어지도록 기다린다. 지금은 이게 유기적으로 잘 이루어진다. 이런 방법을 한 사람이라도 더 많이 알려주고 싶다. 오늘도 목숨 걸고 열심히 사는 사람들에게 전파하고 싶다. 명상을 위한 명상이 아니라 삶을 위한 명상, 일을 위한 명상, 놀이를 위한 명상, 사람을 위한 명상 말이다.

/

## 9. 사회적 힐링의 길을 꿈꾸다

세월호 참사 당시 단원고 생존 학생들을 초대해 힐링캠프를 진행하면서 이제는 명상이나 힐링이 여유 있는 사람들만 할 수 있는 것이 아니라 사회적 힐링의 시스템이 갖춰져야 한다고 생각했다. 깊은산속옹달샘 같은 곳이 모델이 됐으면 좋겠다고 생각해 '사회적 힐링'이라는 주제로 국회에서 두 차례 포럼을 열기도 했다.

갈수록 양극화되어 가는 세상에서 많은 사람들이 불안과 우울을 호소한다. 특히 코로나를 거치며 '코로나 블루'라는 신조어도 생겼다. 코로나와 우울증의 심리 현상이 맞물려, 눈에 보이지 않고 당장은 드러나지 않아도 사람의 심리 깊숙한 곳에 치명적 결과를 초래하는 병리 현상이다. 이것을 어떻게 극복하고 어떻게 치유할 수 있을지가 나의 관심사였다. 물론 매우 어려운 문제다. 그렇지만

누군가는 풀어가야 한다, 반드시! 사회적 관심 속에 여러 사람의
힘을 모은 집단지성으로 해결책을 찾아야 한다.


## '코로나 난민'들에게 필요한 사회적 힐링

코로나는 인류사적·문명사적 변화라 할 정도의 거대한 쓰나미
다. 코로나가 몰고 온 파장 속에 세계 질서는 완전히 바뀌고 있다.
앞으로 더 많이 바뀔 것이다. 개인의 노력과 힘만으로는 이 거대한
쓰나미를 막아낼 수 없다. 사회적·국가적 대처 능력이 필요하다.
국제적인 공조도 필요하다. 그 출발점이 사회적 힐링이다. 지구 공
동체를 살리는 첫걸음이다.

사회에는 필연적으로 양극화 현상이 생긴다고 말했지만, 앞으
로는 더욱 그럴 것이다. 특히 우리나라는 극한에 가까운 양극화 사
회로 가고 있다. 남과 북, 동과 서, 남과 여, 부자와 빈자, 진보와 보
수, 극좌와 극우 등 대립 구조가 매우 심각하다.

이렇듯 첨예하게 갈라진 사회구조가 더 이상 고착화되어서는
안 된다. 양극화의 '가운데 지점'에 무언가 중립적인 기능을 하는
사회와 기능이 필요하다. 그 해답이 사회적 힐링이다. 사회적 힐링
의 궁극적 목표는 우리 모두의 생명을 살리는 일에 있다.

사람의 생명을 살리는 힐링에는 양극이 없다. 여야, 남녀, 남북
이 없다는 것이다. 예를 들어 의사가 남자와 여자, 부자와 빈자, 진
보와 보수를 구분하면서 치료한다면 어찌 될까. 의사는 오로지 사

람의 생명을 살리는 데 집중해야 한다. 그렇지 않다면 그는 이미 의사가 아니다.

사회적 힐링은 양극화 때문에 소외되어 있거나 사회적 국가적 시선이 닿지 않는 사각지대의 사람들에게 사회적 시선이 닿게 하자는 것이다.

우리 사회의 어느 공간에 사각지대의 사람들도 언제든 경제적 부담 없이 치유받을 수 있는 처소가 마련되어야 한다. 그래서 공공성을 가진 사회적 힐링센터가 필요하다고 말하는 것이다. 지금까지 힐링센터는 개인적인 명상과 힐링에 머물렀다. 각자 자기 인생을 돌아보고 생명력을 회복해 건강해지고 치유되는 게 목표였다. 그러나 이제는 힐링을 사회화해 공공성을 띤 시스템으로 만들어가야 한다. 개인적인 치유가 가능했다면 그 치유된 힘으로 타인과 사회를 치유해야 한다.

사회적 힐링은 사회적 문제를 예방하는 일이기도 하다. 구체적인 통계를 들먹일 것도 없다. 코로나 블루로 극심한 우울증에 빠져 안타깝게도 자살을 선택하는 사람이 많아지고 있다. 그것을 단지 개인적 일이라고 치부해 버릴 수 없다. 코로나 블루에 가정 문제가 얽혀 이혼이 늘고, 가정이 무너지는 경우도 많다. 그 또한 한 가정의 문제라 치부해 버릴 수 없다. 우울증에 빠진 사람이 병적 심리 상태를 견디다 못해 집 밖으로 나가 끔찍한 살인을 저지르고 범죄자가 되거나 남의 집에 불을 지르는 방화범이 되기라도 한다면, 그것은 결코 한 개인이나 가정의 문제에 머물지 않는다. 그런 일이 있기 전에, 그런 잠재성을 가진 '환자'에게 다가가 '맑은 물' 한 그릇 건네는 일이 반드시 필요하다는 이야기다.

사회적 힐링센터는 바로 그 맑은 물을 제공하는 곳이다. 힐링센터는 그 맑은 물을 철저히 잘 관리해야 하는 책무가 있다. 언제 마셔도 좋은 깨끗한 물을 찾아오는 사람에게 제공하는 것이다. 좋은 자연환경과 음식, 좋은 프로그램을 만들고 힐러들이 그것들을 잘 운영하고 관리하면 된다.

지치고 힘든 사람들이 누구든 상관없이 언제든 와서 맑은 물 마시고, 좋은 음식 먹고, 쉬고, 다시 자기 삶의 전쟁터로 되돌아가는 것이다. '돌아가서 또 싸우더라도 너무 파괴적으로 되지는 말자. 상대를 너무 적대시하지는 말자'라는 것이 사회적 힐링의 정신이다.

여기에 기본적으로 요구되는 것이 포용 정신이다. 나와 다른 상대를 품고 가려는 포용의 마음이 있어야 이 모든 것이 가능해진다. 다름이 보이더라도 이를 혐오의 이유로까지 끌고 가지는 않는 것, 다른 모습 그대로 같이 갈 사람으로 인식하는 마음이다. 내가 지향하는 힐링은 기본적으로 이 포용의 정신에서 출발한다.

사람들이 산행을 하다 돈 없이도 가는 곳이 산사다. 산을 오르다 절이 있으면 들어가서 밥도 얻어먹고 그늘에 가서 쉬기도 하고 스님 말씀도 듣는다. 돈을 걱정하지 않는다. 힐링센터도 그와 같다. 다만 사회적 힐링센터는 비종교적인 곳이어야 한다.

이런 곳이 공적 기구가 되어 전국에 지역별로 존재한다면 사회적 완충지대 역할을 충분히 할 수 있을 것이다. 코로나 이후의 미래에 대한 나의 생각이다.

거듭 말하거니와 이제는 명상이나 힐링이 여유 있는 사람들만
이 할 수 있는 것이 되어서는 안 된다. 여유 없는 사람도 언제든 접
근할 수 있는 사회적인 시스템이 마련되어야 한다.

우울함, 고독감, 절망감은 누구에게나 있다. 이렇게 아픈 사람들
이 공적인 공간에서 치유하고 충전하여 다시 사회로 나갈 수 있도
록 하는 일은 이제 시대적 과제다. 이 과제를 깨닫게 만든 것이 바
로 코로나였다. 나는 옹달샘이 공적인 치유의 공간으로 활용되기
를 꿈꾼다. 옹달샘이 그런 치유의 모델이 됐으면 좋겠다. 그래서
이곳을 아예 공적 기구화하는 것도 생각하고 있다. 내가 그 가능성
의 단초를 찾은 곳은 '필란트로피 운동'이었다.


## 나눔의 선순환, 필란트로피

필란트로피 운동은 한마디로 기부활동을 체계적으로 벌여 그
사회의 기부문화 수준을 높이는 운동이다. 흔히 '박애'라고 번역되
는 '필란트로피(Philanthropy)'의 단어 속에 그 뜻이 들어 있다. 필란
트로피 운동은 너와 나의 경계, 나라와 나라 사이의 국경을 초월하
여 모든 인류에 대한 연민과 사랑을 지향한다. 우리나라는 물론 지
구상 인류 모두의 행복과 안녕을 위해 내가 무언가를 기여하고자
하는 지향점에서 출발하는 것이다. 그 기여의 한 방식이 나눔, 곧
기부활동이다. 이타적인 꿈과 뜻을 함께하는 사람들이 모여 보다

안전하고 아름다운 세계 공동체를 위한, 모금 활동 같은 것을 함께 전개해 나가는 것이다.

그리해서 대립과 갈등과 전쟁의 소용돌이 속에서 점점 파괴적으로 가고 있는 오늘의 세계 질서를 한 뼘이라도 개선시킬 수 있다면 얼마나 좋겠는가. 그것만으로도 인류사적 공헌이 아닐 수 없다.

나눔은 물질의 분량이 중요한 게 아니다. 마음이 더 중요하다. 그 나눔의 마음은 명상의 시작점인 '비움'에서 시작된다. 내가 조금이라도 비움을 실천하면 비워진 그 공간을 채우는 것은 내가 아니다. 다른 사람이다. 하늘이 채워준다. 비움도 나눔처럼 물질에만 국한되지 않는다. 자기가 가진 재능, 생각, 아이디어를 나누고, 그 나눔이 선순환이 되어 사회적 투자, 사회적 가치로 연결된다. 단순히 돈을 투자해서 돈으로만 되돌아 나오는 게 아니라 가치와 보람과 명예로 돌아오는 것이다. 이렇게 비움을 실천하는 리더십이어야 사람의 마음을 움직일 수 있다. 기업이든 국가든 나눔의 리더십이 있어야 하는 이유다.

이것을 언제 실천해야 할까. 언제부터 가르쳐야 할 것인가. 한 살이라도 어렸을 때 가르치는 게 좋다. 그래서 생각하게 된 것이 '유스 필란트로피'다. 옹달샘 청소년 수련원이나 꿈너머꿈 국제대안학교의 커리큘럼에는 반드시 필란트로피 정신, 나눔의 리더십에 대한 커리큘럼이 들어가 있다. 이런 것을 훈련받은 아이와 그렇지 않은 아이의 미래는 확실히 다를 것이다.

지금까지는 대체로 단순히 어려운 사람을 돕기 위해 모금을 진행했다. 하지만 달라지고 있다. 모금의 목표가 좀더 사회적이고 공동체적인 것으로 진화되고 있다. 놀랍게도 우리에겐 이미 오래전부터 이런 모금의 좋은 모델이 있었다. 서재필 박사 등이 독립문을 세울 때 모금을 했는데 이것이 우리나라 최초의 필란트로피 모금 운동이라고 할 수 있다. 독립문 건립과 같은 것들을 필란트로피에서는 '코즈(Cause)'라고 한다. 명분, 이유다.

이제는 그 명분과 이유가 훨씬 더 광범위하다. 굶어 죽는 사람만을 돕자는 게 아니라 '사람을 키우자' '아이들 교육을 제대로 하자' '사각지대에 있는 사람들을 제대로 힐링시키자'라는 것이 필란트로피 운동의 좋은 코즈가 될 수 있다. 배고픈 사람에게 바로 밥을 주는 형태가 아니라 지속적으로 밥을 제공할 수 있는 시스템과 그것을 사명감을 가지고 운영할 수 있는 사람을 키우는 것이다. 그렇게 키워낸 사람 중에 하나가 세계적인 인물이 되고, 그 세계적 인물이 만든 가치가 선순환되어 새로운 필란트로피 운동으로 이어지는 것을 꿈꾸어 본다.

힐링은 수치화, 계량화되기 어렵다. 병원이라면 감기 환자 몇 명이 왔고, 무슨 약을 얼마쯤 처방해서 몇 명이 나았다는 것이 계량화된다. 그러나 힐링은 그게 안 된다. 어떤 경우는 한 사람을 놓고 하루 이틀 사흘의 시간을 보내기도 한다. 그 한 사람과 시간을 함께하며 얽히고설킨 얘기를 들어줘야 하기 때문이다. 결코 수치화할 수 없는 시간이지만, 따지고 보면 막대한 비용이다.

예를 들어 어느 배고픈 예술가가 절망의 막다른 골목에서 자살

하려고 했다가 힐링센터에 와서 명상을 한 후 인생이 바뀌어 다시 산다면, 그래서 불후의 명작을 창조해 낸다면, 이것은 어마어마한 일이다. 그러나 당장 눈에 보이는 결과물이 없기 때문에 아무도 이 막대한 비용을 감당하려 하지 않는다. 그 비용을 개인이 부담하기는 더 어렵다. 이런 비용을 사회적 모금 방식으로 충당할 수 있다면 무궁한 가능성이 열릴 것이다.

필란트로피를 하는 사람들에게 절대적으로 필요한 것은 투명성과 신뢰이다. 사적 목표와 사적 이익 추구는 절대 금물이다. 사심이 없어야 한다. 회계가 투명하고 엄정한 시스템으로 운영되어야 한다. 안팎으로부터 전폭적인 신뢰를 받아야 한다. 개인화되지 않아야 한다. 이런 기초 위에서 필란트로피 운동을 전개하고 사회적 힐링센터를 세워야 한다. 그러려면 국가기관과 민간기관이 협력해야 하고 민간과 민간이 유기적으로 연결되어야 할 것이다.


### 관계는 많은 상처의 뿌리

사회적 힐링센터에서 일하는 힐러들에게는 남다른 품성과 훈련이 요구된다. 노련한 인생 상담가가 되어야 해서다. 그러려면 몇 가지 기준과 원칙이 있어야 한다.

첫째, 잘 들어주어야 한다. 인내심을 가지고 끝까지 들어야 한다. 둘째, 잘 삼켜야 한다. 들은 이야기는 다른 사람에게 옮기면 절대 안 된다. 셋째, 편싸움에 끼어들어서는 안 된다. 특히 부부 싸움에 개입해서는 안 된다. 상담자가 내담자의 배우자에 대해 험담을 하거나 욕을 하는 등 그에 동조해서는 안 된다. 그 말이 잘못 전달돼 엉뚱하게 수모를 당하기 쉽다.

어린 시절 아버지가 교회 신도들과 상담하는 모습을 많이 지켜보았다. 가장 흔한 것이 부부, 자녀 문제다. 부부싸움을 심하게 하다가 어느 한쪽이 상담을 하러 오면 아버지가 귀담아듣고 처방을 해주곤 했다. 그런데 아버지의 처방은 내가 보기에도 밋밋하기 그지없었다. 이를테면 서로 용서하고 화해하라는 정도의 교과서 같은 답이었다. 알고 보니 여기엔 아버지의 오랜 상담 경험과 시행착오가 녹아 있었다. 부부 중 한 사람이 상담하러 왔을 때 그 사람의 편에 서서 나름의 분명한 처방을 해주면 당시는 고마워하지만 얼마 후 그것이 비수가 되어 돌아오는 경험을 무수히 했던 것이다.

모든 다툼에는 반드시 상대방이 있다. 그 상대방의 이야기를 듣지 않고 어느 일방의 얘기에 맞춰 처방을 하는 것은 위험하기 짝이 없다. 배우자와 같이 와서 비수를 꽂는 경우도 있다.

교회라는 울타리 안에서 관계 때문에 갈등과 분란이 일어나는 일을 어릴 때부터 수없이 지켜본 영향인지, 나는 그후에도 사람들이 겪는 상처의 뿌리는 그의 인간 관계에 자리 잡고 있다고 생각했다.

그런 점은 우리 부부에게도 예외는 아니었다. 6년 전 아내가 암에 걸렸다. 미국 서부 지역 순회 강연차 로스앤젤레스에 있다가 청천벽력 같은 소식을 듣고 급히 귀국하게 되었다. 아내는 나를 만나

자마자 자기 가슴을 치면서 "당신 때문에 암에 걸렸다"라고 말했다. 그 순간 나도 격분했다. 그동안의 평정심은 온데간데없어졌다. 나도 쏘아붙였다. "이런 말을 하는 여자가 내 아내 맞아? 40년 동안 동고동락한 내 아내가 맞아?" 그 뒤로 밀려 들어온 갈등과 다툼과 관계의 위기는 글로 형용하기가 어렵다. 못 견딜 정도로 격렬한 시간을 보내야 했다.

암환자에게는 심리적으로 몇 단계가 있다고 흔히 말한다. 부정, 분노, 타협, 수용의 단계다. 첫 번째 '부정' 단계는, 말 그대로 자신이 암에 걸렸다는 사실을 믿지 않는 것이다.

그러고는 두 번째 단계로 옮겨간다. '분노'이다. 자신이 왜 암에 걸려야 되느냐며 분노하고, 그 원인을 밖에서 찾는다. 그러면서 주변 사람들, 특히 가장 가까운 사람에게 가감 없이 분출하는 것이다. 날벼락을 맞은 상대방도 당연히 분노하게 되고, 두 사람의 분노가 합해져 극한으로 증폭되면서 엄청난 상처를 주고받게 되는 것이다.

세 번째 단계가 '타협'이다. 온갖 항암 치료를 받으면 소화도 안되고 잠도 못 잔다. 머리칼은 모두 빠져 한 가닥도 남지 않는다. 구역질도 잦아진다. 심신이 피폐해져, 사실 부부싸움을 할 기력도 없다. 주어진 현실과 상황에 타협하지 않을 수 없다. 사람이 고분고분해지고 조용해진다.

마지막 단계가 '수용'이다. 다 받아들이는 것이다. 어차피 살거나 죽거나 병을 받아들일 수밖에 없다고 생각하고 모든 것을 운명에, 하나님의 뜻에 맡기는 것이다. 자신이 갖고 있는 것을 나눠주면서 삶을 정리하는 시간을 갖게 된다.

아내가 이 네 단계를 거치는 것을 보면서 깨달은 게 많다. 내가 놓친 것도 많아 미안했다. 그러면서도 어느 때는 아내보다 더 화가 나기도 했다. 열심히 고생하면서 꿈을 꾸고 그 꿈을 이루기 위해서 함께 헌신했는데, 어느 날 나 때문에 암에 걸렸다고 하는 말이 비수처럼 꽂혀 도저히 빠지지가 않았기 때문이다.

그 과정에서 암에 걸린 사람도 힘들지만 그 가족도 얼마나 힘든지를 절절히 깨닫게 되었다. 암에 걸린 사람과 그 가족에게 주변 사람들의 위로가 얼마나 절실한지도 절감했다.

아내와 내가 평생 잊을 수 없는 귀인이 있다. 아내가 암에 걸리니 나도 어떻게 해야 할지를 몰라 당황해서 허우적거렸다. 그런데 대구에 사는 유방암 전문가 임재양 박사 부부가 소식을 듣고 부리나케 달려왔다. 그분의 첫 말은 "암은 죽는 병이 아니다"라는 말이었다. 맨 먼저 달려와서 우리 부부에게 건네준, 전문 의사의 이 말 한마디는 의사의 말이 아니었다. 신의 음성이었다. 희망의 메시지였다.

누구든 상처가 있다. 나도 예외가 아니다. 상처 없는 사람이 어디 있겠는가. 무엇보다 사람에게 받는 상처가 가장 아프고 힘들다.

가까운 사람들과 부딪혀서 생겨나는 상처는 더 예리하게 파고든다. 나도 화나고 상대도 화가 나서 생기는 날카로운 파편 같은 것들에 베인다. 그런 파편들은 감정이 편안한 상태에서는 생겨나지 않는다. 조급하고 복받친 감정들이 부딪치면서 생겨난다. 스스로 추스르지 못하고 서로 격렬하게 부딪치면서 갈등이 첨예해질 때 그전까지 단 한 번도 들어본 적도, 사용해 본 적도 없는 언어들이 튀어나온다. 그 언어 속에 담긴 상대방의 생각과 사고방식에 더 날카로워지곤 한다. '이렇게 생각하고 있었구나. 이럴 줄 몰랐다. 이 사람과 정녕 같이 갈 수 있겠나' 하면서 가슴앓이를 하게 된다.

부부 관계도 그렇고 가족 관계도 그렇다. 가까운 관계 안에서 미처 생각지 못한 일로 우리는 상처를 받는다. 그래서 옹달샘을 만들고 본격적인 치유 프로그램을 시작할 때 '부부학교'를 먼저 열었다. 부부 문제를 풀어야 그다음 단계로 넘어갈 수 있다 생각하고 이에 맞는 프로그램을 만들었다.

그런 시간이 쌓이면서 나도 깊은 치유를 경험했다. 나도 나의 상처를 가감 없이 드러냈다. 자기 상처를 드러내는 것만으로도 치유가 된다는 사실이 놀라웠다. 상처는 수치가 아니었다. 꽁꽁 싸맸던 상처를 사람 앞에 드러내는 순간 상처는 면류관으로, 수치심은 감사함으로 바뀌었다.

# 6장
# 이타심

더 먼 곳을 바라보다

**몽골에서 말타기 여행**
2003년부터 시작해 매년 여름마다 말 위에 올라 몽골 대초원을 달린다

/

## 1. 지역과의 상생을 꿈꾸다

깊은산속옹달샘을 운영하면서 현실적인 어려움을 많이 겪는다. 특히 지방자치단체장이 바뀔 때마다 난감한 상황을 만난다. 지자체의 후임자는 전임자가 시행하던 일을 계속하기보다 반대로 가는 경우가 많고 더러는 전임자의 업적을 아예 지우려 하기도 한다. 지방에서 어떤 일을 도모하는 사람에게는 이런 일이 매우 난감하고 현실적인 어려움으로 다가온다. 담당자가 바뀌면 모든 일을 다시 시작해야 하는 경우도 비일비재하다. 게다가 담당자가 너무 자주 바뀐다.

그런 요인 때문에 나도 마음고생을 많이 했다. 단체장이나 담당자들이 바뀔 때마다 다시 설명하고 또 설명하는 수밖에 없었다. 세월이 많이 흘렀고, 지금은 상황도 많이 달라졌다. 옹달샘이 충주의 명소가 되어 사람들이 찾아오게 하는 대문 역할을 하고 있기 때문이다. 생전 충주에 올 일이 없었던 사람들이 아침편지 독자라는 이유로, 옹달샘의 명상 프로그램에 참여하려고 충주를 찾아온다.

옹달샘에 오는 사람이 많으니까 주변도 달라지기 시작했다. 당장 지역 경제가 변화됐다. 주변 음식점이나 온천 같은 곳에 손님들이 많아졌다. 그러다 보니 옹달샘과 계약을 맺고 손님을 보내주면 사례를 하겠다는 제안도 있었다. 물론 이런 계약에 응해본 적은 단한 번도 없다. 그저 옹달샘의 존재로 인해 지역 경제가 한 뼘이라도 좋아진다면 그것만으로도 감사한 일이다. 옹달샘 주변에 있는 카페나 식당, 마트에 작으나마 도움이 될 수 있으면 좋은 것이다.


## 로컬을 살린다는 것

우리나라가 가야 할 방향 중 하나가 국토의 균형 발전이다. 지방마다 인구 소멸 지역이 늘고 있다. 농촌이 피폐해져 가고 있다. 농촌에는 아이들 울음소리가 사라지고 있다. 노동 인구가 줄었고 노인만 많아졌다. 코로나 사태를 겪으면서 이런 추세는 더욱 심화되고 있다.

그런데 역설적이게도 코로나 사태가 농촌의 중요성을 더욱 일깨우는 계기가 되었다. 가장 중요하고도 변해선 안 될 산업 중 하나가 농업임을 알게 된 것이다. 다른 건 몰라도 사람은 먹고살아야 하기 때문이다. 먹고사는 문제를 해결하려면 농업을 살려야 한다.

농업을 살리려면 농촌을 살려야 하고 농촌을 살리려면 농민이 있어야 된다. 그러니 청장년이 안정적으로 농촌에 머물며 농사 짓고 살 수 있도록 도와야 한다. 어떻게 농촌을 살리고 농업을 살리느냐가 앞으로의 국가적 과제가 아닐 수 없다. 우리 모두가 함께 깊이 생각해야 할 문제다.

농촌에서 한 20년 살다 보니 농촌 문제가 보통 문제가 아니라는 것을 수없이 생각하게 된다. 그러면 농촌을 잘 살려내는 방법은 과연 없을까. 농촌을 살리려면 우선 3대가 한마을에서 살아야 한다. 갓난아기, 청장년, 노인들이 함께 살아야 농촌이 살 수 있다. 그러려면 농사짓는 일 말고도 청장년의 일자리가 있어야 한다. 어린이집과 교육 기관이 있어야 하고, 건강과 관련된 힐링센터나 병원도 있어야 한다. 여기에 우체국 등 공공기관이 연결되는 동선이 잘 만들어지면 지방의 인구 소멸 지역은 점차 줄어들 것이다.


**농촌 일자리, 상상력이 필요하다**

농촌을 살리는 핵심은 결국 일자리이다. 일자리를 어떻게 만들 것인가. 이런 상상을 해본다. 판교나 실리콘밸리처럼 농촌에 아름다운 건물을 짓고 공유 작업장이나 창작소를 만들어서 아주 저렴한 가격으로 청년들에게 임대를 해주면 어떨까. 코로나로 재택근무자가 많아졌다. IT 전문 업종이나 예술가들은 굳이 도시에서 살 필요가 없다. 인공지능 전문가나 그림 그리고 시 쓰고 음악 하는 사람들이 꼭 도시에 살 필요가 없다. 은퇴한 사람들도 '세컨드 하우스'의 길을 터주는 세제 혜택들을 잘 적용하면 기꺼이 농촌에 올 수 있을 것이다. 이런 공유 빌딩 안에서 시인이 건축가를 만나고 건축가가 IT 전문가를 만나서 차도 마시고 이야기를 하다 보면 문화적 괴물이 탄생할 수 있을 것이다. 이런 센터 하나가 농촌에 세워져 제대로 성공하면 다른 곳으로 확산되어 수백, 수천의 일자리가 만들어질지 모른다.

사막 허허벌판에 엔터테인먼트 하나만으로 라스베이거스라는 도시가 만들어졌듯이, 농촌 사회에도 최첨단 4차 산업의 메카를 만들 수 있다. 아이를 맡길 유치원이 있고 좋은 학교가 있으면 농촌에도 '슬로 시티'가 만들어질 수 있다. 이런 모델이 한 개에서 시작해 열 개, 스무 개, 백 개가 만들어지면 수도권의 인구가 분산되면서 지역이 달라질 수 있을 것이다.

이것은 물질적인 수익만이 아니라 사회적 가치를 높이는 일이다. 우리나라 국토를 살리고 균형 발전을 이루는 것이다. 여기에 사회적 힐링의 구조까지 더해지면 얼마나 좋을까. 국가의 이미지에도 도움이 되는 일이다.

310

/

## 2. 소외된 계층을 위한 힐링캠프

우리 사회에 사회적 힐링을 정착시키기 위해서는 소외계층을 위한 무료 힐링캠프가 반드시 필요하다. 처음부터 사회적 힐링까지를 생각해서 시작한 것은 아니지만, 옹달샘에서도 여러 무료 프로그램을 진행했다. 참여비를 내고 오기 어려운 사람들을 위해 여력이 될 때마다 아침편지문화재단이 모든 비용을 대고 진행해 온 것이다.

이십 대 청년들의 자존감과 꿈을 심어주기 위한 '빛나는 청년 힐링캠프', 육십 대 이상의 새로운 삶을 열어갈 '금빛청년 힐링캠프', 일과 육아를 감당하며 지친 엄마들을 위로하는 '싱글맘 힐링캠프', 세월호 사건으로 힘들 때 진행했던 '단원고 힐링캠프' 등이 있었다.

## 고통받는 가족을 위한 힐링

2018년 2월에는 '소방관 배우자들을 위한 무료 힐링캠프'도 열었다. 이 프로그램을 만든 데도 계기가 있었다. 당시 충주와 가까운 제천에서 큰 화재가 났다. 언론의 질타가 쏟아졌는데 그 질타의 대상이 다름 아닌 소방관이었다. 자기 목숨을 걸고 타인의 생명을 구하는 고귀한 업무에, 보람과 영예는커녕 하루아침에 온갖 비난과 욕을 먹는 상황이 되다시피 한 것이다. 불구덩이에 뛰어들며 때로는 목숨을 잃는 직업인데 감당할 수 없는 비난을 받으니까 소방관 배우자들이 더 힘들어했다. 그래서 그분들을 위로하고 자존감을 높여드리기 위해 소방관 배우자 무료 힐링캠프를 열었던 것이다.

첫날부터 울음바다였다. 이런 자리를 만들어준 것만 해도 감사하다는 것이었다. 아프고 서럽고 억울할 때 서로 마음을 나눈다는 것이 얼마나 큰 위로가 되는지 실감했다. 여건이 되면 경찰관, 군인, 코로나 때 헌신한 의료진 배우자도 무료 캠프에 초대하고 싶었으나 재정에 한계가 있었다. 그래서 정부와 공공기관과 민간이 함께하는 사회적 힐링센터의 필요성을 느끼게 된 것이다. 공직 사회에서 목숨 걸고 일하다가 열악한 여건과 사회적 인식 때문에 자존감이 낮아져가는 직종의 배우자들과 자녀들을 치유하는 프로그램이 꼭 필요하다.

가족을 잃고 아픈 사람들을 위한 프로그램도 필요하다. 특히 자살자 유가족을 위한 힐링 프로그램은 꼭 있어야 한다. 잘 알려진 통계 수치이지만 2021년 기준 우리나라 자살자 숫자가 1년에 1만 3,000여 명이다. OECD 국가 중 1등이다. 한 사람이 자살로 생을 마감하면 남은 가족들의 삶은 피폐해진다. 어디 가서 말도 못 하고 죄인처럼, 가슴에 독침을 꽂은 것처럼 크나큰 고통 속에 살아간다. 그 때문에 온갖 증상이 몸과 마음에 생기는데도 말을 못 한다. 옹달샘에서 이따금 이런 분들을 만나면서 이제는 우리 사회가 이들에 대해서도 따뜻한 관심을 보내야 한다고 생각하게 되었다. 비록 부족하지만 여건이 되는 대로 다만 몇 사람이라도 모셔서 아픔을 같이 나누고 싶다.

장기실종자 가족을 위한 프로그램도 필요하다. 열 살짜리 딸이 행방불명되었는데 수십 년이 흐른 지금까지 고통받고 있는 부모들이 많다. 자식을 찾지 못한 채 살아야 하는 고통은 말로 형언할 수 없다. 실낱같은 희망 하나로 곳곳에 플래카드를 걸고 현상금도 걸지만, 그 희망이 매일매일 절망으로 바뀌는 고통은 이루 말할 수가 없다. 이따금 옹달샘에도 그런 분들이 오는데 어떤 말로도 위로가 안 된다. 이분들을 위해 같은 경험을 한 사람들이 모여 함께 위로하는 장을 만들어주면 좋겠다.


## 인생의 중앙선을 넘기 전에

우리 사회에서 소외된 사각지대의 사람들에게도 무료 힐링캠프가 절실하다. 세상에 적응하지 못하고 자신과 타인에게 상처 내며 방황하는 사람이 많다. 그러나 그런 사람일수록 스스로 찾아오기 어려운 곳이 명상센터이다. 그래서 더 간절하다. 사회적 분노와 폭력으로 번지기 전에, 스스로를 포기하고 중앙선을 넘기 전에 우리 사회가 먼저 손을 써야 한다.

갖가지 병으로 고통받는 사람도 참 많다. 육체적 병뿐만이 아니다. 정신적·정서적 병에 걸려 있는 사람은 더 많다. 국가와 지자체의 시선이 닿지 않는 곳에 도움과 위로와 배려가 필요한 사람들을 위한 치유센터가 정말 필요하다. 나는 이것을 '국민안전치유센터'라고 부르고 싶다. 언젠가 여건이 좋아지면 국민안전치유센터를 세워서 도움의 손길이 필요한 사람들에게 미약하나마 빛을 보내는 역할을 했으면 좋겠다고 생각한다.

옹달샘에 있다 보면 세상에 적응하지 못해 힘들어하는 청소년들도 많이 만나게 된다. 아침편지로 매일 보내는 마음의 비타민, 영혼의 작은 물방울은 사실 수많은 청소년들을 향한 메시지이기도 하다.

이 책을 쓰는 막바지 과정에 이태원에서 '10·29 참사'가 터지고 말았다. 말문이 막혔다. 손이 떨려 글이 써지지 않았다. 어떻게 이런 일이 벌어질 수 있는가. 참담할 뿐이다. 꽃다운 젊은이들을 지켜주지 못해 미안한 마음이 너무 크다. 속절없이 세상을 떠난 젊은 희생자들의 영령에 명복을 빈다. 남은 유가족과 생존자, 목격자들의 트라우마를 치유할 수 있는 일에 옹달샘이 기여할 수 있는 길을 찾고 있다.

옹달샘은 상처 난 마음을 위로받고 새살이 돋도록 좋은 에너지를 주는 현장이다. 옹달샘 프로그램을 운영하며, 조금씩이라도 더 많은 무료 힐링캠프를 열고 싶은 바람은 더욱 간절해졌다. 사회적 힐링을 넘어 민간과 정부, 지자체가 함께하는, 지속 가능한 시스템의 국민안전치유센터가 그런 역할을 할 수 있을 것이라 생각한다.

사람의 생명을 살리는
힐링에는 양극이 없다.
다름이 보이더라도 서로 포용하고
함께 가야 한다.
지치고 힘들 때 누구라도
기대어 쉴 수 있어야 한다.

# 3. 아이들의 가슴에 북극성을 심어주는 것

옹달샘에 부부, 단체, 교사, 공무원, 직장인 등 많은 분들이 찾아왔는데, 이들 중 자녀들을 데리고 오는 어른들이 많아지면서 아이들 프로그램에 대한 요구와 필요성도 커졌다. 그래서 만든 것이 '링컨학교'이다. 초중고등학교 청소년들을 대상으로 한 리더십 프로그램이었다.

**링컨의 정신을 아이들에게 주고 싶다는 소망**

선뜻 결심을 하지 못하고 있던 나에게 계기가 찾아왔다. 어느 날 프로그램을 진행하다가 우연히 맨 뒤쪽에서 아이들 뒤에 서 있게 됐다. 그런데 2학년 여고생 둘이 웃으면서 나누는 대화를 들으니 내용이 전부 욕이었다. 전혀 거리낌 없이 상스러운 욕을 입에 담았다. 정말 안타까웠다.

언어는 정신이다. 『혼불』을 쓴 최명희 작가는 "언어는 영혼의 무늬이다"라고 말했다. 영혼의 무늬가 깨져나가고 오염된 모습을 보면서 아이들 정신이 멍들고 있다는 생각이 들었다. 글을 쓰는 사람으로서 일말의 책임감과 소명감이 생겨났다.

그때 '링컨의 언어'가 생각났다. 그중 최고봉은 '게티즈버그 연설'이다. 2분짜리 즉석연설이었다. 그 게티즈버그 연설을 가리켜 '무의식의 서사시' '불멸의 서사시'라 부른다. 링컨의 삶을 관통하는 숱한 고난의 경험과 독서에서 잉태된 언어였다. 그 언어가 링컨의 무의식 속에 잠재돼 있다가 절박한 상황에서 가장 고양되고 승화된 언어로 튕겨 나왔던 것이다.

링컨에게도 꿈이 있었다. 그래서 여러 실패에도 불구하고 부단한 도전을 통해 미합중국의 16대 대통령이 되었다. 그리고 그 너머 또 하나의 꿈, 꿈너머꿈이 있었다. 대통령이 되어 무엇을 할 것인가 하는 꿈너머꿈! 그것은 다름 아닌 흑인 노예 해방이라는 이타적인 꿈, 공동체를 위한 꿈, 미래지향적인 꿈이었다. 우리 청소년들에게도 그 꿈너머꿈을 찾아주고 싶었다.

## 가슴에 북극성을 품은 어른으로 자라길 바라며

먼저 링컨학교 커리큘럼을 마련하고 시스템도 준비했다. 그 첫 번째는 '9형제자매 맺어주기'였다. 나만 해도 칠 남매 속에 자랐는데 요즘 아이들은 형제가 많아야 2명이고 외동으로 귀하게 자라는 아이들도 많다. 부모들의 과보호 속에 애지중지 자라는 바람에 형제간의 갈등을 겪어본 경험이 없다. 그래서 작은 갈등에도 쉽게 상처받고 심지어는 자살까지 하는 아이들이 생겨난다.

나는 칠 남매 형제들과 싸우면서 자랐고, 싸우면서 형제애를 배웠다. 향토애, 조국애, 인류애도 형제애부터 시작되는 것이라고 믿는다. 요즘 아이들은 그런 경험이 없으니까 인위적으로라도 '9형제자매'를 맺어주자 생각한 것이다.

두 번째는 '몸 만들기 마음 만들기'이다. 요즘 아이들에게 절대적으로 필요한 것이 체력이다. 체격은 좋아졌지만 체력은 현저히 떨어져 있다. '몸 만들기'는 육체적 체력을 키우기 위한 커리큘럼이다.

그러나 육체적 체력만으로는 안 된다. 마음의 체력이 뒤따라야 한다. '마음 만들기'는 마음의 근력을 키우는 것이다. 여기에 필요한 것이 명상이다. 자신의 감정과 정서를 스스로 다스리는 훈련, 특히 화를 다스리는 훈련이 필요하다. 그래서 외부 조건에 의존하지 않고 스스로 마인드 컨트롤 할 수 있도록 훈련시킨다.

세 번째는 '2분 스피치'이다. 당연히 2분짜리 게티즈버그 연설에서 따왔다. 말과 글, 언어 훈련을 위한 핵심 커리큘럼이다. 이는 언어로 세상을 움직이는 지도자 훈련이기도 하다. 세상을 움직이고, 역사를 만드는 스피치를 준비하기 위해서는 독서가 반드시 필요하다. 그래서 먼저 독서법을 가르친다.

감히 견줄 수 있는 것은 아니지만, 나의 삶은 링컨의 삶과 비슷한 점이 많다. 지독하게 가난했고, 고난이 많았고 또한 책벌레였다. 링컨도 목숨 걸고 책을 읽었듯이 나도 죽어라고 책을 읽는 사람이 되었다. 아이들이 독서법을 익히고 나면 자신의 경험과 자기만의 꿈을 담은 스피치를 쓰게 한다.

'2분 스피치'는 직접 경험과 간접 경험의 결합이라고도 할 수 있다. 독서가 간접 경험이라면 자신이 살아오면서 겪은 온갖 체험은 직접 경험이라 할 수 있다. 이 직접 경험에는 '고점'과 '저점'이 있다. 행복했던 일이 고점이라면 불행했던 일이 저점이다. 시험에서 낙제점을 맞은 게 저점이라면 백 점 맞은 건 고점이다.

고점과 저점이 춤을 추듯 함께 있어야 이야기가 극적이고 재미있어진다. 누구에게나 고점과 저점으로 굴곡진 스토리가 있다. 단지 그것을 사람들 앞에서 말해 본 경험이 없을 뿐이다. 2분 스피치는 아이들에게 자신의 스토리를 말해볼 기회를 주는 시간이다.

자기 인생의 저점인 상처나 절망의 경험을 사람들 앞에 용기 있게 드러내는 게 중요하다. 그 시간이 나를 객관적으로 보게 해주고 자신의 감정을 스스로 조절하게 해준다. 그 저점이 때론 인생의 큰 터닝 포인트가 될 수 있다.

링컨학교의 마지막 커리큘럼은 앞에서 말한 꿈너머꿈 만들기이다. 단순히 꿈에만 머물지 말고 그 너머로 이타적인 꿈을 가지라는 뜻이다. 나는 그걸 '북극성'이라고 표현한다. 북극성은 한 사람의 인생에 목표이자 좌표가 될 수 있다. 북극성이 가슴에 찍혀 있는 사람은 길을 잃어도 방향을 잃지 않는다.

/

## 4. 꿈너머꿈을 향해 뻗어가는 아이들

링컨학교를 10년 넘게 운영하다 진화된 것이 꿈너머꿈 국제대
안학교(BDS, Beyond Dream Global Leader Scholars)이다. 국제대안
학교는 오랫동안 망설이고 기도했던 일이다. 링컨학교를 다녀간
뒤 달라진 아이를 본 부모들이, 대안학교를 세울 생각이 없느냐
고 수없이 물어왔다. 지금까지 링컨학교를 2만 5,000명이 거쳐갔
는데 그 학생들의 부모들이 적극적으로 권유해 왔다. 6박 7일짜리
링컨학교로는 부족하다는 이야기였다. 대안학교를 성공적으로
이끈 한 교장 선생님도 찾아와서 대안학교를 만들면 어떻겠느냐
는 제안을 여러 차례 했다. 그런데 엄두를 못 냈다. 옹달샘과 링컨
학교를 운영하는 것만으로도 힘에 부쳤기 때문이다. 그러다 마침
내 결단을 내렸다.

기숙형 국제대안학교를 만들기로 결심한 데에는 링컨학교 경험이 큰 영향을 주었다. 링컨의 어록 중에 내가 가장 좋아하는 말이 있다. "넘어진 게 아니라 미끄러졌을 뿐이다"라는 말이다. 그런 링컨의 정신을 아이들에게 전하고 싶었다. 함께 먹고 자고 뒹굴면서 독서법과 글 쓰는 법, 사람들 앞에서 표현하는 법을 훈련시켜 미래의 지도자로 키우고 싶었다.

꿈너머꿈 국제대안학교를 설립하는 과정에서 국제대안학교 운영 경험이 많은 분들을 많이 만나 조언을 구했다. 그분들이 나에게 용기를 주었다. 옹달샘은 이미 대안학교로서의 거의 모든 기반을 갖추고 있다고 했다. 건강한 음식, 아름다운 자연, 아침지기들의 헌신적인 태도 등 옹달샘 같은 환경은 어디에도 없다는 것이었다. 그래서 용기를 얻어 더 늦기 전에 시작하기로 결심했다.

### 자신과 경쟁하며 재능을 극대화하다

내가 생각하는 국제대안학교는 몇 가지 기본 방향이 있다. 링컨학교를 운영하며 내 마음속에서 오랫동안 숙성된 생각들이다. 그 첫째는 청소년들의 타고난 개성과 재능을 하루라도 일찍 발견해서 극대화시키는 것이다. 다른 사람과 경쟁하는 게 아니라 자기 자신과 경쟁하면서 자기 재능을 극대화하는 게 중요하다. 어제보다 오늘, 오늘보다 내일, 더 나은 나를 위해 자신과 싸우는 것이다.

둘째는 우열이 없는 것이다. 등수도 없다. 자기 재능을 극대화하는데 상대방하고 겨룰 게 뭐가 있겠는가.

셋째는 스피치 훈련이다. 자신의 재능과 꿈을 설명할 수 있는 능력인 동시에 사람을 움직이는 능력이기도 하다. 올림픽에서 금메달을 딴 선수가 방송사든 유튜버든 누군가 마이크를 갖다 댔을 때 말 한마디 제대로 못 하면 그냥 금메달 딴 선수에 머물지만, 그때 이야기한 한마디가 사람들에게 감흥을 주면 더 많은 사람들에게 금세 회자될 수 있다. 스타가 된다. 수학을 잘해도 단순히 수학 공식으로 푸는 사람과 그것을 재미있고 맛깔스럽게 설명하는 사람은 큰 차이가 있는 것과 같다. 자기 분야에서 최고 전문가가 되고 명인이 되어도 제대로 말하는 기술이 있어야 더 큰 일을 할 수 있다.

넷째는 외국어 능력이다. 꿈너머꿈 국제대안학교에서는 한국어, 영어, 중국어, 일본어, 더 욕심을 내면 러시아어 등 외국어를 최대한 익히게 한다. 우리 한반도를 둘러싸고 있는 주변국의 언어를 유창하고 능숙하게 사용하는 능력, 유창하고 능숙하지는 못해도 적어도 통역 없이 알아들을 수 있는 정도의 지도자가 많아져야 한다. 문화든 기술이든 어떤 분야에서든 언어 이해력은 강력한 무기가 된다. 최소한 우리와 가까운 주변국 사람들과 소통할 수 있는 능력을 갖춘 사람들이 많아져야 그 토대 위에서 정치, 외교의 방향도 바로 설 수 있다. 좋은 비즈니스맨도 나올 수 있다.

《중앙일보》 기자 시절이던 1991년에 미국으로 1년 동안 연수를 간 적이 있다. 가족과 함께 갔는데 아들이 초등학교 5학년, 딸이 중학교 1학년이었다. 6개월이 지나니까 아이들 입에서 영어가 터지기 시작했다. 1년 지내고 오니 아이들은 영어에 어려움이 없었다. 이때 외국어는 현지에서 배우고 익혀야 자기 것이 될 수 있다는 것을 실감했다.

그래서 꿈너머꿈 국제대안학교에서도 준비한 것이 '해외 캠프'이다. 아이들도 바깥세상을 봐야 한다. 일단 미국, 중국 등 외국에 보내서 현지 언어와 문화를 몸으로 체득하게 하는 것이다. '상해링컨학교'나 '백두산 윤동주 캠프' 같은 경험을 토대로 '미국 캠프'를 열어 정기적으로 진행할 생각이다.

다섯째, 악기 하나는 반드시 익히고 졸업하도록 하는 것이다. 악기 연주는 성장 과정에도 정서적으로 유익하지만, 성인이 되어서도 자신만의 행복한 취미로 즐길 수 있다. 나는 어린 시절 하모니카와 통기타를 갖고 싶었는데 끝내 못 가졌다. 지금도 무척 아쉽다. 내 인생에서 참으로 아쉬운 일이 악기 배울 기회를 놓친 것이기에 아이들에게는 자신들이 좋아하는 악기를 익힐 기회를 만들었다.

마지막 여섯째는 졸업할 때까지 운동 하나는 마스터하게 하는 것이다. 옹달샘에서 하고 있는 선무도도 그중 하나다. 선무도는 명상적인 것이고 인성과도 연관된다. 자신감과 체력도 길러줄 수 있다. 양궁 수업도 준비하고 있다. 활쏘기는 집중력을 높이고 마음을 안정시키는 훈련을 위해 하고 있다.

## 미래의 역사를 이끄는 주역이 되어주길

국제대안학교를 만들면서 마음에 담았던 모델이 있다. 이승훈 선생이 세운 '오산학교'이다. 오산학교의 문턱만 밟은 학생들도 대부분 걸출한 민족 지도자가 되었다.

또 하나는 백범 선생이 만든 '서명의숙'이다. 아쉽게도 학교를 제대로 키우기 전에 백범 선생이 암살당했지만 만일 서명의숙이 제대로 운영되었다면 지금쯤 대단한 학교가 되었을 것이다.

하버드대학을 비롯한 아이비리그도 처음에는 미약했다. 교사 1명이 학생 7명을 놓고 시작한 학교가 하버드대학인데 지금은 세계에서 가장 대표적인 창조 집단, 지성 집단이 되었다. 그런 점이 나에게도 중요한 동기부여가 되었다.

우리나라는 4대 강국에 둘러싸여 있다. 그 지정학적 위치 때문에 온갖 굴곡진 역사를 거쳐왔다. 그러나 이제는 과거의 불리했던 지정학적 위치를 다시없을 기회로 만들어야 한다. 지금 우리를 둘러싼 주변국의 리더십은 유례가 없을 만큼 강력하다. 중국의 시진핑, 러시아의 푸틴, 북한의 김정은……. 시간이 갈수록 그 힘은 거대해질 것이다. 우리에겐 이러한 상황에 맞는 리더십이 필요하다.

우리나라의 리더십은 어떤가. 민주적 선거제도에 따라 계속 교체되는 리더십이다. 여기에 지역감정과 빈부 격차, 각종 갈등과 부딪침이 많은 사회이다. 민주적이면서도 강력한 리더십을 가진 리더가 나와야 하고, 그 리더가 교체되더라도 정책의 방향이 대물림될 수 있는 시스템을 만들어야 한다. 그러지 않으면 앞으로 많은 어려움을 겪게 될 것이다.

꿈너머꿈 국제대안학교 학생들이 잘 자라 미래의 우리 역사를 이끄는 주역들이 되기를 꿈꾼다. 우리 역사가 무궁한 발전을 이룰 수 있도록 기여할 인물, 세계적 인물이 많이 나오기를 바란다.

북극성이 가슴에 찍혀 있는 사람은
길을 잃어도 방향을 잃지 않는다.

/

## 5. 우리 사회의 구엘이 되기 위하여

스페인의 산티아고 순례길을 걷다 보면 반드시 만나게 되는 것이 가우디의 건축물이다. 안토니 가우디라는 천재 건축가 한 사람이 지금 스페인을 먹여 살린다는 말도 있다. 그가 지은 구엘 공원과 사그라다 파밀리아를 보기 위해 해마다 수백만 명의 관광객이 스페인을 찾는다. 가우디가 대대손손 스페인 경제를 뒷받침해 주고 문화의 격을 높이고 있는 것이다. 그런 가우디의 천재성을 일찍 알아보고 꽃 피우게 한 사람이 있으니, 바로 에우세비 구엘이다.

가우디는 구엘을 26세에 만났다. 거부였던 구엘이 젊은 가우디의 천재성을 알아보고 전폭적인 지원을 해주었던 것이다. 유명한 일화가 있다. 구엘이 가우디에게 구엘 공원을 맡겼던 초기의 일이다. 구엘의 회계 담당자는 가우디가 돈을 너무 많이 쓰고 있다고 판단했다. 그래서 가우디를 내쳐야 한다는 의견을 제시했는데, 구엘의 대답이 걸작이었다. "가우디가 쓴 돈이 고작 그 정도냐. 더 쓰게 하라." 구엘에게는 그런 정신과 안목이 있었던 것이다.


## 씨앗을 뿌리는 사람

산티아고 순례길은 성(聖)과 속(俗)이 함께 있는 길이다. 세상을 정복하는 길이 아니라 자기 자신을 정복하는 길이다. 순례길은 상품을 교역하는 길이 아니라 사람과 사람 사이의 관계를 회복하게 해주는 길이다. 걷는 사람에게는 건강과 더불어 영성이 주어진다. 순례길을 걸으면 비전도 발견하게 된다. 땅끝이라고 생각한 곳에서 바다 건너 또 하나의 세상을 그려내게 된다.

산티아고 순례길을 걸으며 나에게도 몇 가지 더 확고해진 꿈이 생겼다. '좋은 교육가'가 되는 꿈이다. 지금까지 살아오며 많은 직함을 얻었지만 마지막에는 교육가로 남기를 바란다. 모든 것의 핵심은 교육에 있다. 나는 비록 가우디나 구엘이 되지는 못했지만 젊은 청년들에게 씨앗 하나를 뿌려주어서 언젠가는 그들이 가우디가 되고 구엘이 되는 꿈을 꾼다. 링컨학교에서 시작한 꿈이 꿈너머꿈 국제대안학교의 꿈으로, 더 나아가 옹달샘 청소년 수련원과 'K-디아스포라 프로젝트'로 이어졌다.

## 첫 번째 꿈이자 마지막 꿈

개인적인 꿈도 다시 생겼다. 산티아고 순례길을 걸으면서 기도했다. 황톳길에서 오열하고 쓴뿌리를 걷어내는 과정을 거치면서 몸도 건강해지고 체력도 단단해졌다. 나의 영성도 한층 성숙해졌노라고 감히 고백할 수 있다. 그 영성이 나의 걷기를 더 강화시켰다. 그래서 95세 너머까지 매년 걷고 싶다는 꿈을 꾼다. 그날까지 어디서든 더 열심히 걸으며 매일 건강하게 아침편지를 쓰고 싶다. '세상 소풍 마치는 날까지 아침편지를 쓰는 것'이 마지막 남은 나의 개인적인 꿈이다.

그런데 이 개인적인 꿈이 산티아고 순례길 참여자들과 함께 보다 광범위한 다수의 꿈으로 바뀌었다. 건강하게 걷기를 원하는 사람들이 모여 '아침편지 트레킹 클럽', 줄여서 '아트클럽'을 만든 것이다. 여기에 기부와 보상의 개념을 더해 1킬로미터를 걸을 때마다 1천 원을 적립해 기부하고 그것을 메타버스에 연결해 보상이 함께 주어지는 동아리를 만들었다. 그런 점에서 2022년 산티아고 순례길 치유여행은 또 하나의 역사적 출발점이 되었다. 여행 중에 이미 아트클럽 발대식까지 마쳤으니 '위대한 시작'의 점이 또 한 번 찍힌 셈이다.

앞으로도 또 얼마나 많은 크고 작은 꿈이 자랄지 모르겠다. 이 책을 준비하면서도 수많은 꿈이 태어나고 사그라들기도 했다. 그 꿈들을 다 이루고 가지는 못하더라도 가슴 뛰는 일이라면 주저하지 않을 것이다. 그것이 나의 정신 중 하나이기 때문이다. 돌아보면 내가 이뤄온 일들이 모두 과감하게 먼저 뛰어드는 데서 시작됐다. 지금은 뉴스레터도 명상이 주류가 되었지만 아침편지나 옹달샘을 시작할 땐 불확실한 분야였다. 그 속에서 나는 나만의 길을 만들어왔다. 변화에 민감하게 반응하고 그 가운데로 풍덩 뛰어드는 사람에게 기회가 주어지는 법이다. 내가 직접 겪었기에 할 수 있는 이야기다.

## 꿈과 글은 함께 자란다

요즘 제일 부러운 사람이 전업 작가이다. 김훈이나 파울로 코엘료처럼 글만 쓰면 되는 사람이다. 나는 글을 쓰다가 아침편지를 시작했고, 아침편지를 쓰다가 깊은산속옹달샘을 만들었다. 나는 권력을 가진 사람도 아니고, 금력을 가진 재력가도 아니다. 오직 '글' 하나로 모든 것을 풀어냈다. 글로 사람을 모으고, 사람의 마음을 얻고, 모금도 했다.

나는 다른 글쟁이하고는 다르다. 책을 써서 먹고사는 사람이 아니다. 나는 기사 쓰고 대통령 연설문을 써서 월급 받고 살았다. 더러는 책을 써서 베스트셀러를 내고 인세도 받았다. 또 책을 토대로 강연하며 강연료를 받으면서 살기도 했다. 한 개인으로서 먹고사는 데 아무런 지장이 없었다. 글을 수단으로 '딴짓'을 하고 있는 것이다. 내가 꿈꾸는 모형을 촘촘하고 미세하게 글로 그려내고 사람들의 동의를 구한다. 이런 글쟁이는 아마 없을 것이다. 묘한 글쟁이다.

그만큼 엄청난 에너지가 요구된다. 상처도 많이 받는다. 절대고독의 외로움에 휘청거리기도 한다. 아침지기들의 월급 걱정도 해야 한다. '아침편지를 시작하지 않았으면 이러지는 않았을 것 아닌가' 하는 자문을 이따금 한다. 그래서 오로지 글만 쓰는 전업 작가가 부럽다고 말하는 것이다.

글은 단순한 기능이 아니다. 기능이 극대화되어 달인이 되어도 한계가 있다. 그 한계를 뛰어넘을 때 글은 옆으로 가지를 친다. 글도 스스로 자란다. 상상력과 창의력도 함께 자란다. 반복하는 글인데 매번 다르고 새롭다. 글에 꿈이 실린다. 꿈이 실리면서 계속 더 자란다. 꿈은 현실이 되었을 때에야 비로소 의미가 있다. 꿈을 현실로 만들어가는 과정이 결코 쉽지 않다. 코로나가 오니 코로나라는 현실 속에서 어떤 세상을 만들어야 할 것인지 고민하며 또다른 꿈을 꾸게 된다. 그 꿈이 다시 글이 된다.

나에게는 꿈과 글이 함께 가는 것이다. 멀리 가는 게 아니라 내가 서 있는 현실의 토대에서 글을 쓰고 꿈을 그려낸다. 글이 가진 속성 중 하나는 그 안에 영혼 같은 게 담겨 있어서 스스로 작동을 한다는 것이다. 글은 창조자 역할을 한다. 생명력을 갖고 꿈틀댄다. 이게 담겨 다른 글쟁이들과의 차이다. 나의 길, 나의 소명이다. 나의 정신이다.

2020년 시작된 코로나는 꽤 많은 경험을 하게 했다. 나름 내면의 근육이 제법 단단하다고 자부하는 나에게도 상상치 못한 파도였고 고통이었다. 여러분도 나와 같을 것이다. 예기치 못했던 온갖 어려움과 절대고독의 순간을 안겨주었지만 그 때문에 얻은 것도 많다. 블록체인, NFT, 메타버스, 코인 이코노미 등 쓰나미처럼 밀려오는 새로운 흐름을 깊이 공부하게 했다. 오프라인에 머물렀던 옹달샘의 방향을 온라인 세상으로 전환하여 더 과감한 도전을 하게 한 기회이기도 했다.

어떤 순간이든 삶은 흘러간다. 우리는 매일 같은 길을 걷는 것 같지만 똑같은 길은 없다. 똑같은 시간도 없다. 늘 새로운 길인 것이다. 건강한 몸과 마음으로 매일매일 새롭게 태어나는 길이길 바란다. 자신뿐 아니라 서로 함께 치유의 길이 되어주기를 꿈꾼다.

## 6. 물려주고 가는 꿈, K-디아스포라 세계연대

코로나가 가져다준 아주 큰 선물이 있다. 'K-디아스포라 세계연대'다. K는 Korean, 곧 한국인을 뜻하고, 디아스포라(Diaspora)는 '흩어진 사람들'이라는 뜻이다. 이 말은 2,000년 전 이스라엘의 멸망으로 전 세계에 흩어진 유대인들에서 비롯됐다.

전 세계 190여 개국에 흩어져 사는 K-디아스포라는 750만 명에 이른다. 전 세계에 없는 곳이 없을 만큼 많이 흩어져 있는 것이다. 이 중 내가 특히 관심을 두는 건 24세 미만의 '청소년 디아스포라'다. 200만 명에 이른다. 링컨학교와 꿈너머꿈 국제대안학교, 옹달샘 청소년 수련원을 준비하면서 청소년 교육의 중요성을 알게 됐고, 세계 각지를 여행하며 만난 해외 청소년들을 통해 그들이 겪는 정체성의 문제를 마주했다.

그러던 차에 이스라엘 히브리대학에서 15년 넘게 봉직한 유준상 교수를 만났다. 코로나가 한창이던 2021년 여름, 옹달샘을 방문해 '버스 라이트 이스라엘(Birth Right Israel)'이라는 특별 프로젝트를 소개해 주었다. 나의 동공이 열렸다. '바로 이거야!' 이스라엘의 청소년 재외동포 정책에 관한 설명을 듣고 왜 우리나라에는 이런 기막힌 프로젝트가 일찍이 없었는지 매우 아쉬웠다.

이스라엘은 매년 디아스포라 청소년을 모국에 '명예롭게' 초청해서 자신의 뿌리와 정체성을 찾게 하고 역사를 가르친다. 그리고 뛰어난 학생에게는 유수한 기업의 인턴십과 취업, 대학 진학 등을 지원한다. 지난 20년 동안 75만 명이 초청되었는데 그중 이스라엘에 정착한 청소년은 7만 5,000명에 이른다고 한다. 해외에 나가 있는 미래 인재들을 슬기롭게 포용하는 방법이다. 적은 인구수로 세계를 흔드는 이스라엘의 저력은 이런 데서 나온 것이었다.

그 순간 내 머릿속이 바빠졌다. 번쩍번쩍 떠오르는 생각들이 많았다. 자기 정체성을 찾지 못하는 아이들을 한국으로 불러들여 미래의 리더로 키우는 일에 이바지한다면 어떨까. 각자의 경험과 지식, 아픔과 외로움, 꿈과 꿈너머꿈을 나눌 수 있지 않을까. 한국은 미래 인재를 얻게 되고 해외동포 청소년들은 뿌리를 찾게 되는 것이 아닐까.

땅덩이는 작고 사람이 자원인 이 나라에서는 K-디아스포라 청소년들이야말로 보물 같은 존재가 아닐 수 없다. 저출산 고령화 시대에 고급 인재를 얻고, 더불어 인구 절벽 문제를 해결하는 데 이만

한 길이 없다는 확신도 들었다. "사람이 온다는 건 실로 어마어마한 일이다"라는 정현종 시인의 시 구절이 떠올랐다. 그렇다. K-디아스포라 청소년 한 사람이 온다는 것은 실로 어마어마한 일인 것이다.


## 청소년 디아스포라의 마음에 점을 찍을 수 있다면

해외에서 이따금 만난 K-디아스포라 청소년들은 간절히 한국에 오고 싶어 했다. '어머니의 나라'가 궁금하지만 한국에 올 계기가 없다는 얘기를 들을 때마다 마음이 아팠다. 2022년 6월 '세계코리아포럼'에 초대받아 하와이에 다녀왔는데, 그곳에서도 똑같은 이야기를 많이 들었다. '디아스포라의 새로운 개념'이라는 주제 발표가 있었는데, 포럼을 마치고 만난 그곳의 청소년들도 같은 마음을 털어놓았다. 나는 그들의 이야기가 뇌리에 남았다. 단 한 번의 모국 여행이 재외동포 청소년들에게는 인생을 바꿀 위대한 점을 찍어주는 일이라고 생각한다.

우연인지 다행인지 나는 링컨학교와 꿈너머꿈 국제대안학교 등을 세워 청소년 교육자로 일해 왔다. 그런 내게 찾아온 K-디아스포라라는 비전은 운명과도 같았다.

감사하게도 '푸른나무재단'의 김종기 명예이사장이 뜻을 함께했고, 《코리아헤럴드》의 정원주 회장과 최진영 사장도 뜻을 함께했다. 다음홀딩스의 김주영 회장은 "이런 큰일을 시작할 때는 '시드머니'가 필요할 테니 마중물로 써달라"라며 2억 원의 거금을 선뜻 기부하여 뜻을 같이해주었다. 종국에는 입법도 필요할 것인데 이 부분은 양향자 국회의원이 앞장서주기로 했다.

이렇게 해서 아침편지문화재단, 푸른나무재단,《코리아헤럴드》, 다음홀딩스, 양향자 국회의원이 공동대표를 맡은 'K-디아스포라 세계연대'가 만들어졌다. 여기에 경상북도 이철우 지사가 지자체로서는 처음으로 참여해 조례까지 만들었다. 현재 1억 원 이상 기부하는 '100인의 Co-founder'에도 많은 분이 참여하고 있고, 월 1만 원 이상 정기 후원하는 '100만 서포터즈'에도 많은 참여가 이뤄지고 있다.

너무도 광대한 그림이지만 처음 시작은 작게 하려고 한다. 우선 방학을 이용해 4주간 재외동포 청소년을 한국으로 초청해 교육을 진행하고, 점차 기간을 늘릴 예정이다. 나중에는 1개월, 2개월, 1년씩 머물 수 있는 시스템을 갖추려 한다. 한민족 정체성 찾기, 한글 및 세계시민 교육, 역사 교육, 양궁 훈련, 취업 기회 제공 프로그램 등을 계획하고 있다. 유명 셀럽이나 멘토와의 만남 등도 추진할 계획이다.


### K-디아스포라의 롤모델

K-디아스포라의 롤모델로 삼은 두 분이 있다. 최재형 선생과 서재필 박사이다.

최재형 선생은 일제강점기 연해주에서 의병 투쟁을 했던 분이다. 산전수전을 겪으면서도 독립운동에 막대한 자금까지 댔다. 몸은 비록 나라 밖에 있었지만 국가를 위해 몸 바쳐 일한 선생의 일생을 되짚어보면 그분이야말로 가장 명예로운 K-디아스포라의 멘토가 아닐 수 없다.

서재필 박사도 선구자적 디아스포라다. 갑신정변의 실패로 일본으로 건너갔다 다시 쫓겨간 미국에서 의사가 된 그는 한국으로 돌아와 청년들에게 선한 영향력을 많이 끼쳤다. 안창호 선생이 흥사단을 만들고 주시경 선생이 한글학자가 된 것도 그분의 영향이다. 필라델피아의 서재필 기념관에 갔을 때 받았던 감동은 아직도 생생하다. 서재필 재단을 설립한 오성규 박사 부부도 만났다. 백만원군을 만난 느낌이었다.

서재필, 최재형 이 두 분은 K-디아스포라의 스승 같은 인물이다. K-디아스포라 프로젝트가 잘 진행되면 이분들의 이름을 빌린 상(賞)도 제정할 계획이다. '세상에서 가장 명예로운 상'이 될 것이라 확신한다.

이제 시작이다. 갈 길이 멀다. 오를 산봉우리는 높고 계곡은 깊다. 또다시 깎아지른 절벽도 만나게 될 것이다. 깨지고 무너지고 주저앉고 싶은 순간도 있을 것이다. 그때마다 지금까지 버티고 견디어온 '고도원 정신'으로 다시 일어나 새 길을 낼 것이다.

길은 처음부터 있었던 것이 아니다. 누군가 한 사람이 낸 길을 많은 사람들이 걸어가면 그것이 길이 되는 것이다. 절벽에도 길은 있다. 첫길을 낼 수 있다.

변화에 민감하게 반응하고
그 가운데로 풍덩 뛰어드는 사람에게
기회가 주어지는 법이다.
가슴 뛰는 일이라면 주저하지 말라.

# 그날까지 꿈의 길, 초희망의 길을 함께 걷자

'고도원의 아침편지'를 시작한 때가 마흔아홉이었다. 돌아보니 그때는 꿈을 꿀 때 '이 꿈은 내가 살아 있을 때 반드시 완성한다'는 생각을 은연중에 했던 것 같다.

그러나 이 책을 마무리하는 지금, 나이 칠십을 넘어섰다. 숱한 난관을 거쳐왔고 코로나 팬데믹이라는 큰 재난도 겪었다. 오랜 세월 동고동락하던 주변 친구들과 선배들이 갑자기 세상을 하직하는 참담한 일들을 접하면서 생각이 조금 바뀌었다. 나의 인생의 목표와 꿈도 달라졌다. 지금부터 꾸는 꿈은 내 생애에 내가 이루거나 완성하는 목표가 될 수 없다는 생각을 하게 된다. 지금부터 꾸는 꿈은 내 생애 '이루는 꿈'이 아니라 '물려주고 가는 꿈'이다. 나는 다만 지금까지의 내 경험과 생각을 모아서 첫 길을 잘 내고 가는 역할에 머물 뿐이다.

물려주고 가는 꿈의 첫 번째는 단연 청소년 미래교육이다. 링컨학교, 꿈너머꿈 국제대안학교, 옹달샘 청소년 수련원, K-디아스포라가 여기에 속한다. 미래의 자산이고 희망이다. 누군가는 해야 하는 일이다. 나는 앞으로 살아갈 삶의 시간 동안 이 토대를 한 뼘이라도 잘 닦아놓고 싶다. 그리고 누군가 잘 이어받아 주었으면 한다.

특히 K-디아스포라 세계연대의 첫길을 잘 내고 가고 싶다. 파란만장한 한국 역사의 질곡 속에 세계에 흩어진 우리 청소년들이 꿈에 그리던 어머니 아버지의 나라, 할머니 할아버지의 나라에 와서 자신의 뿌리와 정체성을 찾고, 개인적·지정학적 경계를 넘어선 세계시민으로 세상을 변화시키는 주역이 된다면 얼마나 좋을까. 그것보다 가치 있는 일은 없다고 생각한다.

'옹달샘 메모리얼 메타파크'도 잘 물려주고 갈 꿈이다. 코로나로 손님들의 발길이 뚝 끊긴 옹달샘 카페에 나 홀로 앉아 있는데 서강대학교 신호창 교수가 찾아와 이런 말을 했다. "교수직을 곧 은퇴하면 미국에 있는 자녀들에게 가게 될 텐데, 그러면 한국에 아무런 근거지가 없게 된다." 그러면서 "죽기 전에 스스로 좋은 기억을 남기고 싶다. 옹달샘에 그런 공간이 있었으면 한다"라는 말을 덧붙였다. 그 말이 씨가 되어 시작된 꿈이다.

산티아고 순례길에서 탄생한 '아침편지 트레킹 클럽(아트클럽)'도 물려줄 꿈이다. 나도 열심히 걸으면서 '아트'의 이름에 걸맞게 건강하고 아름다운 길의 초입을 잘 만들어갈 생각이다.

그럼에도 불구하고 '물려줄' 생각이 전혀 없는 꿈도 있다. 내가 세상 소풍을 마치기 전에 꼭 이루고 가고 싶은 꿈이다. 건강한 몸과 마음으로 산티아고 순례길 치유여행과 몽골에서 말타기를 계속하는 것이다. 그날까지 '고도원 정신'으로 깨어 있으면 좋겠다. 그래서 세상을 떠나는 날 아침까지 고도원의 아침편지를 쓰고, 그날 아침과 점심 사이에 조용히 세상 소풍을 마치는 것이다. 이 꿈은 꼭 이뤄졌으면 좋겠다.

아침편지와 이 책의 독자들도 그날까지 건강하고 팔팔하길 기원한다. 그날까지 꿈의 길을 함께 걷자. 서로 앞서거니 뒤서거니 하면서.

2023년 2월
고도원

고도원 정신

초판 1쇄 2023년 2월 25일

**지은이** | 고도원, 윤인숙
**펴낸이** | 송영석

**주간** | 이혜진
**기획편집** | 박신애 · 최예은 · 조아혜
**디자인** | 박윤정 · 유보람
**마케팅** | 김유종 · 한승민
**관리** | 송우석 · 전지연 · 채경민

**펴낸곳** | (株)해냄출판사
**등록번호** | 제10-229호
**등록일자** | 1988년 5월 11일(설립일자 | 1983년 6월 24일)

04042 서울시 마포구 잔다리로 30 해냄빌딩 5 · 6층
**대표전화** | 326-1600 **팩스** | 326-1624
**홈페이지** | www.hainaim.com

ISBN 979-11-6714-058-6